KB033186

안녕, 라일락!

2020년 1월 20일 초판 1쇄

글 이규진
펴낸곳 하다
펴낸이 전미정
책임편집 최효준
디자인 편집 정진영 정윤혜
출판등록 2009년 12월 3일 제301-2009-230호
주소 서울 중구 퇴계로 182 가락회관 6층
전화 02-2275-5326
팩스 02-2275-5327
이메일 go5326@naver.com
홈페이지 www.hadabooks.com
ISBN 978-89-97170-57-9 03810

정가 14,000원

ⓒ이규진, 2020

도서출판 하다는 ㈜늘품플러스의 출판 브랜드입니다.
이 책은 저작권법에 따라 보호받는 저작물이므로 무단 전재와 무단 복제를 금지하며,
이 책 내용의 전부 또는 일부를 이용하려면 반드시 저작권자와 ㈜늘품플러스의 동의를 받아야 합니다.

안녕,
라일락!

이규진

차례

천국보다 낯선

아, 진짜 도대체 얼마나 걸었는지. 끝도 없는 시험과 고난으로 가득 찬 길이었다. 살아생전 한 번도 겪어보지 못한 고통을 온몸으로 감당해내며 드디어 이곳에 도착했다. 바로 천국의 문 앞! 이제 다 끝났다. 더 이상의 고통은 없겠지. 대망의 천국 입성을 앞두고 석진은 너덜너덜해진 몸을 바위에 기댄 채 잠시 쉬고 있었다.

그때 블루진을 입은 날렵한 사내가 걸어 왔다. 가까이서 얼굴을 보니 남자인지 여자인지 구분 가지 않게 생겼는데 온몸에는 은은한 빛이 흘러나오고 있었다.

"윤석진!"

"누구세요?"

"나? 내가 누굴 거 같애?"

남자는 처음부터 반말이었다.

"처음 보는데 알 게 뭡니까. 볼 일 없으면 비켜주시죠. 햇빛 가리지 말고. 저 지금 엄청 피곤하거든요."

"난 네가 태어나서 죽을 때까지 항상 네 곁에 있었던 천사란다. 들어는 봤니! 수호천사!"

"예? 수호, 뭐요? 수호천사!?"

"그래. 수호천사. 오늘 네가 여기 온다길래 나도 신경 좀 썼지. 나야 늘 너를 보고 있었지만 넌 날 처음 보니까. 내 청바지 핏 어때?"

"무슨 천사가 날개도 없이… 청바지는 또 뭐며… 천사 맞아?"

"야, 너 말이 좀 짧다? 내 날개 볼래?"

천사가 어깨를 한 번 으쓱하자 한 쌍의 날개가 팟! 하고 펼쳐졌다.

"투윙즈. 기본형이야."

그러더니 곧장 한 쌍의 날개가 더 나와 네 개가 펄럭였다.

"포윙즈! 이건 좀 장거리 날아갈 때…"

네 날개를 단 천사의 눈부신 모습에 석진은 잠시 현기증이 일었다.

"여섯 개까지 되는데 함 볼래?"

"됐고요. 수호천사라면서 내가 고작 스물여덟 살에 죽을 때 옆에서 뭐 하셨어요?"

"유후~ 얘 좀 봐? 나한테 그걸 따지면 못써. 사람은 한 살에도 죽고 백 살에도 죽어. 몇 살에 죽느냐가 중요한 게 아니야. 죽은 다음이 문제지. 그리고 죽는 게 꼭 나쁘기만 한 건 아니란다. 죽는 순간에 영원한 생이 시작되는 거거든."

"아, 됐고요. 이미 죽었으니 이제 그런 걸 따지는 건 의미가 없고요. 그럼 이때껏 연옥에서 고생할 땐 내버려두었다가 천국 문 앞에 오니까 나타난 이유가 뭐예요? 내가 니 수호천사다, 생색내려고?"

"노노. 연옥은 네가 지상에서 지은 죄를 씻는 곳인데 그건 내가 도와줄 수 없어. 오로지 네가 감당해야 할 몫이야. 그리고 연옥은 우리 천사들의 활동 무대가 아니야. 우린 오직 천국에 살지. 그래도 난 네가 연옥에서 어떻게 지냈는지 다 알고 있어. 실시간 모니터링하니까. 그래서 오늘 여기 온다는 것도 알고 있었고. 네가 여기까지 오기를 줄곧 기다렸어. 내 임무는 네가 태어나서 천국 갈 때까지 돌보는 거거든."

"뭐 어쨌거나 반갑네요. 천국 입성을 맞이해주는 천사도 있고. 그럼 이제 천국 문 좀 열어주시죠. 혹시 비번 걸려있는 거 아니에요?"

천사가 날개를 펄럭이며 석진 주변을 맴돌았다. 뭔가 할 말이 있는 듯 했다.

"안타깝지만 말야. 넌 아직 천국에 들어가지 못해."

"왜요? 또 뭐요? 나 여기까지 오느라 별 고생을 다 했거든요? 내 죄를 마주 보는 거, 그거 지인짜 힘들었다구요. 귓가엔 이상한 소리 계속 들리고…"

석진은 새삼 연옥에서 보낸 지난날이 떠올라 한숨을 내쉬었다. 진심으로 이 모든 고통을 끝내고 이제는 천국에서 편히 지내고 싶다.

"알고 있어. 사실 지은 죄에 비해 니가 좀 많이 고생하긴 했지. 이십 년씩이나 연옥에 있을 정도는 아니었거든. 어쨌거나 너는 연옥에서 성실하게 잘 지낸 덕분에 지상에서 이십팔 년간 저지른 죄를 거의 용서받았어. 주의해서 듣길 바란다. '거의'라는 거야. '완전히'가 아니라. 아직 한 가지가 남았어. 그 죄를 씻기 전에는 절대 천국에 들어갈 수 없어. 천국은 티끌만한 흠도 없어야 하니까. 내가 몰래 들여 보내주고 싶어도 지상의 때가 조금이라도 묻은 채로 들어가면 경보음이 울린다구."

"아, 알았어요. 아무튼 그게 뭔데요? 내 마지막 남은 죄. 빨리 말해주세요. 얼른 해결하고 천국 가야하니까."

"흠… 그 뭐랄까. 어쩌면… 사랑이 유죄라고나 할까. 보다 정확히는 네 아이를 혼자이게 한 죄. 이 죄에 대한 보속은 직접 그 아이를 돌봄으로써만 이루어질 것이야."

천사의 표정이 갑자기 싹 바뀌었다. 조금 전 까지 장난스럽던 모습은 사라지고 냉정한 얼굴이었다. 석진은 어이없었다.

"하! 참! 난 또 뭐라고. 아이요? 말도 안 돼. 내가 딴 건 몰라도 그거 하난 자신 있습니다. 내 별명이 뭔지 아십니까. 금욕미남! 철벽미남! 연애는 해도 뭐, 책임질 일은 하지 않죠. 내가 나름 자기관리가 철저한 사람이라. 아무래도 뭔가 착오가 있는 거 같은데요? 결단코 저는 아이가 없습니다. 제가 애들을 얼마나 싫어하는데요."

"자신 있다고? 이걸 보고도 자신 있을 테야?"

천사가 허공을 향해 손을 뻗자 대형 모니터가 나타났다. 모니터엔 꽃집인 듯한 실내가 보였고 소년 하나가 부지런히 왔다 갔다 하고 있었다.

"니 아들."

"예?"

"니 아들이라고. 자세히 봐봐. 앞으로 얘랑 살게 될 거니까."

석진은 모니터 앞으로 바짝 다가가 소년의 얼굴을 살폈다.

"에이. 저 하고 하나도 안 닮았잖아요. 얘가 내 아들이란 걸 어떻게 믿어요?"

"엄마 닮은 거야. 전문용어로 외탁했다고 하지. 아들이라고 꼭 아빠 닮으란 법은 없잖아? 빨리 생각해 봐. 얘랑 닮은 여자가 누구였는지."

아, 누구지? 지연이는 아니고 윤정? 민희? 수연? 아, 아닌데. 다들 그렇게 심각한 사이 아니었… 그때였다. 순간 섬광처럼 떠오른 얼굴이 있었다. 혹시 그 여자?

갑자기 그 여인과 함께한 시간들이 한꺼번에 머릿속으로 밀려들었다. 길지 않았던 시간들이 처음엔 조각조각, 그 다음엔 몰아치는 폭풍우처럼 선명한 영상으로 재생되었다. 머리가 깨질 듯 아파왔는데 통증보다 더 힘든 건 도대체 우리 사이에 무슨 일이 있었던 거지? 하는 의문이었다. 주문한 꽃을 가져다주는 작고 초라한 꽃집 아가씨는 말을 하지 못했고 잘 듣지도 못했다. 그 여인을 조금은 애틋한 시선으로 바라보기도 했던 것까지는 기억났다. 그러나 그뿐이었던 것 같다. 그 여인에게 그 이상의 마음을 가졌던 걸까. 석진은 혼란스러웠다. 영혼이 육신을 빠져나가던 그 순간, 생의 모든 기억은 처절할 정도로 선명했었는데 지금은 하나도 생각나지 않았다. 하지만 지금 이 순간 무엇보다 중요한 사실은 자기도 모르는 내 아이가 있다는 것이었다. 이게 대체 무슨 일이야!

"네 아이가 이십 년간 너를 간절히 기다리고 있어. 너는 지상으로 다시 돌아가 아이와 함께 기쁨으로 충만한 시간을 보내야 해. 주어진 시간이 그리 길진 않을 거야."

그러더니 천사는 석진 앞에 두루마리 한 장을 꺼내 놓았다. 펼쳐 보니 〈좋은 아빠 되기 100대 과제〉라는 제목 아래 빽빽하게 해야 할 일들이 적혀 있었다.

1. '아빠'란 소리 듣기 2. 아침 밥 해주고 같이 먹기 3. 함께 동네 산책하기 4. 함께 별 보기 5. 함께 운동하기 6. 같이 춤추기 7. 아이가 하는 일을 배우기 8. 아이에게 가장 필요한 것 사주기 9. 책 읽어주기 10. 팔베개해서 재워주기 11. 함께 술 마시기 12. 인생의 지혜를 일깨워주기 13. 함께 숲속 산책하기 14. 함께 여행하기 15. 아이의 친구들과 만나기 16. 같이 노래 부르기 17. 아이를 위해 집안일 하기 … 50. 아이에게 편지 쓰기

비교적 간단한 일과 난이도가 꽤 높은 일, 석진의 능력에 도저히 할 수 없을 것 같은 일들이 뒤섞여 있었다. 특징은 '함

께'해야 할 일들이 많다는 것이었다.

"와~ 이걸 언제 다 하라고. 근데 100대 과제라면서 왜 50개만 있어요? 50개만 하면 돼요?"

"50개는 필수 지정 과제. 나머지 50개는 자유 과제. 네가 하고 싶은 걸 하든지 아님 네 아들과 상의해서 자유롭게 정해. 잘 해봐. 다시 천국에 오고 싶으면. 물론 그거 다 하기 전에 다시 불려 올 수도 있어. 너 하는 게 아이 상처 주고 힘들게 하고 그런 거면 가차 없이 소환할 거야. 그렇게 불려올 땐 지금보다 더한 연옥의 고통이 기다리고 있을 거야. 이상 전달 사항 끝."

단서조항이 있었다. 아이의 진심을 얻을 것. 저 모든 과제는 아이가 아버지를 진심으로 사랑하는 마음을 얻어야 완결되는 것이라고 했다.

"만약 그러지 못하면 넌 죄를 용서받지 못한 것이 돼. 그럼 천국에도 지상에도 머물 수 없는 그런 존재가 되는 거야. 어때? 무섭지?"

"쉽네요, 그건. 이때까지 나 안 좋다는 사람은 한 번도 못 봤으니까."

"쉬울 것 같지? 세상에서 제일 어려운 게 다른 사람 마음 얻는 거야. 니 아들, 걔 만만치 않을 걸? 부모는 자식을 짝사랑하기 마련이라는데, 할 수 있겠어? 짝사랑? 너 그거 평생 한 번도 안 해봤잖아?"

천사는 어디 한 번 해보란 듯 샐쭉한 표정을 짓고선 커다란 날개를 활짝 펼쳐 날아갔다. 멀리 가나 했더니 갑자기 방향을 틀어서 돌아왔다.

"너 어쨌거나 여기까지 힘들게 왔으니 그냥 가기는 좀 아쉽지? 천국의 풍경을 보여줄게. 동기 부여 차원에서…"

사라졌던 모니터가 다시 나타났다. 아무 것도 없는 허공에서 또 다시 모니터가 펼쳐지는 걸 보고 석진이 놀라자 천사가 의기양양한 얼굴로 말했다.

"또 봐도 놀랍지? 천공지능이라는 거다. 마음속으로 생각만 해도 눈앞에 현실로 펼쳐지는 거. 인간들이 만들어 낸 인공지능에 비할 바가 아니야."

"아니, 그래서 놀란 게 아니라…. 설마 이게 천국이에요? 천공지능이고 인공지능이고 간에 그런 거 모르겠고요. 천국도 뭐 별 거 없는데? 와, 실망. 어릴 때 나 살던 동네랑 비슷해요. 여기 오려고 다들 연옥에서 그렇게 고생하나?"

"그냥 보기엔 그래 보이지? 그래도 살아보면 달라. 괜히 천국이 아니야. 아무튼 여긴 생각보다 훨씬 좋은 곳이야. 그러니 세상에 내려가거든 하루라도 빨리 천국에 입주하도록 노력해 봐. 그럼 천국을 본 인간이여, 진짜 여기서 끝."

하고 천사가 끝내려는데 모니터에 언뜻 그 여인을 닮은 여자가 보였다. 꽃을 가득 담은 바구니를 들고 어디론가 가는 모습이었다.

"아, 잠깐, 잠깐. 이 여자, 그 여자죠? 지금 어떻게 살아요?"

"천국 입주민에 대한 개인정보는 절대적으로 보호받아. 말해줄 수 없음이야. 진짜진짜 이제 끝. 얼른 지상으로 내려가도록 해."

그 말을 하고선 천사는 날아가 버렸다. 그리고 빛과 어둠이 반복적으로 교차하는 긴 터널을 지나 석진은 인간의 세상으로 다시 왔다.

크리스마스이브인데도 손님이 없다. 없어도 너무 없다. 아아, 이럴 수가. 저기 한가득 쌓아놓은 꽃들은 다 어쩌라고. 일락은 한숨을 쉬며 바구니마다 가득 찬 꽃들을 바라보았다. 이거참. 크리스마스에 이렇게까지 장사가 안 된 적은 없었는데….

딱 12시까지만 더 있어볼 참이다. 오늘 오는 손님에게는 무조건 원 플러스 원. 한 송이 사면 한 송이 더, 한 다발 사

면 한 다발 더 줘야지. 크리스마스 선물인 셈 치지 뭐. 그러니
누구든 오기만 했으면. 하지만 오늘따라 골목을 지나가는 사
람이 하나도 없다.

일락은 길 건너 순심이네 마트 쪽을 내다보았다. 아직 불이
켜져 있었다. 이 시간에 문을 연 가게가 또 있다는 게 얼마나
위안이 되는지. 외지인들의 가게가 하나둘씩 동네에 점점 들
어서고 있는 터라 순심이네 마트처럼 오래된 가게는 그냥 존
재만으로도 의지가 되곤 했다. 이제 문을 닫으려는 듯 양 사장
의 사위들이 마트 안으로 들어갔다. 셔터를 내리는 걸 지켜보
다가 일락도 가게 안으로 들어왔다. 들어왔다가 깜짝 놀랐다.
드디어 손님이 온 것이다.

"앗! 어서 오세요! 막 문 닫으려던 참이었는데…"

일락은 모르는 사이 가게 안에 들어온 손님을 반갑게 맞이
했다. 젊은 남자였다.

"꽃, 어떻게 해드릴까요? 누구한테 선물하실…"

남자가 말도 없이 일락을 빤히 쳐다봤다. 너무 빤히 봐서
일락은 더 말을 잇지 못하고 남자의 표정을 살폈다. 뭐 할 말
이 있나? 남자는 키가 크고 잘생긴, 아니 단순히 잘생겼다는
말로는 부족한 화려한 미남이었다. 그런데 남자의 옷차림이

아무래도 이상했다. 이 겨울에 코트도 없이 가볍고 헐렁한 차림이었다. 저러고 이 밤에 꽃 사러 왔나. 뭐지? 의아하면서도 조금 무서운 생각이 들려던 찰나, 남자가 물었다.

"이름이… 뭐죠?"

"예? 제 이름요?"

남자가 고개를 끄덕였다. 일락은 잠시 망설이다가 "일…락이요…" 했다. 일락은 가끔 제 이름을 말하는 게 좀 힘들었다. 일락이요, 라일락. 이렇게 말하면 대개의 반응은 오! 하는 감탄사거나 킥킥거리는 웃음이었다. 여자라면 참 예쁜 이름이다 하겠지만 남자 이름으로 이건 뭐… 어휴, 말을 말자. 엄마도 참. 아무리 꽃을 좋아해도 그렇지 사내 녀석 이름이 라일락이 뭐야, 라일락이. 평생 엄마가 원망스러운 건 딱 그거 하나였다.

"라혜진의 아들?"

남자의 입에서 익숙한 이름이 나와서 일락은 소스라치게 놀랐다. 엄마를 어떻게 알지? 엄마랑 아는 사람인가? 엄마는 부모도 형제자매도 없는 사람이었다. 친척이 있다는 얘기도 들어본 적이 없다. 그래서 일락에게도 피붙이는 아무도 없었다. 낯선 남자에게서 듣는 엄마 이름이 생소해서 일락은 잠시 머뭇거리다가 대답했다.

"마, 맞는데요. 실례지만 누구세…"

일락이 채 말을 끝내기도 전에 남자가 다가와 와락 일락을 끌어안았다.

"안녕, 라일락! 내 아들!"

아니, 이 무슨 성탄절에 부처님 태어나신 소리? 뭐?! 아들? 내 아들이라고? 이때껏 한 번도 본 적 없는 남자가, 그것도 많아야 서른 살쯤 되어 보이는 젊은 남자가 네가 내 아들이다, 라니! 이거 사기꾼 아냐? 일락은 남자를 확 밀쳐 냈다. 일락의 집을 노리는 부동산 업자들이 하다하다 안 되니까 이제 아빠 사칭까지 하는 것 같았다. 하지만 사기를 치려면 그럴 듯하게 하든가, 저 얼굴로 무슨 아빠야!

"왜 이러세요! 손님! 꽃 살 거 아니면 나가주세요. 가게 문 닫아야 해요."

남자가 휘청 밀려나며 말을 이었다.

"그래. 내 말이 믿어지지 않겠지. 여기까지 오는 데 이십 년이 걸렸어. 오직 널 만나려고 말이야."

남자가 사뭇 애틋하게 말했지만 너무나 터무니없었다. 일락은 어이없다 못해 이 상황이 우스웠다. 그러다가 화까지 나려고 했다. 하루하루 먹고살기 급급한 형편인데 크리스마스 대목에 꽃은 안 팔리고, 사기꾼의 되도 않은 헛소리까지 들어야 하니 짜증이 치밀어 올랐다.

"말이 되는 소릴 하세요! 이제 그만 나가주세요."

일락은 남자를 가게 밖으로 몰아냈다. 남자는 더 이상 아무 말도 하지 않고 밀려나가며 일락을 바라보았다. 눈에 눈물이 고여 있었다. 일락은 얼른 문을 닫고 불을 껐다. 어둠 속에서 컹! 하고 덕구가 짖었다.

크리스마스의 이방인

크리스마스 아침은 뭔가 좀 다를 것 같지만 가난한 소년에게는 다른 날과 똑같이 하루의 벌이를 걱정해야 하는 날이었다. 새벽 꽃시장엔 가지 않아도 되지만 그제 사놓은 재고를 처리하는 것도 큰일이었다. 이때 순심이랑 같이 궁리를 해보기로 하고 일단 꽃 생각은 나중에 하기로 했다.

　일락은 세수하다가 간밤의 이상한 남자가 떠올라 잠시 기분이 이상해졌다. 그 밤에 어디로 갔을까. 자기 집으로 잘 갔을까. 너무 황당하고 뜬금없어서 그렇지 나쁜 사람 같아 보이진 않았다. 사기꾼이 아니라 그냥 좀 정신이 이상한 사람이 아닐까 싶다. 문득 얼굴을 떠올려보니 새삼 참 잘생긴 사람이었다는 생각도 들었다. 일락이가 지금껏 본 사람 중에 제일 잘생긴 것 같았다. 그게 무슨 상관이겠냐만 그런 사람이 자기를 보고 아들이라고 했으니 기분이 아주 나쁘지만은 않았다.

일락은 거울을 들여다보았다. 닮았나? 혹시? 일락은 제 얼굴을 요모조모 뜯어보았다. 그러다가 피식 웃었다. 하나도 안 닮은 것이다. 그 남자는 일단 키가 컸고 약간 가무잡잡한 얼굴에 이목구비가 뚜렷했다. 일락은 키가 크지 않은 편이었고 하얀 얼굴에 흐릿한 타입이라고나 할까. 그러다 문득 어떤 사람이 생각났다. 가끔 꽃을 사러 오던 아저씨. 하얀 얼굴에 얇은 금테 안경을 쓴 신사였는데 머리끝에서 발끝까지 고급스러움이 뚝뚝 묻어나던 그는 꽃도 세련되게 잘 주문했다. 희한한 것은 일락이가 엄마한테 배웠던 스타일에 딱 맞는 꽃다발을 주문하는 것이었다. 엄마 때부터 고객이었을까. 일락이도 그 신사의 꽃다발은 더 정성껏 만들었는데 완성된 작품을 받아들 때 그의 얼굴을 보는 것이 참 좋았다. 꽃을 받아든 그의 얼굴에선 무언가를 그리워하는 눈빛과 함께 슬픔이 묻어나는 것 같았다. 저 꽃은 떠나간 이를 위한 것일까. 누굴까, 부모님? 아내? 헤어졌을까? 영영 떠난 것일까? 죽었을까? 그런 그의 얼굴을 볼 때면 일락은 알 수 없는 기대감에 약간 쑥스러워지곤 했다. 내심 혹시 그가 우리 아빠가 아닐까, 하는 생각이 저어기 마음 한구석에서 몽글몽글 생겨나던 것이다. 그의 지갑 안쪽에 새겨진 KH라는 이니셜을 본 적도 있고 엄마가 한 말도 있었기 때문이었다. 우리 일락이는 아빠랑 꼭 닮았어, 하던.

일락은 다시 거울을 보며 그 신사와 닮은 것이 없나 살펴보았다. 하얀 얼굴, 이거 닮았네 싶다. 나도 금테 안경을 써볼까 하는 생각도 든다. 사실 어제 그 젊은 사기꾼보다는 금테 안경 아저씨가 더 아빠 같다. 나이로 봐도 그렇고. 하지만 그가 우리 아빠일 리는 없겠지. 아빠면 그렇게 꽃을 사러 와놓고 나한테 아무 것도 묻지 않았을 리가 없잖아? 게다가 요즘엔 오지도 않는다.

일락은 길게 한숨을 쉬었다. 아침부터 세숫물을 앞에 놓고 이런저런 잡생각이 길었다. 한번 시작된 상념은 꼬리에 꼬리를 물고 일어났다. 엄마도 참… 당최 사진 한 장 안 남겨 놓고 떠난 아빠를 무슨 수로 알아보라고 밑도 끝도 없이 그런 말을 했을까. 언젠가는 아빠가 꼭 올 거라는 그 말 때문에 일락은 이사도 가지 않고 몇 년째 혼자서 이 집에 살고 있다. 사람들이 집을 팔면 빚도 갚을 수 있고 작은 아파트 전세 정도는 얻을 수 있을 거라고 했지만 일락은 절대 집을 팔지 않고 버티고 있는 중이다. 하지만 동네 초입에 위치해 눈에 잘 띄는 가게 딸린 집을 탐내는 사람들이 꽤 있어 일락을 힘들게 했다.

어쨌거나 아빠는 이십 년째 오지 않고 있다. 아마 앞으로도 오지 않을 것 같다. 혹시 몰래 왔다 갔을까. 왔는데 엄마가 없어서 그냥 갔을까. 내가 자기 아들인 것도 모르고? 일락은 갑자기 절망스러운 기분이 되었다. 막상 아빠가 온다 해도 그를 알아볼 수도 없고, 부자지간임을 증명할 수 있는 것도 딱히 없었다. 갑자기 화가 나려 했다. 그래, 됐다, 됐어. 오긴 뭘 와! 올 사람이면 벌써 왔지. 여태 안 온 사람이 언제 온다고! 오지 말라고 그래. 아빠 없이도 이제껏 잘 살았어. 오지 마! 오지 말라고! 일락은 괜히 심통이 났다. 어젯밤 일로 잊고 살던 아버지란 존재가 다시 생각났는데 그것은 그리움과 미움이 뒤섞인 감정이었다. 한 번도 본 적이 없어서 어떻게 그리워해야 할지도 모르겠는데 그러다 보니 한없이 밉기도 했다. 말 못하는 여인이 혼자 아이를 낳게 한 아빠, 혼인신고도 하지 않아서 아이의 이름은 엄마의 성을 따라 짓게 한 아빠, 그래서 아들 이름이 라일락이 되게 한 아빠, 그 아이가 자라는 동안 아버지가 필요할 때 단 한 번도 곁에 있지 않았던 아빠… 도대체 아무 짝에도 쓸모없는 아빠인 것이다. 그런 남자를 사랑하고 평생 잊지 못한 엄마가 불쌍해서 일락은 아빠가 더 미웠다.

이런저런 생각으로 가게 문을 열다가 일락은 또 한 번 놀랐다. 어젯밤 그 남자가 문 앞에 서 있는 것이다.

"또 왔어요?"

"또 온 게 아니라 안 갔어."

"예?!"

뭐야. 밤새 여기 있었다고? 이 추운 날씨에 문 밖에서? 남자의 옷차림은 어젯밤 그대로였는데 도저히 겨울밤을 날 수 있는 옷차림이 아니었다. 일락은 남자가 뭐라 말하기도 전에 가게 문을 닫고 들어와 버렸다. 마음이 좀 아픈 사람인 걸로 치고 살짝 누그러지려던 마음이 사라졌다. 진짜 사기꾼인 모양이었다. 집에 갔다가 다시 와서는 밤샘한 척하는 것 같은데 그러려면 반쯤 동상에 걸린 얼굴이라든가 추위와 배고픔에 초췌해진 몰골이라든가 그런 연출이 필요하지 않나. 요즘 사기꾼들이 얼마나 정성스럽게 리얼리티를 조작하는데 이건 성의가 부족해도 한참 부족한 것이다. 아니, 그건 그렇고 왜 하필 나야? 대체 나한테 사기 처먹을 게 뭐가 있다고 저러지? 일락은 기분이 몹시 상했다. 남들은 선물 주고받으며 즐거운 크리스마스에 이게 뭔가 싶다. 없는 살림에 산타가 와도 반갑지 않을 판에 생전 듣도 보도 못한 아빠 사칭 또라이 사기꾼이라니.

일락은 가게 문을 잠그고 집으로 들어갔다. 오늘 같은 날 꽃 손님이래야 동네 사람일 테니 급하면 전화하겠지. 일락은 덕구 밥을 주고 방에 들어가 이불을 뒤집어쓰고 누웠다. 그래, 오늘 하루는 쉬자. 나도 쉬는 날이 일 년에 하루쯤은 있어야지. 오늘이 그날이다, 했는데 가게 문을 두드리는 소리가 났다. 아잇, 누구야!!! 설마 그 또라이는 아니겠지, 하는데 "일락아~ 일락아아~" 하고 동네 떠나가라 소리 지르는 건 순심이었다. 어쩌지. 나가면 그 또라이가 아들아! 하고 들이댈 것 같았다. 이 와중에 순심이는 계속 가게 문을 두들겨댔다. 에휴, 몰라. 지가 알아서 들어오겠지. 순심이는 가게 문이 닫혀있으면 그 옆에 대문을 따고 들어온다. 어려서부터 제 집처럼 드나들던 터라 가게 문이 닫혀있건 열려있건 순심이한테는 아무 상관이 없었다.

"야! 라일락! 왜 대답이 없어!!!"

순심이가 우당탕 소리를 내며 들이닥쳤다.

"왔냐…" 하고 방문을 여는 순간 일락은 순심이 옆에 있는 그 자를 보았다.

"야! 너 그 사람이 누군 줄 알고 데리고 오는 거야!"

일락은 황급히 마당으로 뛰어 내려갔다. 급해서 신발도 거꾸로 신은 채였다.

"손님이잖아! 가게 앞에 아까부터 서 계시던데? 너 오늘은 장사 안 해? 왜 문을 처닫아 놓고 있어?"

순심이는 그러면서 손님을 툇마루에 앉게 했다.

"얘가 꽃집 사장이에요. 오늘 크리스마스라 문을 좀 늦게 여나 봐요."

순심이는 어두컴컴한 낡은 한옥집 부엌을 불도 켜지 않고 들어가서는 잽싸게 믹스커피 한 잔을 타서 나왔다. 근데 분위기가 싸늘한 것이 영 이상했다. 서로 아는 사인가? 그러고 보니 손님이 좀 이상하긴 했다. 가벼운 옷차림이었는데 전혀 추워보이지도 않았다. 또 깜짝 놀랄 만큼 미남인 것도 좀 희한했다. 저렇게 잘생긴 사람이 우리 동네에 살았나 싶다.

"이거 드세요…."

순심은 잘생긴 남자 앞에 서니 괜히 좀 수줍은 기분이 들어서 쭈뼛거리며 머그컵을 내밀었다. 남자가 공손하게 받아줘서 순간 설레기도 했다.

얼빠 양순심.

일락이는 순심이가 한심했다. 이십 평생 봐왔는데 순심이는 잘생긴 남자한테 약했다. 순심이가 짝사랑한 배우, 아이돌가수만 해도 아마 한 트럭쯤 될 거였다.

"야, 저 사람 손님 아니야."

일락은 순심이를 제 쪽으로 잡아당기며 남자가 듣지 못하게 입모양으로만 "또라이, 또라이, 사기꾼." 했다. 그러고는 냉정하게 남자에게 말했다

"그거 마시고 가세요. 또 오지 마시구요."

남자가 커피 한 잔을 머금더니 입 꼬리만 살짝 올린 채 웃었다. 그 순간 일락은 저도 모르게 심장이 콩! 하는 걸 느꼈다. 오! 진짜 잘생긴 것이다. 순간 반할 뻔했다. 일락은 속으로 '진짜 우리 아빠면 좋겠…' 하다가 '아니야, 그럴 리가 없잖아?' 하고는 세차게 고개를 내저었다. 그러다가 '그, 그럼 형이면…? 형 같은 거는 안 되나? 나도 모르는 왕고모할머니의 둘째 딸의 아들쯤 되는 그런…' 하는 생각까지 하게 되었다.

남자가 다 마신 컵을 툇마루에 놓고 일어나더니 집 안 여기저기를 둘러보기 시작했다. 무언가 그리운 듯 아련한 눈빛이었고 마당 한 구석을 차지하고 있는 라일락 나무로 가서는 한참 서 있기도 했다.

"아, 집 좀 고쳐야겠는데. 옛날엔 이만큼은 아니었던 것 같은데… 여기저기 손 볼 데 많네."

아는 척 하기는. 당연히 오래된 한옥이니 낡아서 그런 거지. 그런 말은 지나가던 어린 애도 하겠다. 어디서 약을 팔아?!

그런다고 사기꾼이 아빠가 될 리가.

"이제 다 마셨으면 나가주세요."

일락이 계속 까칠하게 남자를 몰아세우자 순심이가 그만 좀 하라는 눈짓을 했다. 순심이는 저 남자가 싫지 않은 모양이었다. 하여간 잘생기기만 하면…

"방이 두 개니 하나는 내가 쓰자."

뭐래? 갈수록 태산일세. 이 미친 양반이.

"아니, 이보세요. 혹시 우리 집 노리고 온 거예요? 이 집 팔라고? 절대 안 팔아요. 내가 빚더미에 파묻혀 죽어도 안 팔아. 혹시 몰라서 그러는데 저한테 뭐 억울한 일 당한 거 있으세요? 나 누구한테 원한 사고 다니는 사람은 아닌데 혹시 그런 거 때문이면 미안하고요! 사과할 테니까 어서 나가주세요. 안 그럼 경찰 부를 거예요!"

일락은 이 대책 없는 불청객이 짜증나기도 하고 좀 무섭기도 해서 일부러 더 크게 쏘아붙였다. 있는 대로 화를 내는 일락을 남자가 그윽한 시선으로 바라보다가 한참 후에 대답했다.

"아니. 잘못은 내가 했지. 아빠가 되어서 아들이 있는 줄도 몰랐으니… 어쨌거나 나 지금 좀 놀라고 있는 중이야. 내 얼굴로 안 통하는 사람이 있다니. 솔직히 이런 반응은 처음이거든.

역시 자식은 부모 마음대로 안 되나 봐.”

으아아아악! 미쳐! 진짜! 어디서 저런 개진상 또라이 사기
꾼이 내 앞에 나타나서!!!! 남자의 능청에 일락은 약이 올라서
발만 동동 굴렀다.

사랑할수록

오우! 아빠라니! 옆에서 듣고 있던 순심은 입을 틀어막았다. 아빠? 아빠라고? 저렇게 젊은 남자가? 아니 저렇게 잘생겨서 왜 정신줄을 놨을까. 순심이 알기론 일락은 아빠가 없었다. 태어날 때부터 없었다고 한다. 일락이와 한 동네에서 태어나 쭈욱 한 동네에서 자라고 있는 중인데 단 한 번도 일락에게도 아빠가 있을 거란 생각을 해본 적이 없다. 그런데 아빠라니? 스물 몇 살쯤 되어 보이는 남자가 스무 살 남자 애의 아빠라면 대체 몇 살 때 애를 낳았다는 거야? 으힉힉힉힉! 생각해보니 너무 웃겨서 순심이는 소리 내어 키득거렸다. 순심이가 웃자 일락은 더 화가 나서 남자에게 찬물을 퍼부으며 소리 질렀다.

"날씨가 덜 추운가보죠? 정신 확 들게 이거라도!"

남자가 용케 찬물 세례를 피하더니 마루에 올라가 부엌에 가까운 방으로 들어갔다. 엄마의 방이었다.

"이걸 내가 쓸게. 너 밥도 해주고 그러려면 이 방이 좋겠다."

일락은 남자의 거침없는 행동에 할 말을 잃었다. 아! 젠장! 이 일을 어쩌면 좋지? 진짜 경찰을 불러야 하나. 순심이는 이 상황이 재미있는 건지 아니면 잘생긴 남자에 대한 관심 때문인지 집에 가지도 않고 옆에서 계속 알짱거렸다.

"야, 발상의 전환! 하숙생 들인다고 생각해. 나쁜 사람 같아 보이진 않는데? 설마 아들한테 해코지하겠냐."

"시끄러! 아들은 무슨! 뱀파이어도 아니고 무슨 아빠가 저렇게 젊어? 글고 하숙은 아무나 하냐? 새벽부터 밤까지 일하느라 덕구 밥도 겨우 주는데 무슨 하숙이야."

"그럼 자취생? 어차피 쓰지도 않는 방 하나 내준다고 생각하면 되지."

"야! 저 방이 어떻게 쓰지도 않는 방이냐? 울 엄마 방인 거 잊었어? 몰라, 아무튼 안 돼."

그때 방 안에서 부스럭거리는 소리가 나더니 남자가 낡은 기타를 갖고 나왔다.

"가자."

남자는 대답도 없이 성큼 가게로 갔다. 마당과 연결된 가게 뒷문을 드나드는 것도 자연스러웠다. 마치 몇 번은 와본 사람처럼. 일락은 황급히 남자를 따라갔다. 가게에서 또 무슨 일을 벌이려는지!

"가게는 왜 가는 거예요? 꽃 살 것도 아니면서."

"팔려고 그런다. 너 이 꽃 오늘 다 팔아야 하잖아. 시간 없어. 어서 옷 입고 나와."

그건 그렇다. 오늘 넘기면 저 꽃들은 몽땅 쓰레기가 될 판이었다.

크리스마스의 아침은 반짝반짝 빛이 났다. 눈이 오진 않았어도 충분히 예뻤다. 아직 이른 시간이라 오가는 사람은 많지 않았지만 조금 들뜬 분위기도 느껴졌다. 연인들이, 또 젊은이들이 많이 오가는 거리였다. 남자는 가져온 꽃을 커다란 바구니에 담아놓고 노래하기 시작했다. 아침인데도 목소리가 갈라지는 것도 없고 낡은 기타를 다루는 솜씨도 능숙했다. 남자는 목소리조차 잘생겨서 그의 입에서 나오는 노래가 감미롭기 그지없었다. 사람들이 하나둘씩 모여들기 시작했다.

한참 동안을 찾아가지 않은
저 언덕 너머 거리엔

오래전 그 모습 그대로 너
서 있을 것 같아

　가사가 대충 저랬는데 일락은 처음 들어보는 노래였다. 노래를 듣는 사람 중에 누군가가 "부활이다!" 했다. 아, 저 노래가 부활이란 노래구나 싶은데 크리스마스 캐롤 같지는 않았다. 생소한 노래지만 어쩐지 지금 분위기와 어울리는 것도 같았고 듣기에도 좋았다. 아니 사실 훨씬 그 이상이어서 노래가 끝나자 사람들이 박수를 치며 '한 곡 더!'를 외쳤다. 남자는 처음 들어보는 노래들을 계속해서 불렀다.

　남자가 노래를 부르는 사이 사람들은 꽃을 샀다. 누군가에게 꽃을 선물하고 싶어지게 만드는 목소리였다. 한 송이씩, 혹은 두 송이씩, 어떤 사람은 작은 꽃다발로 누구는 또 커다란 바구니로 줄을 서서 샀다. 일락과 순심은 재빠르게 꽃을 포장하고 거스름돈을 내주었다. 남자의 노래는 계속 되었다. 길을 가다 잠깐 멈춰서 들으려다가 선 자리에서 꼼짝없이 다 듣게 되는 노래였다.

　꽃을 판 돈은 42만 원하고도 3천 원.

　잠깐 사이 매출치곤 꽤 큰 금액이었다. 매일 이렇게 팔 수 있다면! 일락은 신나서 돈을 세었다.

"얼마 드릴까요?"

어쨌거나 꽃을 다 팔 수 있었던 것은 이 남자 덕분이니까 몫을 나눠줘야 할 것 같았다. 남자가 피식 웃었다.

"어때? 동업하는 게. 넌 꽃을 팔고 난 노래를 부르고. 우리 금방 부자 되겠는데 말야."

그럼 그렇지. 뭔가 속셈이 있었던 거지.

"싫어요."

일락은 단호하게 거절했다. 꽃시장에서 꽃 살 때 쓴 비용을 제하고 남은 돈을 다 남자에게 주었다. 남자가 또 피식 웃으며 돈을 받아들더니 "그래? 그럼 이거 하숙비 하자." 한다. 자기는 갈 데가 없다며 당분간만이라도 재워달라고 했다. 가끔 이렇게 꽃 파는 것도 도와주겠다고.

일락은 잠깐 마음이 흔들렸다. 만난 지 이제 겨우 열두 시간 정도. 가뜩이나 의심 많은 일락이가 이토록 이상한 사람을 받아들인다는 건 있을 수 없는 일이었다. 하지만 문제는 돈이었다. 정말 오늘처럼만 꽃을 팔 수 있다면 빚 갚는 것도 금방일 것 같았다. 엄마가 남겨놓은 빚 갚느라, 그리고 혼자서 살아내느라 일락의 등은 휘다 못해 부러질 지경이었다.

"야. 뭘 고민해. 얼른 한다고 해. 하숙 쳐. 나 같음 돈 주고라 도 우리 집에서 하숙하라고 하겠다. 마트 카운터에 앉아만 있 어도 손님이 바글바글하겠구만."

"넌 좀 가만있어."

돈 때문에 흔들린 마음을 들킬까 봐 일락은 괜히 순심을 타 박했다. 순심이 입을 삐죽하더니 카페라떼 세 개를 사왔다.

"완판 기념으로 한잔합시다!"

남자는 순심이 건넨 컵을 한참 동안 쳐다보더니 순심이가 한 모금 마시는 걸 보고 나서야 뚜껑을 열었다. 뚜껑 여는 게 영 어설프더니 결국 뜨거운 커피를 쏟고 말았다. 아이 참, 이 런 거 처음 먹어 보나. 일락은 남자의 손등이며 옷에 묻은 커 피를 닦아주었다. 여러모로 이상하고 은근히 손이 많이 가는 사람인 것 같았다.

세 사람은 아발론에서 점심을 먹었다. 아발론은 거창한 이 름과는 달리 떡볶이집이다. 나름 5성급 분식집을 표방하며 사 전 예약만 하면 건식 떡볶이-구운 김밥-어묵 스테이크 등으 로 구성된 코스 요리도 선보이고 있다. 좋은 점은 일 년 내내 문을 연다는 것. 크리스마스라고 아발론 사장인 희재가 양을 평소보다 더 주었다. 오늘 하루 성공적인 영업과 포근한 크리스마스와 이상한 부자상봉을 기념하기에 나름 괜찮은 점심 식사였다. 희재도 함께 했다.

"야, 라일락. 이분은 누구?"

"하숙생이요! 어제부터 하숙 개시했어요. 나."

남자가 또 엉뚱한 소리할까 봐 일락은 선수를 쳤다.

"오. 그래? 잘됐네. 그래서 오늘 이렇게 점심 같이 먹는 거야?"

"뭐 그런 셈이죠. 크리스마슨데 아직 아침도 못 먹었고 새 식구도 생겼으니 하숙집 주인인 제가 한턱 쏘는 거죠."

"어, 그럼 나도 뭔갈 좀 더 내놔야겠는데? 앞으로 자주 볼 거 아냐." 하며 희재가 주방으로 갔다. 희재가 자리를 비운 사이 일락은 남자에게 재차 다짐을 받아두었다.

"절대로 다른 사람들 앞에서 아빠라고 하면 안 돼요. 그냥 하숙생인 거예요. 아셨죠."

"알았어. 이제 하숙생으로는 받아주는 거냐. 내가 네 아빠 인 건 사실이지만 사람들이 안 믿어줄 테니 당분간은 하숙생 인 걸로."

"남들 앞에서뿐만 아니라 집에서도 그냥 하숙생인 거예요. 난 진짜 그렇게 생각할 거니까. 말 나온 김에 몇 가지 물어볼

게요. 이름이 뭐예요? 나이는요? 하숙집 주인이니까 하숙생 이름이랑 나이 정도는 알아야하는 거 아닌가. 개인정보는 보호해드릴게요. 자, 나이부터.”

솔직히 어제부터 궁금하던 거였다. 대체 몇 살일까. 몇 살이길래 스무 살 청년더러 넌 내 아들이라 하는 걸까. 스타워즈의 다스베이더도 아니고 말야.

“마흔여덟.”

“뭐어?!” “예에?” “우워~!”

일락과 순심, 그리고 와인을 갖고 오던 희재도 동시에 입이 딱 벌어졌다. 우와! 저 얼굴이 마흔여덟?

“오올! 언빌리버블! 학계에 보고해야겠네. 궁극의 안티에이징 종결자 발견! 비결이 뭐예요? 로얄젤리? 홍삼? 오메가쓰리? 불로초가 진짜 있나?”

순심이 질문을 퍼부어댔다. 정말 놀라울 정도로 동안이었다. 남자는 처음 봤을 때 이십대 중후반 정도로밖에 보이지 않았다. 그런데 스무 살이나 많은 것이다. 진짜 저 나이가 맞다면 어쩌면 일락이가 모르는 어디 숨어 살던 아빠일 수도? 일락은 침을 꼴깍 삼켰다.

“이름은요?”

엄마가 아빠에 대해 알려준 유일한 단서. 만일 이름이 맞다면!

"윤석진."

아니었다. 그럼 그렇지. 그럴 리 없지. 실낱 같은 희망이 피어오르다가 이내 사라졌다. 옆에서 순심이가 작은 소리로 "석진 오빠…" 하고 불러서 일락이가 눈을 홉뜨고 째려보았다. 그러자 석진이 머리카락을 쓸어 올리며 하하하! 소리 내어 웃었다. 오! 손 좀 봐! 손까지 잘 생겼어! 순심은 머리카락을 매만지는 석진의 크고 매끈한 손을 유심히 바라보았다. 아까 커피에 덴 손이 어느 쪽이었더라? 분명 빨갛게 부어올랐었는데?

일락은 석진이 집에 머무는 동안 지켜야 할 주의사항을 알려주었다.

"무슨 사연이 있는지는 모르겠지만 저보고 자꾸 아들이니 뭐니 그러시면 안 돼요. 사람들이 이상하게 생각한단 말이에요. 그리고 누가 봐도 형이, 아니 아저씨가? 아무튼 우리 아빠일 리는 없잖아요? 하숙비는 매달 말일이고요. 하루 만 원씩 쳐서 30만 원만 주세요. 먹는 게 부실할 거라서 양심상 더는 못 받겠네요. 빨래는 뭐 제 꺼 할 때 같이 하면 되니까 알아서 내놓으시고요. 집안일은 도와주시면 좋고 싫음 말고요. 설마 하루 종일 집에 있는 건 아니죠?"

"하루 종일 집에 있는 날도 많을 거야."

한숨이 절로 나왔다. 보아하니 딱히 직장이 있는 것 같지도 않은데 하숙비나 제때 받을 수 있을는지.

"그럼 제가 일 나가고 없을 때 덕구 밥 좀 챙겨 주시면 좋고요. 싫음 말고요."

"알았어."

"뭐라 불러드려요? 아저씨? 형? 윤석진씨? 아니면 고객님?"

"아빠."

"아이 참, 그건 안 된다니까요. 아빠는 무슨…"

"둘이 있을 때만이라도 아빠라고 불러줘."

일락은 잠시 이런 생각을 했다. 저 사람에게 아주 어린 아이가 있었는데 일찍 죽었나보다, 그래서 미처 아빠가 제대로 되어보지 못한 허탈함과 아이에 대한 그리움 때문에 아무나 보고 저러나보다…라고. 하지만!

"싫어요. 우리 아빠도 아닌데 어떻게 아빠라고 불러요. 진짜 아빠가 알면 얼마나 서운하겠어요?"

"이미 벌써 서운해."

"서운해도 할 수 없어요. 그냥 형이라고 부를게요. 아저씨 보단 그게 낫겠죠?"

석진이 피식 웃었다. 까칠한 녀석.

일락이 가고 석진은 방 안에 길게 드러누웠다. 눈을 감자 지난밤의 긴장이 풀리고 피로가 몰려왔다. 몸과 마음이 심연 속으로 가라앉고 이내 푸른빛 속에 잠겼다. 수호천사가 다가왔다.

"어때? 생각처럼 쉽지 않지?"

"그러네요. 애가 절 안 믿어요."

"당연하지. 네가 어딜 봐서 애 아버지야? 나도 안 믿겨. 그리고 그렇게 처음부터 마구 들이대면 애가 퍽도 '예, 아버지!' 이러겠다."

"그래두요. 나한테 이렇게까지 까칠한 인간은 처음이네요. 내 새끼 맞나 싶기도 하고."

생긴 것도 안 닮아, 성격도 안 닮아, 뭐 하나 닮은 구석이 없다. 그런데도 아들이라니 그런가보다 하긴 하는데 솔직히 좀 믿기지는 않는다.

"너 지금 나 의심하냐? 내가 엄한 애 데려다가 니 새끼다 그러는 것 같아서?"

천사가 눈을 가느다랗게 뜨고 말했다.

"아, 아뇨. 그럴 리가요."

어휴, 눈치 백 단 수호천사. 앞으로 수호천사 앞에선 생각도 조심해야겠다 싶다.

"지상에서 이제 겨우 하루 지났어. 앞으로 넘어야 할 산이 많을 거야. 저 아이 마음 얻는 건 니가 예전에 사람들 홀리고 다니던 것과는 차원이 다를 걸?"

"에이, 또 무슨 말을 그렇게 하십니까. 홀리고 다녔다니. 그냥 그건 제 매력에 자연스럽게 사람들이 빠진 것이지 저는 전혀 의도치 않았습니다."

"아무튼 잘 하자. 니가 잘해야 나도 체면이 서. 수호천사 입장에서 내가 돌보는 애가 제때 천국에 못 들어가는 건 수치거든."

아, 그럼 우리 운명공동체네요? 잘해봅시다, 라고 말하려는데 천사는 이미 가고 없었다. 하여간 엄청 빨라.

석진은 다시금 생각에 잠겼다. 아이, 아이라니. 내게 아이가 있었다니. 나 이거 참… 석진의 성격이 포기도 빠르고 단념도 잽싸서 될 거 안 될 거 구분하는 게 명확했다. 죽어서 연옥을 지나 천국 입구까지 가는 동안 지상과는 그야말로 레벨이 다른 천상 존재들의 능력치를 직접 확인한 터였다. 일락이가 내

애니 아니니 그런 걸로 천사하고 시비 붙어봐야 이길 승산이 없다는 걸 이미 아는 지라 일단 인정하기로 했다. 사실 내 애 든 아니든 무슨 상관인가 싶기도 하다. 중요한 건 그 애가 나를 좋아하게 하는 것 아닌가. 아무튼 아이랑 최대한 잘 지내서 나를 좋아하게 한 다음 하루라도 빨리 천국으로 컴백하자는 게 석진의 계획이었다.

그런데 참 희한하게도 꽃가게 안에서 손님을 기다리며 동그마니 앉아있는 일락을 보는 순간 말로 할 수 없는 이상한 감정이 들었다. 저 애가 내 아들? 진짜? 어떻게 확인하지? 그런 의심이 몰려오면서도 이상하게 가슴을 저며 오는 애틋함이라고 해야 하나, 그런 마음도 함께 드는 것이었다. 드문드문 희미한 영상으로 가난한 모자가 살아낸 세월과 엄마조차 세상을 떠난 후 아이 혼자 감당했던 고생스런 나날도 지나갔다. 오지 않는 아빠를 기다리며 원망하는, 그러면서도 그리워하는 아이의 외로움이 감각되자 석진은 좀 미안해졌다. 그 미안함에 처음 보는 아이를 덥석 껴안았던 것이기도 했고.

버킷 리스트

새벽 다섯 시. 일락이 대문 밖을 나가는 소리가 들려 석진도 눈을 떴다.

"어디 가니?"

"시장요. 남대문 꽃시장."

"같이 갈까?"

일락은 아주 잠깐 망설였다. 같이 가면 꽃을 더 많이, 그리고 좀 더 편하게 사올 수 있다. 하지만 하숙생에게 그런 신세를 질 수는 없다.

"아뇨. 혼자 가도 돼요. 더 주무세요."

일락은 쌩하고 문을 나섰다. 지하철역까지 달려가면서 일락은 오늘 난생 처음 경험한 일에 기분이 묘해졌다. 살면서 한번도 없던 일이었다. 문밖을 나설 때 누군가 "어디 가니?"라고 묻는 것. 엄마에게서도 들어본 적이 없었다. 엄마는 소리 내어 말할 수 없었고, 엄마가 세상을 떠난 후에는 그마저도 일락의 외출을 물어보는 사람이 없었으니까. 그런데 오늘 누군가가 물었다. 같이 갈까, 라고도 했다. 이 기분이 정확하게 어떤 건지는 모르겠지만 자꾸 웃음이 나올 것만 같았다.

일락이 나간 후 석진도 일어났다. 마음이 착잡했다. 한창 늦잠자고 싶을 나이에 새벽에 일어나 시장엘 가야 한다니. 석진은 어두운 방 안에 우두커니 앉아 있다가 밖으로 나왔다. 덕구가 컹! 하고 짖었다.

"쉿! 조용! 넌 내가 누군지 알겠구나."

영혼을 본다는 삽살개. 석진이 덕구의 머리를 쓰다듬어 주자 얌전해졌다.

시장에서 돌아오는 일락에게 아침밥을 만들어주려고 냉장고를 뒤졌지만 당최 먹을 만한 게 없었다. 쉰내가 풀풀 나는 김치, 먹다 남은 떡볶이, 유통기한 지난 우유, 소보루만 뜯어 먹은 빵, 곧 곰팡이가 필 것 같은 소시지… 냉장고 밖도 마찬가지였다. 쌀통에 쌀은 한 줌도 안 되었고 유통기한이 언젠지도 모를 통조림에 말라비틀어진 건어물 같은 것들이 다였다. 어휴, 얜 도대체 뭘 먹고 산 거야. 한숨이 절로 났다. 뭘 좀 해 먹이려고 해도 재료가 없었다. 새삼 아이의 고달픈 일상이 느껴져 마음이 아파왔다. 버킷 리스트 2번 '같이 아침밥 먹기'가 처음부터 난관에 부딪혔다.

아침 일곱 시쯤 되자 일락이 시장에서 돌아왔다. 지게 같은 등짐에는 꽃이 한 아름이었고 양손에도 꽃을 가득 담은 양동이를 들고 있었다. 석진이 얼른 꽃 양동이를 받아주고 등짐도 내려주었다.

"야, 너는 무슨 꽃을 이렇게… 매일 이래?"

"예. 차가 없어서 매일 가서 그날 팔 거 사 와요. 오늘은 좀 많이 샀어요. 어제 많이 팔아서…"

"얼른 차부터 사야겠다. 이게 뭐냐 진짜. 이러니 키가 안 컸지. 애 허리 휘겠네."

"운전면허가 없어서 차 있어도 소용없어요. 급할 땐 희재 누나가 도와주기도 하니까 아직은 괜찮아요."

아, 면허. 그렇지 이제 갓 스무 살이니 면허가 없을 만도 했다. 면허가 있다한들 이 아이 형편에 차는 언감생심이었을 테고. 석진은 '운전면허 따는 것 도와주기'와 '차 사주기'를 버킷 리스트에 추가했다.

일락의 아침 시간은 무척 바빠 보였다. 새로 사 온 꽃들을 가게에 진열하고 그러는 동안에도 손님들에게 꽃을 팔았다.

근처에 은행이나 옷가게, 카페, 빵집 같은 작은 점포들이 단골인 모양이었다. 손님들과 스스럼없이 농담도 하고 안부도 묻는 걸 보니 제법 장사수완이 있는 것 같았다. 꽃 말고 다른 일로 오는 손님도 있었다. 유치원 아이들이었는데 엄마 아빠가 출근길에 맡기고 간다고 했다. 그러면 유치원 등원버스가 오기를 기다렸다가 일락이가 태워 보냈다. 좁은 가게 안에 유치원 아이들 네댓 명이 들어오니 바글바글했다. 저희들끼리 떠들기도 하고 가게 안 이곳저곳을 돌아다니기도 했는데 일락은 짜증 한 번 내지 않고 아이들을 챙겼다. 이 일을 하고 약간의 수고비를 받는다고 했다.

"돈 때문에 하는 건 아니에요. 아침에 고작 이십 분 정돈데요. 애기들이 귀여워서 하는 거예요."

묻지도 않았는데 일락이 먼저 말했다. 이 일하고 얼마나 버는지 물어보려던 걸 눈치 채기라도 한 듯이. 그나저나 아침 이십 분이 작은 시간인가. 안 그래도 바쁜 아이한테… 버킷 리스트가 또 추가되었다. 아이들이 버스를 기다리는 동안 일락이를 방해하지 않고 얌전히 앉아있을 수 있도록 자리를 만들어줄 것.

부산한 시간이 지나자 이젠 순심이가 왔다. 학교 가는 길인지 묵직한 백팩에 두툼한 책까지 들고 있었다.

"석진 오빠!"

"아저씨라고 하렴."

"아저씨 같지 않아서요."

"친구 아빠잖니. 일락이 아빠."

"일락이는 그렇게 생각 안 할 걸요. 도대체 어딜 봐서 일락이 아빠야. 내가 일락이랑 부랄친군데요. 일락이 아빠 없어요."

"부… 뭐? 야, 넌 아직 소녀애가 무슨 그런 말을… 책을 보아하니 의대생인 것 같은데 모든 생명체는 아빠와 엄마의 결합으로 태어나는 것 아닌가. 즉, 우리 일락이도 아빠가 있다는 거지. 그게 바로 나고."

"그러게요. 근데 아빠면 왜 이제 나타나신 거래요? 없는 거나 마찬가지지. 안 그래요? 낳기만 한다고 아빤가? 애가 클 때 옆에 있어줘야 아빠지. 그런 의미에서 이제야 나타난 아저씨가 아빠일 리가 없다는 게 제 결론이에요. 진짜 아빠였음 버얼써 나타났죠. 아저씬 그냥… 그냥… 음 뭐랄까. 그냥 잘 생긴 나그네? 여행자? 뭐 그쯤으로 해두죠."

순심이가 따박따박 따져대자 석진은 반박할 말이 생각나지 않았다. 당돌한 녀석. 갑자기 석진의 뇌리에 순심의 인생이 스쳐지나갔다. 남의 인생이 보이는 건 죽었을 때 갑자기 생겨난 능력이었는데 지상에 다시 오자 급속도로 능력치가 사라져갔다. 아직 남은 능력으로 들여다 본 양순심은 대략 이런 아이였다. 일락이와 동갑. 마트와 부동산 중개소를 운영해서 동네에서 서민갑부로 통하는 양 사장이 쉰 넘어 얻은 늦둥이. 오남매 중 막내로 구김살 없이 발랄하고 엉뚱한 소녀. 특이한 건 중학생 때까지는 평범한 성적이었다가 고등학교 들어가서부터 성적이 급상승해서 의대에 갔다는 것. 그런 동기가 일락이라는 점이었다. 석진은 일락이를 위해 의대에 간 순심의 인생이 기특하고 귀여워서 순간 피식하고 웃었다. 조금 전에 살짝 얄미울 뻔했던 것이 다 사라졌다.

내 친구를 소개합니다

밥 먹고 하루 종일 하는 일이라곤 자거나 빈둥거리는 게 다인 석진을 보고 순심이가 '신생아'라는 별명을 붙였다.

"야, 그건 내가 저어어어기 먼 데서 갑자기 여기 오느라 시 차적응이 필요해서 그런 거야. 시차가 무려 이십 년이라고."

"누가 아니래요? 여튼 오라버니 하는 게 꼭 신생아 같으니 까 그렇죠. 뭐 귀엽긴 하네요. 깔깔깔."

뭐 새로 태어난 거니 신생아란 말이 아주 틀린 게 아닌 것 같기도 하고… 석진은 반박을 포기한다.

"양순심, 학교 안 가? 형이랑 나 오늘 할 거 있어. 어서 가."

순심이가 석진을 좀 얕보고 깐족대는 것 같아 일락은 내심 언짢던 참이었다. 저러다 석진이 동네 바보형 취급당하진 않 을까 약간 걱정도 되었다. 같이 있는 동안 잘 지내다 갔으면 싶은데 가끔 순심이가 과도한 관심을 보이곤 했다. 오늘도 괜히 학교 가는 길에 들러서 가만있는 석진에게 말을 걸고 농담하고 그러는 중이었다. 삼십 분이 넘자 보다 못해 일락은 순심의 등을 떠밀어 보냈다.

"미리 가서 예습도 하고 좀 그래라, 응? 의대 공부 많이 해야 한다며…"

순심이가 마지못해 떠밀려 나가며 저녁 때 다시 온다 했다.

"일락아, 넌 쟤 말고 친구 없어? 틈만 나면 여기 와서 밥 먹고 가고 너 되게 성가시게 하는 것 같은데?"

석진도 순심 때문에 조금 마음이 상한 터였다. 아무리 그래도 신생아라니. 마흔 여덟 살 어른한테. 안 그래도 이승에 적응하느라 힘들어 죽겠구만…

"순심이는 본래 저래요. 저래도 애는 착해요."

"세상에서 제일 애매한 말이 그래도 애는 착해요, 란 말이야. 착한데 왜 저래? 맨날 콕콕 쑤시는 말만 하고. 아주 이쑤시개 같아."

이쑤시개 같단 말에 일락이 픽! 하고 웃으려다가 입을 꾹 다물었다.

"뭐 됐고. 그래 나하고 할 일은 뭐야? 아빠가 도와줄 일 있어?"

"없어요. 그건 아까 그냥 한 말이에요. 순심이 보내려고요. 저녁 때 제 친구들 올 거예요. 그때까지 그냥 쉬세요. 애들 오면 정신없을 테니까."

그러고선 가게 좀 봐달라고 했다. 이번 달부터 일주일에 두 번 동네 주민센터 문화교실에서 꽃꽂이 강사를 하게 되었다고. 오, 우리 일락이 그런 것도 해?

가게를 봐달라고 하지 않아도 석진은 자주 가게에 가 있었다. 일락이가 배달이며 자잘한 아르바이트로 자리를 비우는 적이 꽤 있기 때문이었다. 얼른 일자리를 구해야할 텐데 이십 년이나 지나버린 세상은 모든 것이 바뀌어 있어서 석진이 할 만한 일이 마땅치 않았다. 시간은 속절없이 흘러가는데 아무 것도 진척되는 것이 없어서 답답했다. 일락은 여전히 자기를 아버지라고 생각하지 않는 것 같고 안 그래도 힘들고 가난한 아이한테 얹혀 있는 것 같아서 미안하기도 했다.

석진은 오늘도 가게에 앉아 세상 구경을 한다. 저절로 눈길이 가는 건 맞은 편 아발론. 아발론은 장사가 꽤 잘 되었는데 점심때는 물론이고 학원 마칠 시간이면 학생들이 밀려들었다.

특히나 희재가 중고등학교 여학생들에게 꽤 인기 있는 모양이었다. 전직 배구 선수라더니 서글서글한 생김새가 매력적이었는데 무슨 사연으로 떡볶이 장사를 하는지 궁금했다. 일락이가 친하게 지내는 모양인데 알자고 들면 아직까진 어렵지 않은 일이었으나 굳이 그 사연을 들여다보지 않기로 했다. 남의 인생을 들여다보는 건 에너지를 많이 빼앗기는 일이었다.

희재는 생긴 것에서부터 행동거지에 이르기까지 성격이 고스란히 드러났다. 큰 키에 어울리는 서글서글한 마스크, 큰 손으로 뭐든 듬뿍 넣고 보는 요리솜씨, 말보다 행동이 먼저, 복잡한 건 딱 질색, 인생은 즐겁게, 내일 없이 오늘만 살자인 캐릭터인 것 같았다. 좋아, 합격! 일락의 이웃사촌으로 나쁘지 않았다. 이제 더 없나, 일락이 친구는 고작 둘 뿐인가 하던 참에 그날 저녁 태오와 태이라는 쌍둥이 남매가 가게에 놀러왔다.

일락이가 쌍둥이들을 소개했다.

"얜 마태오, 공연기획 전공하고 얜 마태이, 의상학과 다녀요."

척 보기에도 재미있어 보이는 친구들이었다.

"클 태(泰), 깨달을 오(悟). 마태옵니다. 스님이 지어주신 이름임다."

하하. 얘도 이름 때문에 신경 많이 쓰이나 보다. 석진은 태오를 보고 가볍게 웃어 주었다. 그러자 대뜸 태오는 유치원 때 처음 만나 신세를 진 일락을 평생의 동지이자 친형제처럼 생각한다고 했다. 유치원생이 평생 동지가 될 만한 일이 뭐 있을까 싶은데 태오는 그걸 꽤 진지하게 말했다. 태이는 석진을 보자마자 피지컬이 훌륭하다며 모델이냐고 물었다. 남성복을 전공할 생각인데 자기 작품 모델을 해달라고도 했다.

"근데 누구세요?"

쌍둥이들이 호기심 어린 눈빛으로 석진에 대해 물었다.

"나? 난…"

"하숙생이야. 엄마 방에 하숙해. 이제 니네들 와도 잘 데 없어."

"어멋! 하숙생! 좀 낭만적인 듯?"

"우와, 하숙생 처음 본다."

그때 순심이 들어왔다.

"왔나! 재벌 10세들! 아저씨, 애네들 엄청 부자!"

재벌 10세라니. 석진이 파하하! 하고 소리 내어 웃자 순심이 신이 나서 설명을 늘어놓기 시작했다. 쌍둥이네 조상님이 조선시대 육의전 상인이었는데 대대로 비단장사에 포목점을 했고 그게 지금까지 이어져 동대문과 남대문에 큰 의류 상가를 갖고 있다는 것이었다. 설명을 들으니 더 웃기고 재미있는 아이들이었다.

"그런데 오늘 무슨 날인가. 친구들이 많이 왔네."

"일락이가 오랬어요. 일락이네 집에 백만 년 만에 새식구가 왔다고."

새식구? 나? 나를 소개해주려고 친구들을 불렀단 말이야? 순간 석진의 가슴이 뭉클해졌다. 아이의 친구가 집에 놀러오는 걸 보는 아빠의 기분이 이런 것이로구나. 석진의 아련하고 뭉클한 기분과는 상관없이 일락과 아이들은 분주하게 움직이기 시작했다.

"자, 이제 시작해볼까."

일락이 부엌에 가서 버너를 들고 오자 순심이가 가져온 것들을 꺼내 마루에 펼쳐놓았다. 라면, 맥주, 오징어, 쥐포, 햄, 소시지, 과자, 과일 등이었는데 순심이는 아무래도 자기네 마트를 털어온 것 같았다. 그게 끝이 아니었다. 부침개가루와 포장된 해산물 같은 것들도 있었다. 뭘 해먹으려고 이런 걸 다? 설마 내 환영 파티? 석진은 일단 아이들이 뭘 하려는지 지켜보기로 했다. 오늘 무슨 날이긴 한가 보았다.

일락이가 부침개를 부치는 동안 순심이와 태이는 방으로

들어가 큰 상을 가져왔다. 태오가 상을 깨끗이 닦더니 가져온 음식들을 차려내기 시작했다. 부침개가 끝나자 일락은 가게로 가 잘 피어난 거베라 두 송이를 가져와 유리병에 꽂아 상 위에 놓았다. 그 옆에 순심이 초를 켜 올렸다. 대체 무슨 일인 거지? 처음엔 그냥 아이들이 모여서 저녁을 먹으려나보다 했다. 그런데 아니었다. 궁금증은 일락이 누군가의 사진을 상 위에 올려놓는 순간 바로 풀렸다. 아이들은 일락의 엄마 혜진의 제사를 준비했던 것이다. 사진 속 환하게 웃고 있는 혜진을 보는 순간 석진의 가슴이 서늘해졌다. 오늘이 혜진의 기일이었구나.

아마도 그건

어둡고 시끄러운 공연장 대기실.

공연이 있는 날이면 아무 말 없이 꽃만 놓고 가는 말간 얼굴. 석진이 불러도 여자는 그냥 갔다. 한번은 석진이 나가려는 여자의 팔을 잡아 돌려세웠다.

"어, 뭐예요. 맨날 꽃만 갖다 주고 그냥 가요? 이런 데 왔으면 노래도 듣고 춤도 추고 그래야 하는 거 아닌가."

석진은 꽃만 가져다 놓고 자기한테 아무런 관심도 주지 않는 여자가 신기했다. 여자가 대답 대신 주머니에서 낡은 핸드폰을 꺼내 글자를 찍었다.

"서정민이라는 분이 배달 주문 하셨어요."

아, 나랑 말하기 싫다는 건가? 혹시 말을 못하는 건가? 듣지도 못하나? 갑자기 호기심이 일었다.

"노래 불러줄까요? 이름 뭐예요?"

노래 불러줄까요. 그 순간 석진은 왜 그런 말을 했을까. 여자는 조금 놀란 듯 아주 잠깐 빤히 쳐다보다가 달아나듯 가버렸다. 여자가 귀여워서 석진은 속으로 웃었다. 그리고 석진은 여자를 잊었다. 공연의 열기가 작은 여자가 받은 상처 같은 것은 조금도 생각나지 않게 했다.

그녀를 다시 만난 건 축제로 들뜬 학교 안에서였다. 바구니에 장미꽃을 담은 채 사람들 사이를 이리저리 치이며 다니고 있었다. 꽃이 팔리지 않는 것 같았다.

"한 송이 얼마예요?"

석진이 물었다. 여자가 석진을 한 번 보더니 핸드폰을 꺼내 "천 원"이라고 찍어 보였다.

"다 주세요."

석진 옆에 있던 다른 사람이 그 꽃을 다 사서 석진에게 주었다. 여자는 또 달아나듯 가버렸다. 석진은 그날 이후 여자가 가끔 생각났다. 그렇다고 특별한 관심은 아니었다.

세 번째 만난 건 학교에도 가지 않고 아무렇게나 찾아든 어느 동네 언덕에서였다. 여자는 내려가고 석진은 올라가던 길 위에서 마주친 순간, 여자가 석진을 기억하는지 고개를 숙여 인사했다. 스쳐 지나가려는 걸 석진이 잡아 세웠다.

"어? 장미꽃 아가씨! 나 알죠?"

여자가 고개를 끄덕이고는 부끄러운 듯 재빨리 길 아래로 뛰어갔다. 석진은 나풀거리며 뛰어가는 여자를 한참 바라보았다. 그러다 동네를 한 바퀴 돌아 나왔을 때 여자의 꽃가게를 발견한 건 정말 우연이었다. 낡은 한옥 벽면을 헐어 만든 꽃집에선 진한 꽃향기와 함께 따뜻한 불빛이 흘러나오고 있었다.

"와! 여기서 일해요? 주인? 이름이 라혜진?"

석진은 꽃집에 매달린 작은 간판을 읽었다.

〈라혜진 꽃방〉

사월의 라일락이 담벼락 위에 흐드러지게 피어 간판까지 닿아 있었다. 꽃냄새 가득 담은 바람 때문이었을까. 아니, 어쩌면 초저녁 풍경에 취했던 것인지도. 석진은 하얀 뺨을 가진 그 여자가 어쩐지 사랑스러웠다. 말도 못하는 그 여자가.

록밴드 〈이터니티〉의 정기공연 날, 석진은 객석 한 구석에 있는 혜진을 보았다. 그때 꽃가게에서 공연표를 주며 꼭 보러 오라고 했었다.

"맨날 꽃만 갖다 주고 그냥 갔죠? 이거 구하기 엄청 힘든 표예요."

과연 올까 했는데 왔다. 안 올 리 없지. 후훗! 석진이 미소 띤 얼굴로 무대에 등장했다. 사람들이 환호성을 질렀다. 광란의 열기 속에 가만히 앉아만 있는 여자는 무척 이질적이었다. 석진은 혜진이 자기한테 반하게 하고 싶었다. 그건 너무나 쉬운 일이었다. 그냥 하던 대로 하면 될 일이었다. 하지만 열광하는 사람들 속에서 어쩔 줄 몰라 하던 혜진은 공연이 끝나기도 전에 자리를 떴다.

공연은 대성공이었지만 석진은 뭔가 허전했다. 뒤풀이 때에도 그 여자만 생각났다. 술을 마셔도 노래를 불러도 자꾸만 생각났다. 라일락이 피어있던 그 꽃집을 찾아갔을 때 여자는 또 달아나려 했다. 가게 안이 좁아서 갈 데가 없는 데도. 석진이 물었다.

"왜 그냥 갔어요? 나한테 아직 안 반했구나?"

"무서워서요."

혜진의 핸드폰에 찍힌 글자는 의외였다.

"나 무서운 사람 아닌데. 무서운데 사람들이 그렇게 좋아하겠어요? 나 엄청 인기 많아요. 그건 내가 좋은 사람이란 얘기지."

"그래서 무서웠어요. 내가 당신을"

문자는 '당신을'에서 멈췄다. 석진은 그 다음 글자를 알 것 같았다. 여자의 눈동자에 눈물이 고이려 했다. 석진의 심장 박동이 빨라지고 있었다. 석진은 혜진의 손을 끌어당겨 제 심장에 갖다 대었다.

"소리를 못 들으면… 이건 느껴져요?"

여자가 고개를 끄덕였다. 그 순간 견딜 수 없을 정도로 격정이 몰아쳤다. 그렇게 혜진을 안았던 밤이었다.

혜진의 영정 사진 앞에서 석진은 이십 년 전의 기억을 떠올리고 있었다. 아이들이 절을 하느라 일어섰다 앉았다 하는 동안에도 석진은 사진만 뚫어져라 바라보았다. 풋사과 같았던 그 밤 이후 오래지 않아 석진은 죽었다. 영혼이 육신에서 분리되는 그 찰나의 순간에 지나온 생이 다 보였지만 혜진은 없었다. 혜진의 존재는 연옥을 지나 천국의 문 앞에 다다랐을 때에야 겨우 감각되었다. 연옥에서 알았더라면 거기서 죄를 씻었을 텐데 어째서 그 기억은 내내 묻혀 있다가 그때서야 드러났을까.

그 밤 석진의 잠 속으로 천사가 찾아왔다.

"그 여인, 라혜진과의 지난날, 이제 생각나?"

"…네. 이제 기억나요. 제가 그랬었군요. 근데 다른 사람도 희미하게 보여요. 자꾸만… 누구죠?"

"흠…" 하고 천사는 석진의 주위를 맴돌더니 말을 이었다.

"나는 네가 만들어지고 태어날 때 모든 것을 지켜봤지. 너는 그분께서 특별한 계획을 갖고 아름답게 만들었어. 곱사등이 아버지, 가난한 삼류 배우 엄마. 그 무엇도 너에게 걸림돌이 되지 않도록, 그 모든 것을 뛰어넘을 수 있는 많은 것을 주셨지. 다른 사람들보다 특별히 더 많이. 너는 그처럼 넘치게 받은 것으로 무엇을 했니."

"저, 열심히 잘 살았어요. 제가 가진 것으로 사람들에게 많은 기쁨을 주었다고 생각해요. 사람들은 나를 보고 한순간이나마 마음의 불안, 우울, 근심 따위를 잊고 좋아했으니까요. 그리고 나 사람들한테 그렇게 나쁘게 하지 않았어요. 친절하기도 하고 다정하기도 했던 것 같은데… 뭐 그 정도면 된 거 아닌가요? 혹시 제가 마더 테레사 같은 사람들처럼 살았어야 했나요?"

"인정. 처음엔 그랬지. 그러나 넌 곧 교만해졌어. 가슴에 손을 얹고 생각해 봐. 너는 너에게 매혹된 사람들에게 얼마나 진실했었니? 진심으로 누굴 좋아해본 적 있어? 아니야, 없어. 넌 사람들의 마음을 네 멋대로 즐겼어. 남자, 여자, 어른, 아이 할 것 없이 널 좋아하게 해놓고 너는 그걸 즐기고…"

천사가 콕콕 찍어서 말하자 석진은 뜨끔했다. 하지만 억울하다. 인간인 이상 그런 마음이 들 수도 있는 것 아닌가. 그렇게 많은 사람들이 나를 좋아하는데 마냥 겸손하기만 하다면 그거야말로 성인군자지, 평범한 인간이 한때 잠시 우쭐한 마음을 가졌다는 게 그렇게나 큰 죄란 말인가. 생각해보니 좀 억울해서 화가 나려고 했다.

"아니, 천사님. 우리 인간적으로 아니, 천사적으로? 아무튼 말은 바로 합시다. 그게 어떻게 죕니까. 사람들은 저를 사랑함으로써 충만한 행복감을 느꼈다고요. 혹시 천사라서 인간의 마음 같은 거 모르시나? 누군가를 좋아할 때 얼마나 행복한지. 저는 그냥 그… 뭐랄까. 누군가를 좋아하고 싶은 마음에 바쳐진 도구였다고요. 사람들은 언제나 저 같은 사람을 찾아 헤매죠. 자기의 마음을 쏟을 상대. 저는 뭐 안 힘들었는지 아세요? 이 사람 저 사람 마음 다 받아 주느라, 아, 아니다. 다 받아 준건 아니고 아무튼 저를 쳐다보는 사람들 시선 속에서 힘들고 괴로운 적 많았다고요. 이제 와서 하는 말이지만 사람들 속에 있으면서도 늘 공허하고 아팠어요. 저도 상처 받으면서 살았다고요. 아, 이 얘긴 그만 합시다. 치사해지니까. 아, 그리고요. 진짜 이런 말은 하기 싫은데, 저는 사람들 보고 사랑해달라고 한 적이 한 번도 없습니다. 자기들 마음대로 좋아하고 멋대로 상처받는데 왜 내가 그 사람들의 감정까지 책임져야 하죠?"

천사가 말없이 듣고 있다가 조금 짜증 난 표정을 지었다.

"아이 참, 윤석진! 너 진짜 죄를 알려줄까? 니 진짜 죄는! 아무도 사랑하지 않은 거야. 너는 니 마음을 너무 아꼈어. 겉으로만 친절하고 다정했지. 너한텐 사랑이 너무 흔하고 가벼웠었지. 누군 인생을 거는데 말이야. 넌 그래서 틀렸어. 여전히 교만해. 자, 이제 네가 작정하고 한 여자의 마음을 빼앗은 대가가 어떤 것인지 이제 본격적으로 깨닫게 될 거야. 그리고 널 사랑해서 상처받은 사람이 그 여인만이 아니라는 것도."

석진은 태어날 때부터 사랑받는 존재였다. 자라면서는 누가 가르쳐주지 않아도 사랑받기 위해 해야 할 일과 하지 말아야 할 일을 잘 알았다. 사람들은 그가 웃으면 웃는다고 좋아했고, 찡그리면 찡그린다고 좋아했다. 무얼 해도 예뻐했고 사랑해주었다. 석진이 약간의 관심을 가져주면 사람들은 그 몇 배의 사랑으로 돌려주었다. 세상에서 제일 쉬운 일이 사랑받는 일이었다. 사는 동안 그토록 많은 사랑 속에 있었건만 그런데도 사랑이 무엇인지 석진은 잘 몰랐다. 그 때문에 저지른 죄가 함부로 남의 마음을 뺏은 죄라니, 아무도 사랑하지 않은 죄라니. 그게 죄가 되기나 하는 걸까, 석진은 새삼 궁금했다. 그런데 그 죄를 말하는 천사의 표정이 너무 냉랭했다. 내 천사가 맞나 싶을 정도로. 사실 연옥을 지나가는 동안 석진은 지상의 사람들이 자기 때문에 겪고 있을 슬픔 같은 것은 잊었었다. 어서 이 고난의 길을 다 걸어 천국에 가서 쉬고 싶은 마음뿐이었다. 그런데 천국의 문 앞에서 거절당하고 말았다. 모든 것을 다시 시작해야 하는 것이다. 석진은 지난 세월 자기 곁에 머물렀던, 혹은 스쳐지나갔던 인연들을 떠올렸다. 그건 사랑이었을까.

붕어빵과 스마트폰

석진은 가게와 집안 여기저기를 돌아다니며 수리해야 할 것들을 체크했다. 집이 오래되어서 손 볼 데가 많았다. 화장실이며 세면대도 고쳐줘야 할 것 같고, 서까래와 처마도 칠을 새로 해야 할 것 같았다. 집수리 말고도 버킷 리스트를 적다보니 돈을 벌어야겠다는 생각이 들었다. 일락의 일을 도와주는 것만으로는 돈이 생기지 않았다. 아이는 새벽부터 밤까지 쉬지 않고 일하는데 명색이 아빠라는 인간은 하루 종일 집에서 개밥 주는 것 말고는 하는 일이 없었다. 아까운 시간이 자꾸만 가고 있었다. 남은 시간이 얼마인지 몰라 더 초조했다.

사실 하고 싶은 일은 많다. 아이와 함께 낚시도 가고 싶고 야구도 같이 보러 가고 싶다. 좋은 옷도 사주고 싶고 근사한 곳에서 밥도 같이 먹고 싶다. 아, 그리고 카톡이라는 거! 아이와 함께 그걸 하려면 스마트폰이라는 것도 사야 한다. 게다가 오늘 아침에는 이런 일도 있었다. 일락이가 새벽시장에서 사온 꽃 중에 수국이 있었는데 분홍색 꽃이 커다래서 눈에 띄었다. 볼수록 예뻐서 수국을 들고 "야, 이건 니 얼굴만 하다."며 일락이 얼굴에 갖다 대며 장난을 쳤다. 그러다보니 꽃잎 몇 개가 떨어지고 말았다. 그러자 곧장 날아오는 일락의 외마디 비명!

"아아악! 수국! 이게 얼마나 비싼 건데… 한 송이에 3만 원이나 하는 거라구요."

"야, 무슨 꽃 한 송이에 3만원! 뻥은!"

"수입이라 그래요. 지금은 국산 안 나오는 계절이라…"

일락이 한숨을 쉬며 말했다.

"아, 아, 알았어. 미안. 정말 미안. 아빠가 오늘 이 수국 꽃값만큼은 꼭 벌어올게."

팔지 못하는 수국은 파란색 유리병에 담겨 식탁에 올라왔다. 밥 먹는 내내 일락은 뿌루퉁해 있었고 석진은 미안해서 어쩔 줄 몰라 했다. 아, 진짜 애하고 뭐 좀 안 맞나. 뭘 좀 하려고 하면 맨날 실수하네. 그건 그렇고 하느님, 쫓아낼 거면 돈 될 만한 것 좀 챙겨서 보내거나 복권 당첨 번호를 미리 아는 능력이라도 주셔야 하는 것 아닙니까. 이렇게 아무 것도 없이 빈털

터리인데 무슨 수로 아빠 노릇하라는 건지!

아무튼 돈을 벌어야 했다. 석진은 일단 동네 한 바퀴를 돌아보았다. 둘러보면 일거리가 있겠지 싶어서였다. 인력사무소에 갔더니 주민번호를 부르라고 해서 그냥 나왔다. 아르바이트생을 구한다는 카페에 갔더니 사장이 엄청 반기긴 했는데 역시 주민번호를 달래서 그냥 나왔다. 그놈에 주민등록번호! 이미 말소되고 없는데 그게 없으니 도무지 할 수 있는 게 없었다.

"다치고 상처 나고 이러는 거 취미예요? 혹시?"

상처를 치료해주며 일락이 말했다. 일하러 나가서 다쳐 온 게 대체 벌써 몇 번째인지. 제대로 된 아르바이트 자리 얻는 게 얼마나 힘든지 이 철없는 하숙생은 아직 모르는 모양이었다. 일이 서툰 사람임에 분명했다. 전단지 돌리다가 손가락을 베어 오고 어떤 날은 도배 보조를 하다가 풀통에 빠졌는지 온몸이 풀로 꾸덕꾸덕해져서 오기도 했다. 그건 그나마 괜찮았다. 하루는 꽃배달을 하겠다고 해서 자전거에 태워 보냈더니 가로수를 들이받아 자전거는 부서지고 꽃바구니는 망가뜨린 데다가 무릎까지 깨져서 오고 말았다. 다치고 상처 나고 부수고 고장 내고… 이 사고뭉치 하숙생을 어쩌면 좋지… 애들이 놀릴까 봐 순심이나 태오한테도 얘기 못하고 일락은 혼자서 속앓이를 했다.

"시골에 가서 모내기 이런 거 좀 해볼까."

석진은 미안한 마음에 겨우 입을 열었다. 간신히 생각해 낸 것이 그거였다. 어릴 때 시골에 살면서 해본 적도 있어서 잘할 수 있을 것 같았다. 거기선 주민번호 달라고 하진 않겠지.

"요새 기계가 다 합니다. 드론으로 농약도 뿌리고 비료도 주고요."

드론은 또 뭐야. 새로 나온 공룡 캐릭터인가. 석진은 지금 드론이 좀 얄밉다.

일락은 저도 모르게 한숨을 내쉬었다. 참 난감했다. 하숙생이라고는 하지만 하숙비를 받을 수 있을 것 같지도 않고, 그렇다고 마냥 집에 있게 할 수도 없어서 정말이지 무슨 수를 내야겠다 싶다.

이상한 사람이지 나쁜 사람은 아닌 것 같아서, 아니 사실은 어디 갈 데도 없는 것 같아 나라도 거둬줘야지 하는 마음에, 아니 아니 진짜로는 누군가 함께 있다는 사실 자체가 좋아서 일락은 석진이 싫지 않았다. 하지만 언제까지 이러고 있을 수는 없다. 이 사람을 찾는 가족들도 있을 테고.

"제가 집 찾는 거 도와드려요?"

"아니. 없어, 집."

"왜 집이 없어요. 어머니, 아버지 형, 누나, 동생… 그런 사람들 없어요?"

가족을 묻는 말에 석진은 아무 대답도 하지 않았다. 일락도 더 이상 묻지 않았다. 역시 짐작대로 사연 많은 사람이겠구나 싶다.

"하숙비 독촉하지 않을 테니까 당분간 어디 다니지 마세요. 다 나을 때까지."

저 상처도 금방 낫겠지? 이번엔 얼마나 걸릴까. 신기한 건 저렇게 다쳐도 금방 낫는다는 거였다. 자잘한 상처 같은 것은 약을 바르지 않아도 한나절이면 흔적도 없이 다 나아있었고 거의 다리가 부러진 것 같았는데도 다음날이면 멀쩡해져서 뛰어다녔다. 지난번엔 벽에 못질하다가 왼손을 망치로 내려쳐서 주먹대장이 되었는데 두어 시간 후에 보니 언제 다쳤냐는 듯 다시 고운 손으로 돌아와 있었다. 도대체 저 사람 세포는 뭘로 만들어졌길래. 아무튼 여러모로 신기한 사람이었다.

일락이가 일 나가지 말라고 해서 석진은 하루 종일 가게에만 있었다. 할 수 있는 일이 이렇게나 없다니. 스스로가 한심했다. 아빠라고 큰소리쳤는데 그냥 백수였다. 폐지라도 주우러 다녀야 하나. 우울한 기분에 턱을 괴고 앉아 있는데 손님이 왔다. 돈을 줄 테니 일주일 정도 고양이를 돌봐줄 수 있냐고 했다. 돈을 준단 말에 석진은 귀가 번쩍 뜨였다.

"아, 예! 고양이, 강아지 환영입니다."

고양이 주인은 이동장과 사료를 내려놓고선 비행기 시간에 늦겠다며 황급히 가게를 나갔다. 봉투 안에는 10만 원이 들어 있었다. 이게 고양이 봐주는 값인가? 많은지 적은지는 모르겠는데 석진은 일단 돈이 생긴 게 좋았다. 고양이는 자기가 돌보면 될 일이었다. 자, 이제 이 돈을 갖고 무얼 하지?

일락이 몇 군데 배달을 돌고 들어왔을 때 석진은 없고 가게엔 못 보던 고양이 한 마리가 일락을 보고선 의자 밑으로 기어 들어갔다. 이동장과 사료도 있는 걸 보니 길냥이는 아니었고 그렇다고 아는 집 고양이도 아니었다. 일락은 화분 정리를 하면서 석진과 고양이 주인을 기다렸다. 그러나 저녁때가 되어도 아무도 오지 않았다. 대체 어딜 간 거야. 사고치고 있는 건 아니겠지. 불안했다. 뭔가 어딘지 모르게 어설픈 사람이었다. 스마트폰을 보고 휴대폰으로 인터넷도 해? 하며 놀라질 않나,

셋톱박스가 달린 텔레비전을 못 켜서 쩔쩔 매는 것도 이상했다. 노래도 옛날 노래만 알고 요즘 가수는 하나도 모르는 것 같았다. 하긴 전에 순심이가 라떼를 사왔을 때도 처음 먹어보는 것 같았으니까. 정말 본인 말대로 진짜 마흔여덟 살 아닌가 싶기도 하다. 아니 마흔여덟 살이래도 그렇지. 방방곡곡, 첩첩산중, 낙도, 오지 할 것 없이 인터넷이 빵빵 터지는 IT 초강국에서 문명과 담을 쌓고 산 것이 아니라면 저렇게까지 세상 돌아가는 걸 모를 수 있을까.

그나저나 대체 어딜 건 거야. 밤 열 시가 넘었는데. 걱정이 되기 시작했다. 저녁은 먹었는지, 길을 잃은 건 아닌지 초조했다. 연락할 방법이 없으니 더 걱정이었다. 만약 계속 안 오면 경찰에 알려야 하나, 싶다가 혹시라도 경찰에서 알면 안 되는 그런 사람 아닐까 싶기도 해서 생각은 점점 복잡해져만 갔다. 열한 시 삼십 분. 일락은 걱정이 되어 나갔다가 동네어귀에서 석진과 맞닥뜨렸다.

"어딜 갔다 이제!"

하는데 석진의 모습이 달라져 있어 일락은 하려던 말을 잠시 멈추었다. 석진의 옷차림이 확 바뀌어 있었다. 타이트한 검정색 니트에 역시나 몸에 달라붙는 블랙진, 검정색 첼시부츠를 신고 있었고 헤어스타일도 바뀌어 있었다. 약간 긴 머리를 바람에 날리듯 연출해서 마치 커피 광고에 나오는 모델 같았다. 어둠 속에서도 올블랙의 남자는 화려하게 빛나고 있었다. 남자가 말했다.

"아빠가 돈 벌어왔다."

아빠들이 밤늦게 들어올 때 사오는 것, 붕어빵도 석진의 손에 들려있었다. 찬바람에 식어버려 아무 맛도 없는 걸 건네면서 석진은 의기양양해 했다.

"먹어 봐. 황금잉어빵이라는데? 빵이 번쩍번쩍해."

"대체 어딜 갔다 온 거예요."

"돈 벌다 왔다니까. 이제 너한테 뭘 좀 해줄 수 있을 것 같아."

나한테 뭐 해주려고 할 필요 없어요, 그냥 형편 되면 다달이 하숙비만 제때 내주시고요, 제발 그 아빠 소린 그만하고 제정신 들면 진짜 집 찾아 가세요, 라는 말이 입속에서 맴돌았다. 일락은 이제껏 걱정하며 기다린 게 화가 나서 좀 까칠하게 물었다.

"그 옷은 또 뭐예요."

"응. 요 앞에 중고가게에서 샀어. 거기 엄청 싸고 좋던데? 이 니트는 아르마니!"

"예? 무, 무슨 돈으로요?"

"고양이 돌봐주기로 했어. 일주일간."

아, 고양이. 그래서 가게에 고양이가 있었던 거로구나. 예전에 일락은 고양이나 강아지 돌봐주는 아르바이트도 가끔 했었다. 그러다가 바빠서 그만 둔 지 오래였다. 돌보던 고양이나 강아지를 돌려보낼 때 헤어지기 아쉬운 것도 있었고.

"형이 돌볼 거죠? 전 신경 안 쓸 거예요."

"어브코오오쓰."

그런데 고양이 돌보는 것 말고도 돈을 벌었다는데 대체 어디서 무얼 해서 돈을 벌었다는 건지… 신경 쓰지 말자 했는데도 신경이 쓰였다. 사기 당한 건 아닌지, 아님 반대로 나쁜 짓한 건 아닌지. 아냐, 아냐, 나쁜 짓 할 사람은 아니야. 일락은 고개를 내저었다.

그나저나 자꾸 아빠라고 해서 그런가, 문득 없던 정도 생기려고 하는 것 같았다. 일락은 더 세차게 고개를 흔들었다. 아냐, 흔들려선 안 돼. 일락은 어려서부터 다짐한 게 있었다. 쓸데 없이 인연을 만들지 말고 사람에게 마음 주지 말자고. 물론 순심이와 태오, 태이 같은 어릴 적 친구와 오래 봐온 동네사람들은 예외지만 말이다. 연애 같은 것도 하지 않기로 했다. 사람 하나에 근심 하나. 사는 게 이렇게 고달픈데 이런저런 인간 관계로 마음 쓰고 싶지 않은 것이다. 그랬는데 왜! 저 이상한 사람과 엮였을까. 알다가도 모를 일이었다.

"돈 얼마 벌었는데요?"

"삼십만 원?"

우엥? 하룻밤에 많이도 벌었네. 점점 더 수상쩍었다. 대체 뭘 한 거야. 걸어 다니는 아르바이트 백과사전인 일락이 추리 하건대 일단 몸으로 버는 일인 게 틀림없다. 단시간에 고액 아르바이트라면 공사장에서 막노동? 아니다. 복장상태를 봐서는. 그렇다면 행사장 도우미? 그럴듯하긴 한데 지금 저 정신 상태로 무슨 행사를 돕겠나 싶다. 혹시 누드모델? 제일 잘 어울려 보이기는 하지만 아니었으면 한다. 한참을 궁리하다가 추리를 멈추었다. 에휴, 무슨 일을 하든 내가 무슨 상관? 그러다 일락은 초저녁 무렵 석진을 기다릴 때부터 생각했던 것을 얘기했다.

"그 돈으로 내일 스마트폰이나 사러 가요. 연락 안 되니 답답하더라고요."

스마트폰 소리에 석진이 반색했다.

페퍼민트 커피

오늘 아침은 석진이 식사를 준비했다. 아침이 누구보다 바쁜 아이니 이제부터 내가 챙겨줘야지 싶어 석진은 일찍부터 부엌을 들락거렸다. 그동안 아침을 어떻게 먹었냐고 물으니 그냥 건너뛰거나 라면을 끓여 먹었다고 한다. 그래도 석진이 온 후론 뭐라도 먹고 있다고. 석진은 그 말이 좋았다. 내가 있어서 너한테 좋은 점이 있구나 싶어서.

부엌을 보니 딱히 찬거리가 없어서 석진은 엊저녁 제 몫으로 남은 밥을 불려 우유를 넣어 끓이고 식은 붕어빵을 프라이팬에 데웠다. 그랬더니 그럭저럭 간단한 아침 한 끼로 먹을 만했다. 시장에서 돌아온 일락이 식탁을 보더니 가게에 가서 수선화 꽃을 가져 왔다.

"식탁에 반찬은 없어도 꽃이 없었던 적은 없어요."

"그래? 퍽 낭만적이구나. 여왕의 식탁, 뭐 그런 거?"

막 한 술 뜨려는데 순심이 왔다.

"오! 타락죽에 생선구이!"

일락은 순심이가 달라는 소리도 안 했는데 당연하다는 듯 죽을 한 그릇 더 가져왔다. 한 그릇 만들기엔 좀 부족했는지 제 그릇에 있는 것을 덜어주기까지 했다. 그걸 보다가 석진이 제 것을 일락에게 덜어주었다. 순심이 얘는 자기 집에서 아침도 안 먹고 오나. 일주일에 두세 번은 일락이네 와서 아침을 먹고 가는 것 같았다. 안 그래도 없이 사는 애한테 와서 다 털어먹나 싶어서 얄미운 생각도 들었다. 한편으론 저렇게 허물 없이 친하게 지내는 애가 있어서 다행이다 싶기도 하고.

"넌 집밥보다 일락이 밥이 더 맛있니."

"밥이야 집에서 이미 먹고 왔죠. 어릴 때부터 버릇이거든요. 일락이네 지나가다 들리는 거. 들렸는데 일락이 밥 먹고 있음 같이 먹고 뭐 그런 거죠."

그런 사이구나, 얘네들은. 밥을 같이 먹는 사이. 식구.

나올 때 보니 마루에 순심이 가져온 식료품 봉지가 놓여 있었다. 순심이 말이 유통기한 임박한 것들이나 살짝 넘긴 것들 중에서 먹어도 괜찮은 것들은 식구들끼리 먹기도 하고 일락이한테 나눠주기도 한다고 했다. 그걸 보는 석진의 심정이 미묘했다. 분명 고마운 일인데 꼭 고맙지만은 않은 그런 기분이었다. 설마 폐기 직전 불량식품을 우리 일락이 먹으라고 주는 건 아니겠지. 그러기만 해, 아주 그냥!!!

셋이서 스마트폰 가게로 가는 내내 석진의 마음은 꽁했다. 빨리 돈을 많이 벌어서 일락이에게 좋은 것을 먹여야겠다는 생각에 속이 드글드글했다.

"효도폰으로 해줘."

"아직 효도받을 나이 아니시거든요. 전화요금은 매달 제 통장에서 빠져나갈 거예요. 하숙비랑 같이 주심 돼요."

일락은 제 이름으로 스마트폰을 개설하면서 "이건 영업용…"이라며 작게 중얼거렸다. 옆에서 순심이가 "오올… 사장님의 위엄!"이라며 한마디 거들었다. 열일곱 살 때부터 제 뜻과는 무관하게 사장이 된 일락이었다. 가난하고 빚에 허덕이는 소상공인, 꽃집 사장님 라일락은 이렇게 또 돈 나갈 일이 생겼다. 아무래도 저 하숙생에게 제대로 전화요금을 받을 수 있을 것 같지가 않다.

스마트폰 대리점에서 헤어져 순심은 학교로 갔다. 도서관에서 자료도 찾아야 하고 다른 볼 일도 있었다. 오늘은 정신과 전문의 김지연 교수 방에 잠깐 들리기로 했다. 김 교수는 순심이 의대 신입생 오리엔테이션 때 만난 인연으로 친해졌다. 각자 의대에 온 동기와 포부를 말하는 시간이었다. 3대째 의사 가문을 잇기 위해서, 돈을 많이 벌고 싶어서, 국경없는 의사회 같은 데서 일해 보려고, 부모님이 가라고 해서… 저마다 사연들이 많았다. 그런데 순심은 "친구 엄마를 치료해주려고요." 라고 했다. 자기 엄마도 아니고 친구 엄마의 병을 치료하기 위해 미친 듯이 공부해서 의대에 왔다고 하니 다들 순심을 경이로운 눈으로 바라보았다. 김지연 교수도 그 자리에 있었다. 그러던 어느 날 수업이 끝나고 김 교수가 차나 한잔하자며 불렀다.

"내가 아는 사람 중에도 그런 사람이 있어요. 꽤 유능한 의사인데 죽은 친구의 어머니를 이십 년째 돌보고 있지. 친구 어머니가 순심 학생을 좋아하시겠네."

"벌써 돌아가셨어요. 제가 의대 합격한 건 못 보셨어요."

이런저런 소소한 이야기를 나누고 왔는데 선배들이 순심을 부러워했다. 신입생이 교수와 그렇게 사담을 나눌 기회가 별로 없다는 것이다. 게다가 그 교수가 어마어마한 사람이라고도 했다. 실력도 실력이지만 초대형 병원 체인을 소유한 집안 출신으로 순심이네 학교에도 막강한 영향력을 행사할 수 있는 사람이라는 것이다. 그래서 의대 선배들이 너나할 것 없이 그 교수 눈에 들려고 애쓴다고 했다. 선배들이 순심이에게 너 줄 잘 잡으라며, 황금동앗줄이니 잘 해보라는 덕담 아닌 덕담을 했다. 그으래? 그렇담 친하게 지내야지. 흐흐흐. 순심은 속으로 쾌재를 불렀다. 안 그래도 집안에 의사 하나 없는 동네 마트 집 딸이 의대에 왔다고 동기며 선배들이 은근히 무시하는 걸 느끼던 터였다. 김지연 교수에 대해 들었던 날, 순심은 주먹을 불끈 쥐었다. 오케이! 좋아! 튼튼, 씩씩, 싹싹한 양순심이 교수님의 어린 벗이 되어드리겠사옵니다. 그러니 저의 소중한 빽이 되어주시옵소소소소소소….

언제나처럼 김 교수의 방은 단출했다. 전공 책보다 더 많은 잡다한 책들이 꽂혀 있고, 천사가 아름다운 여인에게 말을 건네는 그림이 걸려 있고, 알지 못할 클래식 음악이 흘렀다. 순심이는 일락이네 가게에서 가져 온 페퍼민트 화분을 건넸다.

"오천 원이요. 제 친구네 꽃집에서 제일 예쁜 걸로 가져 왔어요."

"하하. 그래? 커피 한잔하고 가."

지연이 건넨 커피 잔엔 방금 가져온 페퍼민트 잎이 띄워져 있었다. 순심은 페퍼민트 잎을 건져내고 한 모금 마셨다..

"커피를 왜 이렇게 찐하게 마셔요? 어으, 페퍼민트향도 쎄다."

에스프레소 잔에 담긴 커피를 맛보며 순심이 물었다.

"맛있잖아. 달고 쓴 게 확 와 닿아서 좋아. 이래야 커피 마신 것 같거든."

"너무 찐해요. 이렇게 마시는 사람은 처음 봐요. 아이, 짜…"

짜단 말에 지연이 푸흡 하고 웃었다.

"이렇게 마시는 사람이 또 있었어. 뜨겁고, 진하게, 조금만!"

어딘가 사연 많을 것 같은 사람이었다. 사십대 후반이긴 해도 성격 좋은 골드미스인지라 결혼을 하려고 들면 얼마든지 했을 것 같은데 소문에 의하면 첫사랑에 대실패를 했단다. 그냥 실패도 아니고 대실패면 대체 어떤 사랑을 한 건지. 약지에 끼워진 묵주반지는 결혼반지인 척하는 거라는 이야기를 순심도 들어서 알고 있었다. 책장에는 젊은 시절 찍은 사진이 보란 듯 놓여 있었는데 저 남자들 중 하나인가 싶어서 순심은 사진을 유심히 들여다보았다. 또래로 보이는 남자 둘과 팔짱을 낀 채 활짝 웃고 있는 사진이었다.

"이쁘지? 스물두 살, 내 리즈 시절."

"네. 그 옆에 남자분이 참 이쁘시네요. 아주 눈에 확 들어옵니다."

"나는?"

"교수님은 지금이 더 멋지시고요."

지연이 소리 내어 웃었다.

"누구예요? 이 두 분 중에?"

"뭐가?"

"누가 교수님께 대실패를 안겨드린 장본인이냐고요."

"비밀."

"아, 나 지금 삘이 확 오는데. 삼각관계죠? A는 B를 좋아하는데 B는 C를 좋아한 거죠? 아니면 A와 B가 동시에 C를 좋아한 건가."

"상상은 자유!"

"아, 이런 경우도 있겠네요. A가 B와 C를 둘 다 좋아하는 거. 교수님, 솔직하게 고백해봐요. 교수님이 A죠? 근데 두 사람 모두에게 다 차였어. 그래서 연애사업 대실패!"

지연이 깔깔거리며 웃어댔다. 진짜 성격 좋은 사람이었다.

기분 나쁠 수도 있는 말을 웃어 넘겼다. 순심은 조금 미안해졌다. 오래전 일이라 해도 실연은 가슴 아픈 상처일 텐데 그 상처를 건드린 게 아닌가 싶다.

"교수님, 제가 실연을 치료하는 효과적인 처방전 알려드릴게요. 완치는 어렵겠지만요."

"뭔데?"

"되게 간단하면서도 어려운 건데요. 그냥 계속 사랑하는 거예요. 누군가를요. 아무나라도 좋아해버려요, 짝사랑이래도 해요. 막 그냥."

"그거 참 신통한 방법이네."

"그러니까요. 교수님, 아직 늦지 않았어요. 교수님 지금 연애하기 딱 좋은 나이라니까요. 교수님은 교수님이 얼마나 멋진지 모르시죠?"

지연은 순심이 귀여워서 소리 내어 웃었다. 하지만 알고 있다. 순심의 처방전이 아무 소용없을 거란 걸.

그대, 꽃길만 걸어요

오늘 새벽시장엔 석진도 함께 갔다. 보통은 석진이 아무리 같이 가자고 해도 일락이 혼자 말도 없이 가버리고는 했는데 오늘은 어쩐 일로 대문을 함께 나섰다. 인적 드문 거리를 지나고 아무도 없는 마을버스와 텅 빈 지하철을 타고 가면서 석진은 아이가 짊어진 삶의 무게를 생각했다. 혼자서 살아낸 그 인생이 얼마나 고달팠을까. 엄마는 일락이가 열일곱 살 때 세상을 떠났다고 했다. 그 전에도 많이 아팠다고 했으니 일락이 겪었을 고생이 어떠했을지 짐작이 갔다. 천사가 말한 대로 아비가 함부로 남의 마음을 훔친 죄가 이 아이에게 가서 생의 고난이 되었을까.

석진은 앞자리 버스 창가에 기대 꾸벅꾸벅 졸고 있는 일락의 머리를 가만히 쓰다듬었다. 2인용 좌석에 나란히 앉아 아빠에게 머리를 기대주면 좋으련만 아이는 아직 마음을 열어

주지 않았다.

꽃시장에 들어서자 상인들이 일락을 반겼다. 석진에게는 까칠하기만 한 일락이가 시장 사람들과는 퍽 친해 보였다. 상인들은 일락에게 더 싸게 팔지는 않아도 몇 송이씩 더 얹어주기도 하고 새로 들어온 꽃도 선물이라며 주었다. 일락아, 라고 하는 집도 있었고 라 사장~ 하고 불러주는 데도 있었다. 석진은 재빠르게 시장을 헤집고 다니는 일락을 놓칠까 봐 눈치껏 따라 다녔다. 그러다 한 군데 머물게 되었다.

"에휴… 짠한 것. 어린 것이 혼자 사느라고…"

튤립과 장미를 파는 가게 부부가 일락을 보면서 자기네들끼리 얘기를 주고받고 있었다. "클수록 엄마를 닮네." 하고 여자가 말하자 남자가 "일락이 엄마 참 이뻤는데…" 했다. 그 소리에 석진과 여자가 동시에 남자를 째려 봤다. 남자는 흠칫하며 "아니, 도대체 애비란 인간은 어디서 뭘 하고 처자빠졌나…"며 큰소리로 말했다. 석진은 순간 얼굴이 화끈 달아올라서 고개를 홱 돌렸다. 그러다가 꽃집 주인과 부딪칠 뻔했다.

"뭐 필요하슈? 장미? 튤립?"

허둥대는 석진에게 도매상 여주인이 물었다.

"아, 아니요. 사람을 기다리고 있습니다."

"저기 저 총각?" 하며 일락이 쪽을 가리켰다. 일락은 조금 떨어진 가게에서 소국 같은 작은 꽃들을 사고 있었다.

"예…일락이… 아니 라혜진 꽃방 사장이요."

"직원이에요? 라 사장 꽃집에?"

"그, 그런 셈이죠. 오늘 처음 같이 와봤어요."

그러자 가게 주인이 웃음 띤 얼굴로 석진을 위아래로 훑어보며 말했다.

"우리 라 사장, 돈 벌었는갑네. 직원도 채용하고. 그나저나 인물 좋소. 라 사장 많이 도와주쇼. 불쌍한 애예요. 저래 부모 복 없기도 힘들 거요."

석진은 참담한 심정이 되어 가게를 벗어나 일락에게로 갔다. 눈가가 뜨끈했다.

"이거 들고 가면 되지?"

석진은 꽃이 한가득 담겨 있는 양동이를 번쩍 들어올렸다.

돌아오는 길 내내 석진은 아무 말도 하지 않았다. 일락은 석진이 벌써 지쳤나 싶어 신경이 쓰였다. 괜히 새벽시장에 같이 온 것 같아 후회가 되었다.

가게에 오자마자 일락은 꽃 손질에 들어갔다. 석진은 일락이 꽃 손질하는 걸 지켜보았다. 오늘은 웬일로 꽃을 가지고 이야기도 해준다. 꽃마다 타고난 성격이 다 다르고 쓰임도 달라서 물오름이며 온도, 습도 같은 것을 잘 조절해주어야 한다고 했다. 아기 돌보듯 해야 한다고. 석진은 일락이가 작은 꽃을 귀에 꽂고 일하는 게 귀여워 사진을 찍었다.

"왜 도촬해요?"

"눈앞에서 찍었는데 무슨 도촬? 아빠가 아들 찍는 건 도촬이 아니야. 육아일기 같은 거지. 아빠가 영원히 널 기억하려는 거야. 오… 방금 그 자세 멋지다. 프로페셔널하다, 우리 일락이!"

일락은 픽! 하고 웃었다. 저렇게 찍어놓고선 보여주지도 않는다. 비밀이라나. 스마트폰 암호도 꼼꼼하게 걸어놓고 자기만 본다. 어련하시려고. 하긴 머리끝에서부터 발끝까지 비밀스럽지 않은 게 없는 사람이니.

석진은 계속 멋지다, 라는 말을 반복하면서 일락의 사진을 찍었다. 일락도 신경 안 쓰는 척하면서도 사진이 잘 나올 법한 자세로 하던 일을 계속했다. 싫어하지 않는 것 같아서 영상도 촬영했는데 그러다가 문득 석진은 꽃을 다루는 아이의 손길을 유심히 지켜보게 되었다. 곱상한 얼굴과는 달리 손이 크고 거칠었다. 꽃을 다루느라 늘 물에 손을 묻히고 있어서 그런 것 같았다. 그 손으로 소국과 데이지 같은 작은 꽃들을 하얀 광목에 싸서 리본으로 매듭을 지어내고 있었다. 섬세하고 정성스럽게, 벌써 수십 개째였다.

"요 앞 은행에서 단체 주문했어요. 오늘 개점 10주년 행사라고 손님들한테 선물로 준다는데요?"

"잘 됐네. 난 뭐 도와줄까?"

"이거 다 되면 같이 은행에 좀 가요. 혼자 들고 가긴 좀 많아서요."

석진과 일락은 작은 꽃다발들을 커다란 바구니 두 개에 담아 은행에 갔다. 길 하나만 건너면 되는 거리긴 하지만 석진은 꽃을 망가뜨릴까 봐 5분도 안 되는 거리를 나무늘보처럼 조심조심 걸었다. 그런 마음도 몰라주고 일락은 빠른 걸음으로 먼저 은행까지 가버렸다.

이른 아침 은행은 행사 준비로 분주했다. 그러다가 커다란 꽃바구니를 든 남자 둘이 들어가자 일제히 시선이 집중되었다.

"와~ 꽃 왔다!", "어머, 예뻐라!", "라사장 솜씨는 진짜 알아줘야 해!", "오늘 개점 선물로 떡도 있는데 이따 갈 때 가져 가요.", "핫! 꽃을 든 남자! 라일락!"

은행 사람들의 유쾌한 수다 속에 일락의 목소리도 섞였다.

"오늘은 제가 특별히 신경 썼어요. 새벽에 시장 가서 제일 이쁜 것들로만 사왔잖아요~."

꽃을 가지고 은행 사람들과 밝게 웃으며 이야기하는 일락이를 보면서 석진은 이런 상상을 했다. 일락이는 태어나 탯줄이 잘리고 나서 아마도 꽃 더미 위에 뉘였을 거라고. 꽃이 가득한 아기 바구니에서 옹알이를 하고 꽃으로 장식된 유모차를 타고 꽃 이불을 덮고 잤을 거라고. 꽃집 아기 라일락. 꽃길만 걸으며 살라고 하고 싶은 게 아빠 마음인데 지금껏 살아온 날도 순탄치 않았고 앞으로도 저 아이 인생에 어떤 가시밭길이 있을까 생각하니 석진은 가슴 한 구석이 저릿해졌다.

"라 사장님, 이따 가기 전에 제 방에 잠깐 들렀다 가요."

누가 우리 일락이를 저렇게 부르나 싶어 보니 명찰에 지점장 김동준이라고 씌어 있었다. 석진은 일락이 지점장을 만나는 사이 TV를 보면서 기다렸는데 문득 문득 사람들이 자기를 몰래 훔쳐보는 시선이 느껴졌다. 이런 일은 자주 겪는 것인데도 늘 불편하다. 석진은 잡지로 얼굴을 가렸다. 잠시 후 잡지를 쓱 잡아 빼는 손길. 일락이었다. 어쩐지 표정이 어두워 보였다. 조금 전까지만 해도 밝았었는데. 지점장과 만난 게 뭐 좀 잘못

되었나?

　"이제 가요, 집에."

　은행을 나와 집까지 가는 길 내내 일락은 말이 없었다. 석진은 일락의 눈치를 살피다가 떠보듯 물었다.

　"김동준 지점장? 그 아재가 뭐라 그래? 아빠가 혼내줄까? 이제 우리 가게에서 꽃 안 산대?"

　"아니에요. 그런 거… 지점장 아저씨 좋은 분이에요. 일부러 우리 가게에서 꽃도 사주시고요…"

　그렇게만 말하고 일락은 또 입을 꾹 다물었다. 뭔가 은행하고 힘든 일이 있는 게 분명해보였다.

퍼플, 이터니티, 러브

가게 문을 닫으려는데 성현이 왔다. 추리닝에 맨발 슬리퍼 차림이었다. 표정이 심상치 않아 보였다.

"일락아. 오늘 밤 신세 좀 지자."

"예? 집에 무슨 일 있어요?"

"나 좀 전에 아버지한테 쫓겨났어. 지금 집에 들어가면 죽을지도 몰라."

예에? 그게 무슨 말? 일락은 순간 자기 귀를 의심했다. 성현은 결코 집에서 쫓겨날 사람이 아니었다. 엄친아 양성현으로 말하자면 대기업 다니는 공인회계사에다 성격도 좋고 인물도 나무랄 데가 없어서 아버지 양 사장의 자랑거리였다. 양 사장은 "딸년들은 다 필요 없고 우리 성현이가 최고!"를 입에 달고 사는 노인네였다. 조만간 마음에 쏙 드는 며느리도 볼 거라서 요즘 여기저기 자랑하고 다니는 중이었다.

"형, 무슨 일인데요?"

일락이 제 방에 이부자리를 펴 주며 물었다. 성현이 추리닝 바지에서 담배를 꺼내더니 "아, 이제 이것도 끊어야겠다."며 도로 집어넣었다. 성현이 뭔가 할 말이 있는 듯 일락을 한번 보고선 씩 웃었다.

"나 신학교 간다."

"예? 그게 뭔데요? 신입사원 학교? 형 회사 들어간 지 좀 됐 잖아요."

일락의 반응에 성현이 소리 내 웃으며 신부 되는 공부하러 가는 거라고 알려주었다.

"신부요? 신랑… 아니고? 형, 곧 결혼하는 거 아니었어요?"

성현의 얼굴에서 다시 웃음기가 가셨다.

"응. 신부. 천주교 신부. 신학교 합격 통지서를 숨겨놨었거 든. 낮에 아버지가 그걸 보셨나봐. 언제 말씀드리나 눈치 보고 있었는데 먼저 아셨네. 충격이 크신 것 같아."

"형… 저도 지금 충격인데요. 형네 집이 성당 다니는 것도 아닌데… 왜?"

순심이네 집안의 종교는 무교고 굳이 따지자면 무속신앙 에 가까웠다. 성당 다니는 사람은 외가친가 통틀어서 아무도 없다는데 하나밖에 없는 아들이 무슨 일로 신부가 될 생각을 했을까. 단순히 성당에 다니기만 하는 것도 아니고. 혹시 신의 계시를 받았나? 일락은 성현의 결정이 신기하고 놀라우면서도 어쩐지 서운했다. 친형처럼 따르고 의지하던 형이 속세와 멀어지는 그런 건가 싶어서. 그건 그렇고 약혼녀는? 상황이 이쯤 되었으면 파혼했을 텐데 그녀가 순순히 응했을까. 궁금한 게 많은데 성현은 벌써 곯아떨어져 있었다.

잠든 성현 곁에 한참 있다가 시계를 보니 벌써 11시를 가리키고 있었다. 아, 이 형님은 왜 또 안 오시나. 요새 늦는 날이 많은 게 좀 수상하다. 대체 밖에서 뭘 하고 다니는지, 또 사고 치고 다니는 건 아닌지. 석진은 어른이라고는 해도 물가에 내논 아이 같았다. 가만히 보면 뭐든 잘하는 것 같긴 한데 뭔가 불안해보였고 또 이상한 데서 실수를 하곤 했다. 잔소리하는 것 같아 일일이 물어볼 수도 없어서 좀 답답했다. 에이, 몰라. 알아서 들어오겠지.

석진은 새벽 한 시가 되어서야 들어왔다. 피곤한 기색도 없이 화사한 얼굴로 와서는 곧장 제 방으로 가지 않고 일락이 방엘 몰래 들어갔다. 아빠들이 흔히 그러는 것처럼 자는 아들 얼굴 한 번 보려는 것이다. 그런데 일락이 방에 들어와 보니 못 보던 사람이 자고 있다. 엇! 이게 누구? 태오인가 싶어 유심히 봤는데 아니었다.

서울 밝은 달에 밤늦도록 노닐다가
들어와 자리를 보니 다리가 넷이어라.
둘은 내 아들의 것이건만
둘은 누구의 것인고?

왕년의 댄싱머신 윤석진, 처용무라도 춰야 하나. 석진은 처음 보는 남자의 다리를 흔들어 깨웠다. 나도 우리 아들이랑 같은 방에서 잠을 못 자 봤는데 이 자는 대체 누구인가. 좀 심통이 났다.

"이보세요. 누구시죠? 일어나보세요. 일어나…"

남자가 화들짝 놀라 일어났다.

"어, 안녕하세요. 처음 뵙겠습니다. 저는…"

성현이 일어나자 일락이도 일어났다.

"끄응… 이제 왔어요? 아, 진짜 쫌 일찍 쫌 다녀요… 성현이 형이에요. 순심이 오빠. 아침에 얘기해요."

일락은 졸린 지 눈도 제대로 뜨지 않고 중얼거리더니 다시 엎어져 잤다. 성현도 잠이 쏟아지는지 석진에게 꾸벅 고개

숙여 인사를 하고는 고꾸라졌다.

순심이 오빠라고? 근데 왜 우리 집에서? 석진은 잠에 푹 빠진 두 사람을 번갈아보다가 일락 옆에 누웠다. 누워서 잠든 아이를 한참 지켜보다 등을 가볍게 다독여주었다. 그러다 또 일락이 아기 때 모습을 상상해보았다. 아기인 너는 얼마나 귀여웠을까. 동네에 보이는 애기들 같았을까? 아니면 '슈퍼맨이 돌아왔다'에 나오는 그런 애기들? 보고 싶었다. 그 모습들이. 석진은 잠든 일락의 모습을 오랫동안 보다가 곁에서 잠들었다. 버킷 리스트 10번 '아들에게 팔베개해주기'는 이렇게!

부엌에서 달그락거리는 소리에 석진은 잠을 깼다. 일락이가 벌써 시장에 다녀왔나. 나가보니 못 보던 남자가 된장찌개를 끓이고 있었다.

"누구…세요?"

"아, 양성현라고 합니다. 일락이 집에서 하숙하시는 분이시죠? 순심이한테 얘기 많이 들었습니다."

아, 어젯밤 그 남자로군. 일락이 옆에서 자던 다리 두 개.

"아, 네. 그런데 왜 여기서 음식을…"

"일락이 오면 같이 먹으려고요. 시장 갔으니 곧 올 거예요."

순간 석진의 눈에 파팟! 하고 작은 불꽃이 일었다. 질투의 불꽃. 당신이 뭔데 우리 일락이하고 아침밥을 해 먹는 거지? 나도 제대로 못해준 아침밥을? 석진은 질 수 없다는 듯 반찬을 꺼내 식탁에 늘어놓았다. 성현이 말렸다.

"제가 할게요. 하숙생이시니 직접 이런 것까지 안 하셔도 돼요."

아니 그럼 당신은 왜 남의 집에서 밥까지 하고 그러세요? 라는 말이 목구멍에서 나올락 말락 하는데 일락이 가게 문을 열고 들어오는 소리가 났다.

"일락아, 밥 먹고 해~."

성현이 부르자 가게 안에서 일락이가 큰소리로 "예~" 하고는 꽃 몇 송이와 함께 들어왔다. 꽃대가 부러지거나 잎사귀가 떨어져 팔 수 없는 꽃들을 모아 밥공기에 밥처럼 소복하게 담아 식탁에 올려놓으니 식사 준비가 다 되었다. 그런데 분위기가 좀 어색했다. 말 없이 밥만 먹으려니 체할 것 같아서 석진이 먼저 입을 열었다.

"넌 내가 어제 그렇게 늦게 왔는데 궁금하지도 않니."

"아, 맞다. 몇 시에 오셨어요? 나 열두 시까진 안 자고 있었는데."

"한 시."

"그 시간까지 뭐 하셨는데요?"

"돈 벌고 있었지. 우리 아들 맛있는 거…"

"아, 형 그래서 그때 그 여자친구는 어떻게 되었다구요?"

아뿔싸! 일락은 급한 대로 말을 뱉어놓고 후회했다. 석진이 또 아들 타령할까 봐 말을 자르느라 그런 거였는데 이게 또 성현으로서는 난처한 질문이었다. 그런데 의외로 성현은 덤덤하게 대답했다.

"그냥… 알겠다고 하더라."

"그게 다예요? 결혼을 약속한 남자가 신부가 되겠다는데?"

성현은 더 이상 얘기를 하지 않고 밥만 먹었다. 분위기가 가라앉으려고 해서 일락은 또 아무 말이나 해야 했다.

"아, 그래서 그 시간까지 무슨 일로 돈을 벌고 있었던 거예요?"

아까 말을 자르긴 했지만 진짜 궁금하긴 했다. 대체 뭘 하느라 새벽 한 시까지 집에도 안 들어온 건지.

"웨딩싱어. 결혼식장에서 노래불러주는 아르바이트. 지난번에 한 번 했더니 어제 또 연락이 왔어. 어젠 피로연까지 가서 노래해주고 왔어. 부잣집 결혼식인지 많이 주더라. 이번 달

하숙비는 문제없어."

뭐, 노랠 잘하니 그런대로 적성에 맞는 일거리를 찾은 듯 싶었다. 그러면서도 한편으론 결혼식장 풍경을 생각해보니 웃음이 났다. 틀림없이 하객들은 축가 가수의 외모에 대해 말들을 많이 했을 것이다. 안 봐도 뻔한 게 주인공인 신랑신부보다 잘생긴 축가가수였을 텐데 그건 그 나름대로 민폐였을 듯?

뭔가 어색한 식사 시간이긴 했지만 석진도 성현의 상황이 너무 궁금했다. 신부가 되겠다고? 왜? 석진은 성현의 인생이 궁금해서 남의 인생을 보는 능력을 끌어 모아 보려고 애썼다. 아무 것도 보이지 않았다. 다만 희미하게 일락이가 보였고 어떤 여자가 보라색 꽃다발을 들고 일락의 가게를 나가는 모습만 아주 짧은 순간 잡혔다가 사라졌다. 지상에 내려온 지 시간이 꽤 흘렀다보니 그 능력은 이제 거의 다 사라진 모양이었다. 하지만 그 장면이 너무 궁금했다. 보라색 꽃을 든 여인과 일락이 왜 성현의 인생 장면에 보였던 걸까. 그것도 최근의 일인 것 같은데.

"작약으로 꽃다발 만들어 주세요."

일락이 밖에 나간 사이 손님이 왔다. 머리부터 발끝까지 잘 차려 입은 여자였다. 혼자서 가게를 지키던 석진은 꽃다발을 만들어 달란 말에 당황했다. 사실 뭐가 작약인지도 모른다.

"작약…요?"

"어머, 작약 몰라요? 꽃집 주인이? 저기 하얀색 커다랗고 동그란 꽃. 옳지, 그거. 잘 만들어 봐요."

하, 이것 참. 석진은 작약을 집어 들었다가 도로 내려놓았다. 작약도 비싼 꽃이랬는데 저번에 수국을 망친 적이 있어서 겁이 났다.

"저기, 손님. 여기 주인이 잠시 나갔는데 연락처 주시면 꽃다발 만들어서 배달해 드릴게요. 제가 꽃다발을 만들 줄 몰라서…"

손님이 한심하다는 표정을 짓더니 "꽃 이리 줘 봐요." 한다. 그러더니 능숙한 솜씨로 작약 꽃다발을 만들어냈다.

"좋은 아빠 되기 100대 과제에 아이가 하는 일 배우기도 있지 않니? 제대로 하고 있는 거 맞아? 윤석진?"

"앗! 수호천사?!"

"그래 나다. 이눔시끼야. 너 방금 나 꼬실라고 그랬지? 꽃다발 못 만드니까 눈빛으로 어떻게 넘어가볼라고, 응?"

"와, 무슨 천사가 욕을 다 해. 아니거든요? 꼬시긴 뭘 꼬셔요.

지금 내 주제에…"

"천사도 사람 모습일 땐 사람 마음이거든? 내가 쫌전에 너한테 설렜다, 진짜. 이러니 너 젊을 때 그런 눈으로 쳐다보면 사람들이 안 반할 수가 없었겠어, 아주 그냥! 이 죄 많은 인간아!"

천사가 빙글빙글 웃으며 석진의 등짝을 후려쳤다.

"아으, 이젠 패기까지 하네. 다 이를 거예요, 하느님한테."

"그럼. 나도 이를 거야. 윤석진 별로 나아진 게 없다고."

"아무 능력도 안 주시고 이렇게 내려 보내 놓고는 진짜 너무한 거 아니에요? 나도 지금 힘들거든요? 결혼식장에서 새벽까지 목이 터져라 노래…"

"무슨 초능력 같은 거 바라지 마. 지금 능력만으로도 충분히 좋은 아빠 될 수 있어."

천사가 나가려 하자 석진이 붙잡고 물었다.

"잠시만요. 나 지금 너무 궁금한 게 있는데 그거 하나만 알려줘요. 천사 능력으로."

석진은 그 보라색 꽃다발을 든 여인이 일락의 가게에서 나간 장면과 성현이 무슨 관계가 있는지 물어보았다. 그 꽃다발은 틀림없이 일락이 만든 것일 텐데 혹시 일락이와 무슨 좋지

않은 일이라도 있나 해서였다. 천사가 잠시 머뭇거리더니 이
야기하기 시작했다.

그 여인은 일락의 가게에 남자친구에게 프로포즈할 꽃을
사러 왔었고, '영원한 사랑'이라는 꽃말을 주제로 일락이가 보
라색 꽃들로 꽃다발을 만들어준 것이라고 했다. 희한하게도
영원한 사랑을 의미하는 꽃들은 보라색이 많았다. 보라색 장
미, 보라색 리시안셔스, 보라색 히아신스, 보라색 스타치스,
보라색 비단향꽃무, 거기에 보라색 튤립까지. 그 꽃들로 만든
꽃다발을 받을 남자가 바로 성현이었다고. 그런데 그 꽃다발
로인해 성현은 자신의 선택에 어떤 확신을 갖게 되었다고 했
다. 최종 신학교 입학을 앞두고 성현은 많이 망설였다고 했다.
가족들이 반대할 것이 틀림없는데 이대로 신학교 가는 게 옳
은 것인가 하는 것과 결혼까지 약속한 여자친구에게는 어떻
게 말할 것인가 하는 것들 때문에 긴 날을 고민하고 갈등했었
다고.

"성현이가 좀 사연이 있어. 걔 양 사장네 친아들 아니거든.
양 사장이 시골에서 슈퍼할 때 그 집 앞에 누가 놓고 간 애였
는데 오매불망 아들 바라던 양 사장이 거둬서 키운 거야. 성현
이도 그거 알아. 그래서 고민 많이 했지. 부모님이, 특히 아버

지가 성현이 엄청 잘 키웠거든. 친딸들보다 더 사랑해주고 정성을 쏟아서 키웠는데 신부 되겠다고 한 거지. 아무튼 성현이도 부모님이 절 어떻게 키웠는지 다 아는데 그래도 결국 신학교 가기로 한 거야. 걔 고집도 만만찮거든. 근데 문제는 여자친구지. 부모야 자식 이기기 힘드니까 어찌어찌 넘어가겠는데 여자친구한테 상처 주는 거, 그거 땜에 성현이 고민 많았지. 그러다가 단순하게 생각하기로 한 거야. 여자친구와 만나기로 한 날, 여자친구가 보라색 꽃을 가지고 오면 사제의 길을 가는 것이고 다른 꽃을 가져 오면 신학교 입학을 포기하는 것으로 마음을 정한 거지."

"와… 잔인하다. 성현 씨. 아니, 여자가 무려 꽃다발 들고 고백하러 왔는데 그날 이별 통보한 거예요? 와, 진짜 내가 여자였음 꽃으로 한 대 쳤을 거야. 아니, 근데 그래서 보라색 꽃다발을 받고서 성현 씨가 신학교 입학을 결정한 것이라고요? 인생을 건 결정을 고작 꽃다발로 하는 게 말이 되나? 그리고 왜 하필 보라색 꽃이에요? 빨강, 노랑, 분홍 뭐 많잖아요."

"애 좀 봐? 고작 꽃다발이라니. 너 그 얘기 몰라? 어떤 소년이 잃어버린 강아지 찾으려다가 라스코 동굴벽화 발견한 거. 위대한 역사는 사소한 걸로 결정되는 거야. 그리고 왜 보라색

이냐고? 걔가 군대에서 신부를 처음 봤는데 그때 신부가 입고 있었던 제의가 보라색이었거든. 아무튼 그 보라색 꽃다발을 만들어준 것이 일락이야."

아, 우리 일락이! 일락이도 이 사실을 알까. 자기도 모르게 한 남자의 인생을 결정하고 한 여자에겐 실연의 상처를 준 것이 되었는데.

"오! 그렇게 생각하지 마. 그것은 일락이가 결정한 것이 아니야. 하느님이 하신 일이지. 하느님은 때로 주변 사람의 말과 행동으로 당신의 의지를 드러내 보이시거든. 그리고 성현과 그 여인의 인연은 처음부터 거기까지가 끝이었어. 그렇게 정해진 운명이었지. 아무튼 로맨틱하지 않니. 꽃이 결정한 운명이라니. 아, 그리고 성현이랑 잘 지내봐. 좋은 친구야. 너의 지상 생활에 도움이 될 수도 있어."

뭐가 로맨틱해요. 인연의 길이도 다 정해져 있고 어떻게 끝날 건지도 다 하느님 뜻이라면서… 나도 그랬을 거잖아요.

석진은 유리문도 열지 않고 그대로 통과해 가버리는 수호천사의 뒷모습을 보면서 혼자서 속으로 중얼거렸다.

스타 탄생

오늘 아침엔 중학생 둘이 다이옥신을 사러 왔다. 웬 다이옥신? 그거 독극물 아닌가? 그런 것도 파나 했는데 일락이가 작은 화분 두 개를 아이들한테 주었다.

"경수는 호야, 선우는 스투키. 물은 가끔씩만 주면 돼. 키우다가 죽을 것 같으면 버리지 말고 형한테 가져 와."

중학생 녀석들이 예~ 하고는 병아리 다루듯 화분을 받아서 나갔다.

"저게 다이옥신이야?"

"다육이요. 애들이 잘 몰라서 그렇게 말한 거예요. 학교에서 봄이라고 1인 1식물 키우기 한대요. 그래서 요 며칠 화분 사가는 학생들이 좀 있어요."

그런 거였군. 동네 아이들 이름을 다 알고 말 안 해도 잘 어울리는 것들로 골라주는 걸 보니 새삼 세심하고 다정다감한 성격인 듯? 그런데 나한텐 왜?! 너 아빠한텐 왜 그렇게 무뚝뚝하니, 라고 물으려는데 오늘은 웬일로 이런 말도 한다.

"이따 꽃 손질하는 거 알려드릴게요. 간단한 거 몇 가지만요."

엇! 진짜? 안 그래도 좀 배워야지 했는데 잘 됐다. 꽃 배우는 것도 좋지만 그러면서 일락이랑 얘기할 수 있을 테니까 그게 더 기대되었다.

"꽃을 병에 담을 때는 물에 닿는 잎 부분은 다 떼 내야 해요. 안 그럼 물이 금방 상해요. 물이 상하면 꽃도 금방 시들어요. 줄기는 사선 방향으로 잘라주고요. 그래야 물 흡수가 잘 되어서 꽃이 싱싱해요. 잘 봐요. 이렇게…"

제일 간단한 유리병에 꽃 담는 것부터 배우기 시작했는데 보기엔 쉬워도 막상 하려니 잘 되지 않았다. 유리병에 꽂았을 때 보기 좋으려면 어느 잎을 떼야 할지, 줄기는 어느 정도 잘라야 할지 정하기 쉽지 않았다. 팔지 못할 소국으로 실습했는데 크기가 작은 꽃이라 다칠까 봐 조심스러웠다.

"꽃을 만질 때 꽃 얼굴을 보면서 해야 해요. 애네들도 눈, 코, 입 다 있거든요. 예쁘다, 예쁘다 해주면서 손질해야 예뻐져요."

꽃에 얼굴이라는 말을 쓰니 신기하게 들렸다. 일락이는 정말 꽃과 얘기라도 하는 걸까.

"꽃은 엄마한테서 배웠니?"

"뭐 당연히 그렇겠죠? 따로 배우고 그런 건 아니고요. 그냥 꽃집 아들로 살다보니 저절로 알게 된 거죠. 꽃과 함께한 세월 이 어언 이십 년!"

"플로리스트들도 계속 공부하고 그래야 한다던데 새로운 거는 어디서 배워?"

"아직까진 독학해요. 책도 보고 유튜브 같은 것도 보고 다른 플로리스트들 작품도 구경하고요. 이 분야도 잘하려면 한도 끝도 없어요. 경쟁도 치열하고요. 유학 갔다 오는 사람도 많거든요…"

"매일 이렇게 예쁜 꽃만 봐서 좋아?"

"어… 꼭 그런 것만도 아니에요. 안 팔릴 땐 정말 애물단지 가 따로 없고요. 그럴 땐 좀 갈등이 생기기도 해요. 제일 예쁠 때 말려서 오래두고 볼 것인가. 아니면 활짝 폈다가 시들어가 는 거 보다가 그냥 버릴까… 뭐 그런 고민도 하고. 화려하게 피 었다가 시들 땐 애처롭기도 하고 추하기도 하고 그렇거든요."

너 제일 이쁘고 멋질 때 박제해버려야겠다, 영원히 늙지도 죽지도 않게… 그런 말을 하던 사람이 있었다. 석진은 속으로 울컥했다. 그 말대로 석진은 인생에서 제일 아름답게 빛나던 때 모두의 기억 속에서 사라졌다.

이런저런 이야기를 하며 꽃 손질을 하다 보니 어느덧 소국이 보기 좋게 다듬어졌다. 새삼 일락이 솜씨에 감탄하고 있는데 태오가 왔다. 다급한 목소리로 석진에게 "형님, 노래 쫌 하신다면서요." 하고 묻는다.

"누가 그러디?"

"순심이가요. 저번에 크리스마스 때 버스킹했다고요. 아주 끝내줬다는데요?"

순심이가 여러 번 그때의 버스킹을 얘기했었고 일락이도 은근히 자랑스러워하고는 했다는 것이다. 옆에서 듣고 있던 일락이 내가 언제? 하는 얼굴로 태오를 쳐다봤다.

"그렇다 치고, 노랜 왜?"

태오의 선배가 공연 한 시간을 앞두고 갑자기 사라졌다고 한다. 큰 역할은 아닌데 극의 흐름을 위해 꼭 있어야 할 장면이라고 했다. 대타를 구할 수도 없어서 태오에게까지 제안이 왔는데 태오는 극 중에서 불러야 할 노래를 할 줄 모른다는 것이다. 음역대가 넓고 절정 부분에서 고음을 내지르는 매우 어려운 곡이어서 그 곡을 소화해내는 배우나 가수가 별로 없다고 했다.

"두 시간짜리 공연에서 중간쯤에 나오는 노래예요. 주인공이 과거를 회상하는 장면에 등장하는 거거든요. 꼭 라이브로 해야 하는 장면이에요. 이거 들으려고 오는 사람도 많아요. 대사는 없어요. 이거랑 끝날 때 딴 거 한 곡 더 부르면 돼요. 어때요? 할 수 있는 노래예요?"

석진이 악보를 받아보니 익숙한 노래였다. 이십 년 전 〈이터니티〉 활동을 할 때 숱하게 불렀던 레퍼토리이기도 했다.

"아마도?"

오랜 만에 느끼는 공연 전 긴장감이었다. 분장실에서 무대에 올라가기 직전까지 태오가 석진을 따라다니며 극의 줄거리며 주요 배역들이 갖고 있는 감정 같은 것들을 이야기해주었다. 그러면서 틈틈이 긴장을 풀어주려고 했다.

"형님, 파이팅! 편하게 하세요. 못한다 해도 형 책임 없어요. 오늘 공연취소 안 된 것만으로도 이미 성공이거든요."

주인공의 상대역이 "우리 함께한 시간들, 이제 영원 속으로 사라지겠지."라고 대사를 하자 무대가 암전되고 핀 조명 하나만 켜졌다. 그 조명 안에 석진이 서 있었다. 객석 여기저기에서 아! 하는 탄식이 새어나왔다. 한 번도 본 적 없는 화려한 비주얼의 배우가 나타난 것이다. 석진이 맡은 역은 록 가수인 주인공의 젊은 시절이었다. 회상 장면 속에서 열창하는 연기를 해야 했다.

석진의 목소리는 처음엔 낮게 속삭이는 듯하다가 점차 고음으로 치달았다. 클라이막스에 이르렀을 때에는 귀가 아닌 심장으로 소리가 바로 꽂히는 듯했다. 객석의 반응도 대단했다. 노래가 끝나자 환호성으로 다음 장면 연결이 늦어질 정도였다. 피날레를 장식한 두 번째 곡도 마찬가지였다. 석진의 노래가 끝나고 무대 조명이 페이드 아웃될 때 흐느끼는 소리가 여기저기서 들렸다.

공연은 대성공이었다. 정확히 말하자면 석진이 등장하는 장면만 대성공이었다. 석진 때문에 다른 장면들은 다 묻히고 말았다. 객석을 빠져나가는 사람들은 모두 석진 얘기만 했다.

"와, 미친 고음", "비주얼 끝판왕", "누구래?", "이름 뭐야?" 등등. 객석의 반응을 확인한 뒤 태오는 석진을 찾아 분장실로 달려갔다. 하지만 석진은 벌써 사라지고 없었다.

"얼굴이… 왜 그래요?"

짙은 메이크업을 하고 나타난 석진을 보고 일락이 기함했다.

"아빠 이런 모습 처음이지?"

"아니, 농담할 게 아니라… 오늘은 또 무슨 일을…"

"공연했잖아. 저번에 태오가 부탁해서…"

그때였다. 태오가 숨을 헐떡이며 들어왔다. "형니임~" 하며 뛰어들어 와서는 석진을 덥석 안았다.

"형님! 저를 받아주세요! 저의 진정한 형님이 되어 주세요!"

아니, 얜 또 왜 이래. 일락은 석진에게서 태오를 떼어놓으려 했는데 녀석은 떨어지려고 하지 않았다.

"오늘 진짜 나 심장 터지는 줄 알았잖아요. 형이 실수할까 봐. 근데 너무 멋졌어요! 형님 최고! 정말 최고! 드디어 내 인생의 롤모델을 찾았어!"

"도대체 무슨 일이야! 나도 좀 알자!"

태오가 크게 심호흡을 하고선 오늘 공연에 대해 이야기했다. 마치 무용담 같았다. 이야기하는 내내 상기된 얼굴이었고 석진을 바라보는 눈에는 존경심마저 묻어나고 있었다.

"그래서 오늘 공연 끝나고 다들 찾았다구요. 다음 공연도 같이 하면 안 되겠느냐고. 객석에서 진짜 난리도 아니었어요. 이름 뭐냐고, 고정으로 해달라고. 아, 진짜 완전 멋졌어. 일락이 니가 그 무대를 봤어야 하는데. 진짜 오늘 장난 아니었어. 너도 봤다면 아마…"

태오의 흥분을 가라앉히려고 일락이 말을 끊었다.

"저녁은 먹었어요?"

"아니. 너하고 같이 먹으려고 아직 안 먹었지."

"저야 벌써 먹었죠. 열시가 넘었는데…"

"일락아, 나도 저녁 안 먹었어."

태오가 배고픈 얼굴로 밥을 달라고 했다. 일락은 순심이 가져다 준 즉석밥을 데우고 라면을 끓였다. 늦은 저녁식사 식탁에서 함께 밥을 먹고 있는 석진과 태오를 보고 있자니 기분이 이상했다. 오늘 태오의 호들갑 때문인지 은근히 석진을 뺏기는 기분마저 들었다.

태오는 저녁 식사 후에도 석진을 놓아주지 않았다. 어지간히도 석진이 마음에 든 모양이었다. 밤새 석진을 붙잡아놓고 공연 이야기며 음악 이야기에 이런저런 이야기를 했다. 자기는 아버지 사업 말고 공연예술 비즈니스를 할 계획이라는 얘기도 했다. 그것 때문에 아버지와 갈등이 많다고.

"근데 일락이한테 신세 진 게 뭐야. 평생 갈 동지요 친구라며."

화제를 돌려보려고 석진이 물었다. 그러자 일락이 대화에 끼어들었다.

"내가 쟤를 일생일대의 위기에서 구해줬거든요."

"야! 랄락! 그걸 형님 앞에서 말하면 안 된다."

"인생의 롤모델 앞에 솔직해지는 것도 나쁘지 않아."

일곱 살 일락이가 얼마나 대단한 일로 친구를 위기에서 구했는지 석진은 궁금했다.

"저 녀석이 오줌싸개였거든요. 유치원 때. 근데 쟤가 좋아하는 여자애 앞에서 오줌을 싼 거죠. 그걸 내가 덮어준 거고."

"야, 너! 치사하게 그걸 형님 앞에서 말하면 어떡하냐? 나 오늘부터 형님하고 1일인데."

태오가 비밀이 누설되는 걸 막으려고 일락을 덮쳤지만 이미 늦었다. 일락은 말하기를 멈추지 않았다.

"근데 얘가 좋아한 애가 누구냐면요! 순심이요! 순심이!"

"야아아앗! 랄락! 이 치사한 자식!"

"그래서 순심이는 아직까지도 그 오줌 내가 싼 줄 알아요. 이래도 내가 치사해? 십 년도 훨씬 넘게 비밀을 지켜주고 있는데. 이만하면 의리남 아니냐?"

둘이 투닥거리는 걸 보면서 석진은 웃었다. 일곱 살 친구 사이에서 있을 만한 일이었다.

"야, 너 그거 절대 순심이한테 말하면 안 된다. 순심이까지 알면 너하고 나 사이 끝이야. 끝."

"겨우 그런 걸로 무너질 우정이라니. 순심이가 알든 말든 이제 와서 무슨 상관? 일곱 살 때 일을 걔가 기억이나 할 것 같애?"

"너 몰라서 그래? 순심이는 내 뮤즈야, 뮤즈!"

아이쿠! 뮤즈라니! 석진은 태오의 말에 소리 내어 웃고 말 았다.

"너 뮤즈가 무슨 뜻인지 알고나 말하는 거냐."

"그럼요. 예술적 감흥을 불러일으키는 존재 아임미까. 행님!"

"순심이가 너한테 그런 존재라고?"

"그럼요. 에브리데이 저에게 영감을 불어넣고 있습니다. 순심이는."

석진이 보기에 순심이는 유머감각을 일깨워 주는 존재가 아 닌가 싶은데 어쨌건 순심이를 뮤즈로 삼은 태오가 귀엽긴 했 다. 그건 그렇고 순심이는 일락이를 좋아하는 것 아닌가? 그러 면 애네들 삼각관계인 건가? 아… 삼각관계 그거 골치 아픈데.

그 사람 이름은

석진은 공연기획사와 단기계약을 맺었다. 대타로 섰던 그 공연
의 그 배역으로 계속 출연하기로 한 것이다. 태오가 끈질기게
설득했기 때문이기도 하지만 무엇보다 돈이 필요했다. 지금까
지 여러 가지 일을 기웃거려 봤지만 석진이 이만큼 잘할 수 있
는 일이 없었다. 두어 달 바짝 무대에 서서 돈을 벌면 일락에
게 필요한 것을 사줄 수 있을 것 같았다.

주민번호가 없는 석진을 대신해 태오가 계약자가 되었다.
난 이미 20년 전에 죽었기 때문에 주민번호가 없어, 라는 말
따위는 구태여 하지 않아도 되었다. 석진이 그냥 좀 주민번호
를 밝히기 곤란하다고 했더니 태오는 더 이상 아무 것도 묻지
않았다. 태오가 대신 출연료를 받아 석진에게 주기로 했고 석
진의 공연과 관련된 모든 크고 작은 일들은 태오가 대행하기
로 했다. 기획사는 발 빠르게 신비주의 마케팅을 했다. 어느

날 갑자기 나타난 초절정 꽃미남 록커. 이번이 아니면 그의 노래를 다시 듣기 어려울 지도 모른다며 대대적인 홍보를 했다. 석진이 출연하는 회차의 공연은 연일 매진이었다.

"운전면허 따야하지 않겠니."

새벽시장에서 사온 꽃을 다듬느라 분주한 일락에게 석진이 중대 제안을 하듯 말했다. 아마 버킷 리스트 8번쯤일 듯?

"누가요? 형이요?"

"아니, 너."

"면허만 있음 뭐해요. 차가 없는데. 차 사려면…"

"내가 사줄게."

"예?"

"계약금이랑 출연료 받은 것이 있어. 돈은 앞으로 좀 더 생길 것 같고. 그러니 면허 따면 작은 중고차 한 대쯤 살 수 있을 거야."

석진이 꽤나 진지하게 말해서 일락은 하마터면 "그럴까요?"라고 할 뻔했다. 하지만 내키지 않았다.

"면허는 제가 알아서 딸 거고요. 제 차는… 제가 돈 벌어서 살게요."

일하러 나가면 다치거나 사고만 치다 오는 사람이 이제야 간신히 돈을 좀 벌어 본데 그런 돈을 고작 하숙집 주인 차 사는데 쓰게 할 수는 없다. 석진의 얼굴에 실망하는 기색이 역력했다.

"아니, 다른 뜻이 있어서가 아니라 너 매번 새벽에 시장가서 등짐 손짐 해서 꽃 사오는 거 보니 마음이 안 좋아서 그래. 지금 하는 일 계속 하려면 차 있어야 하잖아. 아니야?"

"그건 맞는데요. 도대체 왜 차를 사주시려는 건데요? 부담되게…"

"사줄 수도 있지. 정 싫으면 내가 십년 치 하숙비 미리 내는 걸로 치자. 그럼."

그러자 곧장 날아오는 또 한 번의 매정한 반응.

"우리 집에서 십 년이나 살 거예요? 진짜 집엔 안 가고요?"

말에 짜증이 섞여 있었다. 석진은 잠시 아무 말도 하지 못하다가 간신히 "넌 내가 여기 있는 게 싫은가 보구나." 했다.

"아니, 그게 아니라요. 형이 뭔데 제 차를 사주시냐는 거예요. 제 말은요."

형이 뭔데 라니. 그 말이 포크처럼 석진의 심장을 콕 찍어서 긁어내렸다. 말할 수 없이 아팠다.

"야, 넌 무슨 말을 그렇게… 일락아, 난… 네 아빠야."

일락은 순간 후회했다. 말을 너무 모질게 한 것이다. 하지만 그런 후회와는 달리 일락은 저도 모르게 더 독한 말을 내뱉고 말았다.

"아빠는 무슨… 누가 아빠야!"

그러고선 화를 내며 가게를 나가 버렸다.

사실 일락도 석진이 진짜 아빠일지도 모른다는 생각을 하지 않은 건 아니었다. 일락이가 알고 있는 아빠 이름과 다른 건 뭔가 착오가 있는 것이라 치고 저렇게 나이에 맞지 않게 젊은 건 그냥 특이체질이라 안 늙은 것일 거라 치자, 했다. 그리고 사실은 엄마 말대로 미국에 공부하러 갔다가 일이 잘 안 풀린 것이려니, 그래서 엄마 앞에 나타나기 부끄러워 그랬으려니, 하고 생각해보기도 했었다. 하지만 일락이가 대신 만들어 낸 그런 핑계와 사연이 아무 소용이 없었다. 얼마 전 순심이 도움으로 유전자 검사를 한 결과가 어제 나온 것이다. 그렇게까지 하고 싶지 않았고 그럴 필요도 없다고 생각했지만 순심이가 부추기고 또 석진이 계속 아빠라고 주장을 하니 궁금하기도 했던 것이다. 결과는 '판독불가'였다. 그것도 불일치에 가까운. 결과를 알고 나자 하루 종일 기분이 우울했다. 아빠라는 말이 터무니없는 소리라고 생각했었지만 일말의 기대가 있었던 걸까. 아쉽고 허전하고 서글프고 조금은 슬펐다. 그것으로 일락은 석진이 아빠일 수도 있다는 기대를 접었다. 마음을 다치고 싶지 않았다.

일락은 동네를 하염없이 돌아다녔다. 아무 생각 없이 걷고 싶었는데 자꾸만 석진과 함께했던 시간들이 떠올랐다. 어이없고 이상한 적도 많았지만 그래도 좋았던 순간도 적지 않았다. 가장 좋은 건 그냥 누군가가 '함께 있다'는 그것. 혼자 살던 일락이 아주 오랜만에 느끼는 행복이었다. 그러자 좀 전에 석진에게 내뱉었던 말들이 후회가 되었다. 그렇게까지 말하려던 건 아니었는데. 일락은 길 건너 좀 더 멀리 가려다가 발길을 돌렸다. 가게에 돌아오니 석진이 꽃 쓰레기로 어질러진 바닥을 쓸고 있었다.

"그냥 놔두세요. 제가 할 거니까."

"아침 먹자."

"생각 없어요."

일락은 석진을 지나쳐 집으로 들어갔다. 미안한데, 많이 미안한데 그래도 마음이 풀리지 않았다. 일락은 열쇠로 잠궈 놓은 서랍을 열고 수첩 하나를 꺼냈다. 엄마가 남긴 것이었는데 그냥 낙서 같은 것이었다. 엄마가 아빠에 대해 남긴 유일한 기록이었다. 날짜가 없어 일기라고 하기에도 맞지 않았지만 엄마의 꽁꽁 숨겨온 속마음이 거기 담겨 있었다.

오늘 정말 신기하게 생긴 남자를 보았다.
사람이 어떻게 저렇게 생길 수 있을까.
음… 예쁜 것도 같고 잘생긴 것도 같은?

그 신기하게 생긴 남자에게 꽃배달을 갔다.
가수인가 보다. 갈 때마다 노래하고 있어.
저렇게 노래만 하면 공부는 언제하지?
부모님이 걱정 많으시겠다.
그래도 아들이 잘 생겨서 밥 안 먹어도 배부르실 듯.

그 신기하게 생긴 남자에게 가끔 꽃배달 주문이 온다.
그것도 비싼 걸로 벌써 몇 번째인지 모르겠다.
돈이 아주 많은 팬인가 보다.
그 사람이 축제 때에는 장미꽃 한 바구니를 다 사주었다.
아무튼 고마운 사람들이다.
계속 노래하세요! 꽃도 많이 사주시고요!

그는 인기가 많다.
꽃배달 갈 때마다 사람들이 어마어마하게 많다.
나도 좋아해볼까.
아, 아니야. 농담!
사실 내 스타일은 그가 아니라 꽃을 주문하는 또 다른 그다.

그는 꼭 키다리아저씨 같다.

오후 세 시.

우리 가게에 비치는 길다란 그림자.

어머, 나 양다리인가?

뭐 어때. 마음속으론 누구든 좋아할 수도 있는 거지.

둘이든 셋이든. 하하하!

그가 나에게 콘서트 티켓을 주었다.

내가 듣지 못한다는 걸 알면서도 준 건 왜일까.

마음으로 들으란 얘기일까.

설마 놀리는 건 아니겠지.

나도 소리를 들을 수 있다면 얼마나 좋을까.

그가 우리 가게에 왔다 갔다.

갑작스런 방문에 너무 놀라서

내 심장 뛰는 소리가 들리는 것 같은 착각이…

그가 날 좋아하는 걸까.

장난이 아니었으면.

하느님, 그도 절 좋아하게 해주세요.

아, 아니에요. 취소!

저 감당 못해요.

그가 다시 오지 않는다.

왜일까. 그날의 일을 잊은 걸까.

하느님, 제가 분에 넘치는 사람을 좋아한 걸까요.

알겠어요. 그냥 속으로만 좋아할게요.

아이가 태어났다.
그에게 알려주고 싶다.
하지만 그의 소식을 알 수 없다.

나를 잊었나보다.
나도 잊을 거야. 다.
하지만 못 잊겠지.

그를 찾지 않기로 했다.
그가 닿을 수 없는 먼 곳으로 떠났다는 소식을 들을까 봐 두
렵다.
김환. 당신은 그냥 내 마음 속에 사는 것으로…
처음부터 없었던…
아니야, 당신은 언제나 내 곁에.

우리 애기 이름은 일락이.
라일락 꽃말은 첫사랑.
일락이에게 아빠를 보여주고 싶다.
아빠가 얼마나 멋진지 일락이가 알아야 하는데.
그리고 우리 애기가 얼마나 예쁜지도 그 사람이 알아야 하
는데.
일락이 때문에 아니 그 사람 때문에 기쁘고도 슬프다.

기록은 거기까지였다. 일락은 가만히 앉아서 수첩을 바라보
았다. 등장하는 남자는 두 명. 아빠 이름 김환은 단 한 번 나온
다. 두 명의 '그' 중 누가 김환일까. 엄마는 왜 누구라고 정확히

적지 않았을까. 왜 한 번도 아빠에 대해 제대로 알려주지 않았을까. 일기장에도 적지 못하고 따로 적은 기록들은 그냥 혼자만 간직하고 싶었던 엄마의 마음인 걸까. 저렇게 자기가 아빠라고 주장하는 석진에게 이걸 보여주면 확인할 수 있을까. 심란해서 이불을 뒤집어쓰고 누웠는데 부엌에서는 아침을 준비하는 소리가 났다. 갑자기 그런 생각이 들었다. 진짜 아빠가 아니면 어때. 그냥 아빠하면 안 돼? 저렇게 자기가 아빠라는데…

아침 식사 메뉴는 김밥 구운 것에 로즈마리차였다. 먹다 남은 김밥을 냉동실에 얼려 놓았었는데 그걸 녹여서 프라이팬에 구운 것이다. 노릇노릇 구운 김밥 위에 치즈가루를 뿌려 놓으니 꽤 먹음직스러웠다. 이런 것도 석진이 있어서 좋은 점이었다. 요리솜씨가 아주 좋은 것 같진 않은데 이렇게 소소하게 먹을 것을 자주 만들어주었다. 일락은 식탁에 보라색 히아신스 화분을 가져다 놓았다. 둘은 아무 말도 없이 밥만 먹었다. 괜히 목이 막히는 것 같아 일락은 로즈마리차를 연신 들이켰다.

"네가 믿기 어려워하는 거 잘 알아. 당연히 그럴 테지. 그런데 아빠한테 별로 시간이 없어. 네가 믿어주지 않으면 아빠… 어디에도 머물 수 없게 돼. 여기 지상에서도 저기 하늘에서도."

"지금 하는 말… 하나도 모르겠어요."

"그래. 나도 내가 무슨 말 하는지 모르겠다. 일락아, 처음엔… 처음엔 말야. 네가 내 아들인 걸 알았을 때… 믿기지 않았어. 사실 겁도 좀 났었고 네가 어떤 아이인지 궁금하기도 했었지. 하지만 그때만 해도 솔직히 그냥 얼른 네 마음을 얻어서 아빠가 원하는 곳으로 돌아가고 싶은 마음이 컸었어. 그런데 지금은 마음이 좀 바뀌었어. 나와 함께했던 시간 때문에 앞으로 네 인생이 좀 더 행복해지길 바라고 있어. 왜 그런 거 있잖아. 아빠하고 추억이란 거, 세월 지나 생각해보면 따뜻해지고 그런 거. 그런 거 만들어주고 싶었어. 그래서 아빠는 너한테 해줄 수 있는 건 뭐든 해주고 싶은 거야. 그다지 능력이 없어서 무얼 해줄 수 있을는지 모르겠지만…"

어렵고 쓸쓸한데 이상하게 두근거리는 말이었다. 일락은 밥을 먹고 있는 석진의 가지런한 이마를 쳐다보았다. 거짓을 말하는 사람이 아니었다. 아무 가진 것 없는 빚투성이 스무 살에게 저런 말을 해서 얻을 수 있는 건 없다. 이 사람은 무엇 때문에 이토록 간절한 것일까. 가짜로라도 아들이 되어주고 싶은 마음이 들었다. 아마 모르겠지, 보라색 히아신스 꽃말이 '영원한 사랑' 말고도 '미안해요'란 것도 있다는 걸.

일단 면허를 따기로 하고 일락은 순심과 같이 학원 등록을 했다. 딱히 석진이 차를 사준다고 해서가 아니라, '올해 계획에 있던 일이라서'가 이유였다.

"라일락 씨."

"라일락 씨이~"

운전면허 학원 접수처 직원이 연신 일락의 이름을 불렀다. 일락은 고개를 푹 숙였다. 주변 사람들이 다 라일락이 누군지 쳐다보는 것 같았다. 일락은 순심의 옆구리를 찔렀다.

"네가 대신 좀 갔다 와."

"야, 그럼 양순심 부르면 네가 갔다 올 거야?"

이렇게 공중 장소에서 이름이 불리면 말린 대추처럼 쭈글쭈글해지는 일락과 순심이었다. 순심이는 제 이름이 진짜 못마땅했다. 뭘 해도 촌스러운 이름. 21세기 대한민국 서울에서 살아가는 스무 살 여자 이름이 순심이가 뭐냐고, 순심이가! 언니들 이름은 성은, 성진, 성희고 오빠는 성현라고 지었으면서 내 이름은 왜 순심이냐고! 하필이면 성도 양씨여서 양.순.심. 양처럼 순한 마음으로 살란 건지… 크앙! 크르르르! 늑대처럼 살 테다. 늑대! 그 점쟁이 영감탱이 걸리기만 해봐. 가만 안 둬. 이름 때문에 순심은 소개팅도 하지 않았다. 가끔 대인기피증

세까지 생길 정도였다.

"하지만 괜찮아. 난 이제 곧 안나가 될 거니깐!"

"웬 안나?"

일락이 접수증을 접어 바지 주머니에 넣으면서 물었다.

"세례명. 지금 다니는 예비신자 교리 끝나면 세례받을 거 거든."

순심이는 요즘 성당에 다닌다. 신부가 되려는 오빠를 응원하기 위해서라거나 영혼의 구원 같은 이유가 아니라 두 가지 뚜렷한 목적이 있어서였다. 첫 번째 목적은 성당에 다니는 김지연 교수와 친해지고 싶어서였다. 얘기가 통하려면 뭐라도 공통점이 있어야 할 것 같았다. 또 다른 목적은 예쁜 세례명을 갖고 싶어서였다. 순심이라는 이름이 콤플렉스인지라 여러 차례 개명을 시도했지만 사주, 점, 운명철학, 관상, 꿈해몽, 손금, 성명풀이 등등 이런 것을 신봉하는 양 사장 때문에 번번이 좌절한 터였다. 용한 점쟁이가 넌 그 이름이라야 건강하게 오래 살고 출세도 한다고 했다며. 과연 이름 때문인지 순심이는 매우 건강했으며, 도저히 가능할 것 같지 않던 의대 진학도 이뤄냈으니 양 사장의 무속신앙은 흔들림이 없었다.

"그런다고 주민등록증에도 안나가 되는 건 아니잖아?"

"그래도! 아무튼 내가 세례받는 즉시 넌 나를 안나라고 불러야 돼."

풋! 그런다고 안나? 일락은 자기도 이름을 근사한 것으로 바꿔볼까 잠시 고민했다. 근사하진 않더라도 그냥 평범한 남자 이름만 되어도 좋을 것 같았다. 그럼 뭐가 좋을까. 일식이? 일구? 일호? 일주? 아니면 '락'자를 살려서 중락, 성락, 경락? 아냐, 아냐. 다 안 어울려. 그러다 다시금 떠오른 이름. 김환. 아, 아빠가 오면 아빠 성을 따라서 성만 바꾸면 되겠구나. 김일락. 좋다! 김일락이 될 생각을 하자 기분이 잠시 좋아졌다가 다시 가라앉았다. 석진을 받아들이지 못하는 건 일락에겐 엄연히 김환이라는 이름을 가진 아빠가 있기 때문이었다. 내겐 진짜 아빠가 있어, 라는 그 심리적 저항이 석진을 자꾸 밀어냈던 것이다. 그런데 요즘은 잠시라도 석진의 아들이 되어주고 싶다. 그가 가려는 곳이 어딘지는 알 수 없지만 내가 아들이 되어서 그가 그곳으로 갈 수 있다면 그것도 나쁘지 않을 것 같았다. 내가 임시 아들이 되어서 석진이 행복해질 수 있다면 그 행복으로 일락도 조금 행복해질 것 같았다.

보호자

아침부터 석진은 집안 곳곳에 고장 나고 부서진 것들을 수리
했다. 그러다 길가로 난 창으로 골목길 풍경을 구경하게 되었
다. 아이를 데리고 산책하는 아빠들이 많았는데 아기들이 하
나같이 귀여웠다. 캥거루처럼 아빠 품에 안겨 가는 아기, 코알
라처럼 아빠 등에 찰싹 달라붙은 아이, 아빠 어깨에 무등 탄
꼬맹이도 귀엽고 좀 자라서 아빠랑 재잘재잘 이야기하며 가
는 초등학생도 귀여웠다. 고등학생쯤 되어 보이는 녀석도 아
버지 옆에선 아직 애기인지라 귀엽긴 마찬가지였다. 석진은
자기한테 없는, 그리고 일락에게 생략된 그 모든 풍경들이 부
러웠다. 언제쯤 일락이는 아빠에게 곁을 내줄까. 처음보다는
나아졌지만 여전히 다정스럽지는 않았다.

"오늘 공연 있는 날 아니에요?"

바깥 풍경을 넋 놓고 보고 있는데 일락이 들어왔다.

"어, 맞아. 좀 있다 나갈 거야."

일락이는 석진의 대답 같은 건 별로 궁금하지도 않다는 듯 더 이상 반응이 없다. 내일이 어버이날이라 더 바빠 보였다. 어버이날. 나한테도 꽃을 줄까. 꽃가게 하는 아들이 선물해주는 어버이날 꽃선물이라니, 얼마나 예쁠까. 석진이 턱을 괴고 혼자서 즐거운 상상을 하고 있는데 조그만 여자아이 하나가 울면서 가게 안으로 들어왔다.

"어, 보나. 왜 울어?"

"아빠 꽃 사주려고 삼천 원 모았는데 잃어버렸어. 으아앙~."

"어디서?"

"몰라. 일케 일케 옷 안에 넣었는데 없어졌어."

꼬마는 돈을 접어 주머니 안에 넣는 시늉을 하면서 울었다.

"그래, 어디 흘렸나보다. 오빠랑 찾으러 갈까."

일락은 하던 일을 멈추고 보나와 나갔다. 가만 보면 일락이는 동네 꼬마 녀석들의 만능 해결사였다. 연필 깎아달라고 들고 오는 녀석, 프라모델 조립해달라고 갖고 오는 녀석, 영어 숙제에 싸인 해달라고 오는 녀석도 있었다. 어떤 날은 지각하는 아이를 자전거에 태워 학교까지 데려다주고 오기도 했다. 오지랖이 넓은 건지 착해서 그런 건지 애들이 해달라는 거 마다않고 다 해주는데 그래서 더 바쁜 것 같았다. 아빠한텐 10분도 안 쓰는 녀석이. 석진은 동네 사람들이 다들 일락을 좋아해서 다행이다 싶으면서도 순심이 말대로 하루 25시간 일하는 것 같아 속상했다.

잠시 후 일락이 보나와 다시 돌아왔다. 돈은 못 찾은 것 같았다.

"자, 이거 줄게. 아빠한테 선물해."

일락이 카네이션 한 송이로 만든 작은 부케를 보나에게 주었다.

"야, 너 그거 파는 거 아냐? 오천 원에?"

보나가 가길 기다렸다가 석진이 물었다.

"됐어요. 어차피 오늘 지나면 못 파는 거예요. 보나, 아빠랑 둘이 살거든요."

응. 그렇구나… 근데 일락아, 어버이날인데 너 왜 나한텐 꽃 안 줘? 내가 아직 아빠 안 같아서 그래? 나도 너 아직 완전히 내 새끼 같진 않…은게 아니라 뭐에 씌었는지 난 너 처음 봤을 때부터 좋았었는데. 너 가게에 동그랗게 앉아 있는 거 봤을 때부터 내 아들이었다고. 내가 벌써 수십 번도 더 너한테 어? 내가 니 아부지다, 했는데 말을 들어먹질 않네. 주입식 교육이라 그런가? 체험학습 그런 걸 해야 하나? 아, 어떻게 해야 내가 아빠인 걸 믿어주겠니. 아휴, 모르겠다… 진짜! 석진은 또 맥이 탁 풀리는 느낌이었다. 천사가 자식은 부모한테 짝사랑이라 그러더니만 그 말이 맞는 것 같다. 그렇지만 겉으로는 아무렇지 않은 체 한다.

"흠. 뭐! 아무튼! 그럼 아빠 일하러 갔다 올게. 아빠 없어도 저녁 잘 챙겨 먹어. 아빠 퇴근 시간은 11시쯤? 아빠 기다리지 말고 먼저 자. 문단속 잘 하고."

일부러 '아빠'에 힘 꾹꾹 줘 가며 말했는데 알아들었을라나. 뭐 계속 모른 척 한대도 할 수 없고. 일락이 여전히 마음을 주지 않는다는 걸 알면서도 석진은 아빠들이 출근 때 하는 것을 해보고 싶었다. 문을 나서는데 등 뒤에서 "내일 뭐해요?" 한다. 앗! 왜? 석진은 공연이 있는데도 "별 일 없어. 왜?" 했다.

"그럼 저하고 뭐 좀 해요."

오! 좋지. 뭐든 좋아. 석진은 "그러지 뭐." 하고 대수롭잖게 대답했다. 속으론 뭐 하려고 그러는지 궁금하고 두근두근하면서도.

"저번에 크리스마스 때처럼만 해주심 돼요. 이거 다 팔아야죠. 이미 손 탄 것들이라 오늘 지나면 쓰레기 되거든요. 그럼 우리 이번 달에 밥 굶어야할 지도 몰라요."

해질 무렵 일락은 태오가 실어다 놓은 꽃바구니를 정리하면서 말했다. 번화가에서 약간 떨어진 곳이긴 하지만 퇴근길 사람들이 많이 오가는 지름길 길목이었다.

석진은 한숨을 쉬었다. 아, 귀찮… 버스킹. 그래, 하자, 해. 버킷 리스트 70번 이후로 가면 이렇게 되어 있다. 아이가 하자는 것 하기 71, 아이가 하자는 것 하기 72, 아이가 하자는 것 하기 73… 버킷리스트를 꼼꼼하게 작성하는 게 귀찮기도 하고 그때그때 일락이가 하자는 거 하면 될 것 같아서 대충 적어 놓은 거였다.

"무슨 노래할까. 우리 아드님 신청곡부터 받아 보자."

"어버이날이니까 어버이들이 좋아할 만한 노래로? 아니다, 꽃 사는 건 자식들이니까 아들딸이 좋아할 노래로. 아, 그냥 아무 거나 불러요. 잘 부르는 걸로."

이상하게 오늘은 그닥 의욕도 없고 딱히 생각나는 곡도 없어서 잔잔한 걸로 두어 곡 불렀는데 청승도 이런 청승이 없다. 한낮의 더위는 가라앉았다 해도 오가는 사람들의 시선은 나른했다. 저 나른한 눈빛들이 꽃을 살 것 같지 않다. 두 시간 가까이 꽃바구니 세 개 판 것이 전부였다. 값을 반으로 낮춰도 팔리질 않았다.

"망했네."

일락이 한숨을 쉬며 석진 옆에 쪼그리고 앉았다.

"더우니까 노래도 안 나온다. 아이스 아메리카노 한 잔씩 하자. 목도 아프다."

번 돈도 없는데 그나마도 커피 값으로 다 나가네, 하면서도 일락은 별로 타박하지 않았다. 사실은 아주 조금 석진에게 어버이날 꽃 선물을 하고 싶긴 했다. 그러자니 낯간지럽기도 하고 해서 오늘 팔다 남는 꽃으로 슬쩍 줄까 하던 참이었다. 그런 마음으로 버스킹하자 한 거였는데 꽃이 안 팔리니 석진에게도 좀 미안했다. 이 꽃들 다 어떡하나… 하고 근심하고 있는데 설상가상으로 승용차 한 대가 일락의 꽃바구니를 밀고 갔다. 와사삭 뭉개지는 꽃바구니들을 보면서 일락이 비명을 질렀다.

"씨발, 뭐야. 사람 죽은 줄 알았네. 꽃바구니 아냐?"

운전석에 있던 남자가 나오더니 대뜸 욕부터 했다.

"아저씨 차가 지나가다가 제 꽃바구니를 망가뜨렸잖아요! 이거 어떡할 거예요?"

"에이씨, 오늘 재수가 없더라니. 얼마야?"

"하나 당 2만 원 씩 해서 열 개 망가뜨렸으니까 20만 원요."

"뭐허? 이 새끼 웃기는 새끼네. 야, 어버이날 다 갔어. 이딴 걸 2만 원씩이나 받아쳐먹는다고? 너 나한테 사기 치냐? 한 개에 5천 원."

"그렇게는 안 돼요. 어버이날에는 밤늦게 사가는 사람도 많다구요. 우리 집 꽃은 진짜 최상품이고요. 빨리 물어내세요. 안 그럼 경찰 부를 거예요."

"경찰? 불러, 불러 봐. 어린 새끼가 꽤 싸가지가 없네. 누가 이런 좁은 골목에서 꽃 팔래? 불법 노점 아니야? 너 일부러 이런 데서 꽃 파는 거지? 사고 유도해서 돈 뜯어낼라고. 아, 대가리에 피도 안 마른 새끼가 잔머리가 아주 우수해요."

생긴 건 그럴 듯하게 차려입은 인간이 입엔 걸레를 물었는지 하는 말마다 욕지거렸다.

"뭐라구요? 이런 좁은 골목으로 차를 끌고 온 게 잘못 아닌가요? 여긴 차량 진입 금지 구역이라고요! 그리고 왜 욕을 하세요?"

일락이도 지지 않았다. 얼굴이 빨개져서 조곤조곤 따지고 있었다. 하지만 상대는 바른말 고운 말이 통할 것 같은 타입이 아니었다. 금방이라도 남자가 일락이를 한 대 칠 것 같았다. 석진이 나섰다.

"이봐. 남의 재산을 망가뜨리면 재물손괴죄라든가? 뭐 그런 거라고 배웠거든? 어서 돈 물어주고 그냥 가는 게 어때?"

"뭐야, 이 새끼는. 왜 이래. 넌 그냥 좋은 말 할 때 가던 길 가라. 이딴 거지새끼 편들지 말고."

뭐? 거지새끼? 말투에 무식과 천박함이 철철 흘렀다.

"미안하지만 그렇게는 안 되겠는데? 내가 얘 아빠라서!"

말이 끝나기도 전에 석진의 주먹이 남자의 턱으로 날아갔다. 내 새끼 보고 거지새끼라고 했어? 이 무식하고 덜 떨어진 새끼가!

"아우 씨… 이거 미친 것들 아냐. 야, 너 나이 몇 살이나 처먹었냐. 이딴 새끼 애비면… 오늘 기분도 드러운데 둘 다 아주 그냥 나한테 죽어 봐…"

남자가 코피를 닦는가 하더니 차에서 골프채를 꺼내 곧바로 석진의 머리를 가격했다. 눈 깜짝할 새에 일어난 일이라 일락은 비명도 지를 수가 없었다. 아, 그런데 이게 무슨 일! 석진은 멀쩡한데 골프채가 부러졌고 남자는 손의 통증 때문에 펄쩍펄쩍 뛰어 다녔다. 그러면서도 석진과 일락에게 발길질을 해댔다. 하지만 날렵한 석진은 일락을 감싸면서도 이리저리 잘 피해 다녔다.

"아우씨 진짜. 오늘 별 지랄 맞은 것들이… 야, 가자. 가. 경찰서. 너 나 이렇게 만든 거 평생 후회하게 해준다."

"와, 이 쌩양아치. 꽃값만 물어주면 곱게 보내주려고 했더니만. 그래, 가보자. 누가 더 잘못했는지. 너 그나마 다행인 줄 알아. 니가 만약 저 애 털끝하나라도 건들었다면 이 정도로 끝나진 않았을 거거든."

남자의 멱살을 쥐고 석진이 유들유들 웃으며 말했다. 하지만 일락은 걱정이 앞섰다. 지금이라도 꽃값이고 뭐고 끝내는 게 낫지 않을까 싶다. 경찰서에 가서 괜히 석진에게 난처한 일이 생길까 봐 걱정이 되었다. 그러나 누가 불렀는지 이미 경찰차가 와 있었다.

사건은 양아치의 변호사와, 부른 적도 없는데 어디선가 나타난 석진의 변호사의 합의로 마무리되었다. 서로 잘잘못이 있긴 해도 먼저 때린 건 석진이라 저 쪽에서 물고 늘어지면 석진이 불리할 것 같았는데 석진의 변호사가 꽤 유능한 것 같았다. 국선변호사인가? 이만한 일에도 변호사를 붙여주나? 갑작스런 변호사의 출현이 궁금했는데 변호사의 명함을 받아보고서 석진은 피식 웃었다.

천국시 극락구 낙원로 1004 헤븐팰리스 9층
『법무법인 김앤밥』 대표변호사 김수호.

어디선가 석진에게 무슨 일이 생기면 어김없이 나타나는 당신, 그대 이름은 수호천사!

"괜찮아요? 머리?"

일락은 골프채에 맞은 석진의 머리가 걱정되었다.

"보다시피. 좀 붓긴 했는데 곧 가라앉을 거야."

"쌈 좀 하시던데요."

"뭐 좀. 내가 못하는 게 별로 없어."

남은 꽃들을 가슴에 끌어안고 둘이서 집으로 가는 길이었다. 봄밤의 바람은 산뜻하고 뭉개진 꽃들에게서 나는 향기는 달았다.

"으흠~ 꽃냄새. 엄청 진하네. 야, 근데 너 끝내 어버이날에 아빠한테 꽃 선물 안 하냐?"

"어버이라야 어버이날 꽃선물을 하죠. 생일이 언제예요? 생일선물로 근사하게 하나 만들어 드릴게요."

"12월. 아직 멀었어. 아, 근데 꽃 장사 참 힘들다야. 음식 장사는 남는 거 먹으면 되지만 꽃은 먹을 수도 없고. 너 딴 거 하면 안 되냐. 꽃은 너무 힘든 것 같아."

"힘들긴 해요. 살아 있는 거를 사고팔기 때문에 더 마음 쓰이기도 하고요. 근데 어릴 때부터 해오던 거고 제일 잘하는 일이기도 하고, 또 좋아해요. 꽃일."

"더 큰 꿈 없어? 소년이여 야망을 가져라. 뭐 이런 말도 있잖아."

"제 야망은 그냥 하루하루 행복하게 사는 거예요."

그렇게 말하고 일락은 조금 웃었다. 그냥 행복하게 살고 싶은 꿈. 그게 아주 불가능하지만은 않겠다 싶다. 분명 오늘 장사를 망치고 경찰서에까지 갔다 왔는데도 기분이 나쁘지 않았다. '보호자'가 있다는 느낌, 그것이 어떤 것인지 알 것 같았다.

뮤즈

마을버스를 기다리는데 카페에서 '사랑하기 때문에'가 흘러 나오고 있었다. 라디오 DJ가 "불멸의 아티스트, 오늘은 유재 하입니다. 우리 곁을 떠난 지 벌써 수십 년이 되었지만, 그는 그때 그 모습 그대로 지금도 우리 가슴 속에 살아 있습니다." 라는 멘트를 했다. 진부했다. 저런 말은 세상을 떠난 다른 유 명인을 추모할 때 이름만 바꿔 그대로 쓰는 멘트가 아닌가. 석 진은 아직 공식 데뷔하기도 전인 그를 수식하던 숱한 찬사들 을 생각했다. 우리 시대의 연인, 매혹의 보컬리스트, 지상에서 가장 아름다운 남자. 이런 말들은 누가 다 만들어 낸 건지. 듣 기에도 낯간지럽고 진부한 것들이었다. 다 부질없었다. 지금 은 그냥 일락이 아빠 윤석진. 이게 제일 좋다. 석진은 문득문 득 자신이 일락의 아빠라는 사실이 놀라웠다. 그런데 그것이 싫지 않았다. 이런 감정이 참 신기했다. 일락이가 태어나는 걸

본 적도 없고 그 애가 자신의 아이라는 증거도 없었는데 처음의 의심이나 부담감 같은 것은 서서히 사라지고 지금은 정말 일락이가 소중하게 느껴지는 것이었다. 빨리 천국으로 돌아가고 싶어서 저 애는 내 아들이라고 자꾸 생각해서 그런 것인지, 아니면 한 공간에서 부대끼며 지내다보니 정말 아빠 마음이 생긴 것인지… 아무튼 뭐가 됐든 일락이도 좀 호응해주었으면 좋으련만. 처음처럼 데면데면하진 않지만 경계심이나 거리감이 여전히 남아 있는 것 같다. 하긴 다 커서 만난 아빠가 뭐 그리 반가울까. 게다가 이렇게 빈털터리인데… 이럴 거면 일락이 어릴 때 만나게 해주지. 뭔 20년씩이나 기다리게 해서는.

버스를 타는 대신 석진은 지하철역까지 걸었다. 익숙한 거리였다. 그 시절, 대학이 밀집한 이 지역에서 그를 몰라보는 사람은 없었다. 스무 몇 살 때의 그는 정말 어디서나 빛났었다. 사람들은 그를 보려고 몰려들었다. 그때 그 얼굴 그대로 돌아왔는데도 아무도 몰라본다는 게 신기했다. 수호천사는 그렇게 말했었다.

"네가 이십 년 전과 똑같은 얼굴로 돌아가도 사람들은 너를 알아보지 못할 거야. 하느님께서 그들의 눈을 닫아 놓을 것이기 때문이지. 세상의 혼란을 방지하고 너를 보호하기 위한 그분의 배려란다."

"어떻게 그것이 가능하죠? 한두 사람도 아니고 그 많은 사람들을. 그 당시 서울에서 대학 다니던 사람이라면 저를 모를 수 없을 텐데요."

"그분에게 불가능이란 없어. 이해 못하겠거든 그냥 외워."

진짠가. 석진은 스마트폰으로 록밴드 〈이터니티〉를 검색했다. 아무 것도 나오지 않았다. 이십 년 전의 일이니 없는 것도 당연하다는 생각도 들었지만 젊은 사람들이 많이 보는 잡지 같은 데선 제법 기사도 났었는데 하나도 검색되지 않는다는 게 좀 신기하긴 했다. 그러다 문득 익숙한 포스터 한 장이 담긴 게시물을 발견했다. 십년 전쯤의 기사였는데 희한하게도 의료 전문 월간지였다. 기성병원 대표의 인터뷰였는데 질문의 한 꼭지가 음악에 관한 것이었다.

Q. 대표님은 의대 재학시절 밴드 활동을 하셨던 것으로 알고 있습니다. 음악 활동을 한 것이 병원 경영에 어떤 도움이 되는지요?
A. 음악과 의술, 둘 다 궁극의 목적은 치유라고 생각합니다. 음악을 했던 경험이 당연히 많은 도움이 되고 있습니다.
Q. 피아노 연주와 작사 작곡 실력이 상당하시다고 들었습니다. 요즘도 하시는지요?

A.   제 음악은 … 어떤 한 사람을 위한 것이었습니다. 그 사람만이 제 음악을 담아낼 수 있었습니다. 그가 없는 지금, 저는 더 이상 노래를 만들지 않습니다.

인터뷰이는 정민이었다. 그의 이름 옆에는 '기성병원 대표'라는 직함이 붙어있었다.

"대표님이라… 잘 어울리네."

인터뷰 기사를 읽고 석진은 가슴이 무거워졌다. 슬프다고 해야 하나, 막막하다고 해야 하나. 뭐라 딱 꼬집어 말할 수 없는 감정들로 마음이 편치 않았다. 지난날이 떠올랐다. 고만고만한 언더그라운드 록밴드의 보컬리스트에 불과했던 석진을 다듬고 가꾸어 대학가 최고의 슈퍼스타로 만들어 낸 사람이 정민이었다. 집안의 후광 때문에 이미 유명한 의대생이긴 했어도 얌전하고 조용한 정민이 그런 능력이 있을 거라고는 아무도 생각하지 못했었다. 그는 단지 음악적 능력뿐만 아니라 예술 감각 자체가 남다른 사람이었다. 음악 프로듀서나 사업가로서의 수완도 뛰어났었다. 그 능력이 지금도 여전한 모양이었다. 전공을 살려 병원 경영자로서도 성공적인 인생을 살고 있는 것 같았다. 석진은 그 시절 정민을 생각했다. 기묘한 천재 서정민. 나한테 특별했었던. 그런데 당신… 나한테 왜 그랬어? 왜 나를… 죽였어?

어느 날 석진에게 "너는 나의 뮤즈!"라고 했던 정민이었다. 그는 석진이 지상에서 보낸 마지막 순간에 곁에 있었던 유일한 사람이었다. 그 순간을 떠올리자 석진은 가슴이 찢어질 듯 아파왔다. 서정민, 지금 어떻게 변했을까. 그를 만나야겠다는 생각과 절대 보지 않겠다는 다짐이 동시에 일어났다.

공연이 거듭될수록 석진의 무대도 무르익어갔다. 객석의 에너지를 빨아들여 두 배로 토해내는 것 같은 무대에 팬들은 열광했다. 무대 위에서 석진의 얼굴은 더 빛났고 목소리는 더 깊어졌으며, 그저 우수에 젖은 표정과 손짓 하나일 뿐인 연기조차 더 농염해졌다. 사람들은 그를 만져보고 싶어 했고 신비주의로 꽁꽁 싸맨 그에게 가슴앓이를 했다. 그렇게 석진의 매력은 점점 마력이 되어가고 있었다.

태오는 석진의 무대를 매번 홀린 듯 지켜보았다. 석진의 매니저를 자처하며 저 형님이야말로 내 인생의 멘토, 위대한 스승, 영원한 워너비라며 일락의 집을 드나들었다. 일락은 태오의 잦은 방문을 귀찮아했지만 태오가 들려주는 그날의 공연 소식을 기다리기도 했다. 대체 공연을 어떻게 하길래 안 그래도 바보 같은 태오가 점점 더 바보가 되어 가는 걸까. 맨날 사고만 치던 석진이 태오의 아이돌이 되어가는 걸 보면서 일락도 내심 공연이 궁금했다. 그때 처음 만났을 때 했던 크리스마스 버스킹 같은 걸까. 일락은 그때 세상에 저렇게 노래를 잘하는 사람이 있다니, 했었다. 오늘 공연을 태오가 좀 더 자세하게 얘기해주면 좋겠다. 하지만!

"태오야, 이제 그만 좀 와주겠니."

일락은 어금니를 꽉 물고 말했다.

"안 돼. 랄락. 난 이제 너네 집에서 하숙할 거다."

"알다시피 네가 잘 방이 없어."

"마루에서 잘게. 아님 덕구 집에서 자도 돼. 아님…"

"아님 뭐?"

"석진 형님 방을 같이 써도 좋아. 형님만 동의하신다면! 하숙비는 따블!"

아오! 미친 새끼… 일락은 태오가 한심해서 한 대 쥐어박고 싶었다.

"꺼져!"

하지만 태오는 일락의 집에서 저녁까지 먹고 갔다. 자고 가겠다는 걸 협박까지 해서 겨우 보냈다.

"마태오! 너 자꾸 이러면 양순심한테 다 이를 거야."

그때서야 태오는 아쉬운 듯 내일 보자며 갔다. 태오가 가기 전에 석진이 몰래 물어봤다.

"일락이 본래 성격이 무뚝뚝하고 까칠하니? 아님 나한테만 그러는 거냐? 쟨 날 보고 웃지를 않아. 나한테 저런 애 진짜 처음이다."

"아니에요. 일락이 엄청 착해요. 형님한텐 아직 낯가림하느라 그런 것 같은데요? 좀 있으면 나아질 거예요. 저보고 맨날 집에 가라고 그러는 것도 형님 불편할까 봐 그런 건데요? 근데 저 안 불편하시죠? 형님?"

그러면서 덧붙이길 혼자 사느라 세상에 속지 않으려고 의심과 경계심이 많은 것일 뿐 속정 깊고 따뜻한 아이라고 했다. 가만 생각해 보니 그런 것도 같았다. 겉으론 무심한 척하면서도 석진에 관한 것은 대체로 무엇이든 해주는 편이었다. 그러고 보니 지난번에 빨래를 하느라 일락의 바지를 뒤지다가 운전면허 학원 접수증을 발견하기도 했었지. 그거 은근히 감동이었는데. 그때 그렇게 매정하게 거절했지만 그래도 결국 석진의 바람대로 면허를 따기로 한 거였다. 그걸 보고 얼른 돈 많이 벌어야지, 했다. 아빠에게 아이란 삶의 의욕과 영감을 불러

일으키는 뮤즈인 걸까! 그때 생각을 하자 석진은 다시 기분이
좋아졌다.

나의 아름다운 꽃가게

토요일 아침. 석진은 지난밤 공연으로 늦잠을 자고 간신히 일어났다. 마당을 내다보니 일락이 분홍색 보자기를 어깨에 두르고 가위를 들고 서 있었다.

"슈퍼맨?"

"머…머리 좀 다듬어주세요."

그러고 보니 일락이 머리가 길었다. 앞머리가 눈을 찌를 것처럼 다니기도 하고 턱까지 오는 단발머리였던 것도 같은데 요즘엔 꽁지머리로 묶어 다니고 있었다.

"그냥 대충 좀 잘라주시면 돼요. 지금 너무 길어서요."

"나 머리 자르는 건 잘 못하는데… 나중에 딴 말 하기 없기다."

"어차피 형이 안 해주면 태오가 할 거거든요."

일락이의 헤어스타일은 대충 정해진 패턴이 있다. 미장원에서 바짝 짧게 잘랐다가 계속 자라는 대로 내버려 둔다. 그러다가 좀 길다 싶으면 꽁지머리로 묶었다. 그러다 못 견딜 정도가 되면 다시 미장원에 가서 짧게 잘랐다. 그 기간이 6개월 정도라 했다.

"미장원에 가면 예쁘게 잘라줄 텐데 왜 집에서 이러냐."

"왜긴요. 미장원 가는 돈이 아까워서 그러죠. 짠돌이!"

순심이가 대문을 따고 들어왔다. 역시 손엔 식료품이 가득 든 봉지가 들려 있었다.

"돈 때문에 그러는 거 아니거든!"

일락은 석진에게 머리를 내맡긴 채 다소 상기된 표정으로 눈을 감고 앉았다. 일락에게도 아빠와 함께하고 싶은 버킷 리스트가 있었다. 그냥 어릴 적부터 소소하게 바라던 것들이었다. 그중에 하나가 '아빠가 머리 잘라주기'였다. 일락에게 아빠는 오래전부터 없는 사람이었지만, 그래서 아빠와 하는 버킷 리스트 따위 버린 지 오래였지만 석진이 저렇게나 아빠라고 주장하니 아빠와 하고 싶었던 일을 해봐도 나쁠 것 같진 않은 것이다. 자, 그럼 윤석진 씨. 어디 한번 해 보시지.

"우린 뒤통수가 닮았네."

석진이 일락이 머리를 만져 보더니 말했다. 얼굴만 봐서는 뭐 하나 제대로 닮은 데가 없어서 석진은 내심 서운했었다. 그런데 동그란 뒤통수! 이게 닮은 것이다.

일락이 피식하고 웃었다. 고작 뒤통수 닮은 걸로 나랑 엮으려고 하다니, 안 속아요! 안 속아! 하면서도 일락은 기분이 괜찮았다.

석진은 어릴 적 제 머리를 다듬어주던 아버지를 생각했다. 곱사등이 아버지는 일곱 살 아들의 머리를 잘라주려고 발판에 올라 한 올 한 올 정성스럽게 아들의 머리를 매만지곤 했다. 아버지는 늦게 결혼해 얻은 아들이 자기를 닮지 않은 것을 무척 기뻐했었다. 그런 아버지를 석진은 자라면서 부끄러워했었고. 아버지는 석진보다 먼저 세상을 떠났다. 다행이었다. 그토록 사랑한 아들이 고작 스물여덟 해를 살고 죽었다는 것을 알면 그 절망이 얼마나 컸을까. 아버지를 생각하자 석진은 눈시울이 뜨거워졌다. 눈물이 툭 하고 일락의 머리카락에 떨어졌다. 석진은 우리 부자 삼대는 서로 닮지 않은 게 닮은 점이라고 생각해본다. 아무래도 좋았다.

머리를 만져서 그런지 일락이 꾸벅꾸벅 졸기 시작했다. 석진은 아이가 깨지 않도록 조심해서 빗질을 하고 머리를 다듬었다.

"우와! 아저씨, 머리 잘 자르시네요? 혹시 전직이 헤어디자이너?"

옆에서 머리 자르는 걸 구경하던 순심이 탄성을 질렀다. 순심이는 석진을 아저씨라고도 했다가 오빠라고도 했다가 대중없었는데 좀 어른스러워 보일 때는 아저씨, 좀 철없어 보일 때는 오빠, 대충 그런 것 같았다. 지금은 아저씨라고 부르는 걸로 봐서 일락이 머리를 다듬어주는 모습이 그런대로 믿음직해 보인 모양이었다. 석진이 봐도 제법 괜찮았다. 일락도 눈을 뜨고 거울 속에 비친 제 모습을 보더니 활짝 웃었다. 거울 속에서 일락과 석진이 같이 웃고 있었다.

오늘 아침 메뉴는 양송이 수프와 토스트. 순심이가 가져 온 즉석 수프를 데우고 토스트는 식빵 남은 것을 계란 물 입혀서 구워냈다. 커다란 접시에다 역시 순심이가 가져온 바나나와 블루베리를 같이 담았다. 거기에 페퍼민트 잎으로 장식하니 봄날 토요일의 브런치로 손색이 없었다. 늘 그렇듯이 식탁엔 잘 피어난 꽃송이가 놓여 있었다. 오늘은 통통한 튤립을 맥주 컵에다 담았다. 간단한 꽃장식이었는데도 뭔가 모르게 시크한 매력이 있는 센터피스였다. 하여간 어떤 꽃이든 일락의 손이 닿으면 뭔가 좀 달랐다.

"맨날 이렇게 갖고 오면 집에서 뭐라 안 그래?"

"뭐라 그러긴요. 일락이 갖다 주라고 집에서 먼저 챙겨주는데요. 글고 일락이도 우리 집 일 많이 해주거든요. 바쁠 땐배달도 대신 해주고, 매장 정리하는 것도 도와주고, 마트 셔터올리고 내리는 거 같이 하기도 하고요."

석진은 순심의 말에 한편으론 고맙고 다행스런 생각이 들었다가 한편으론 괜한 의심이 일기도 했다. 순심이네 양마트에서 일락이를 마구 부리는 건 아닌가 싶은 것이다. 그러다가혹시 우리 일락이를 데릴사위 삼으려는 건 아닌가 하는 생각도 들었다. 하지만 아무래도 그건 아닐 것 같았다. 양 사장이순심이가 의대생이라고 그렇게나 자랑을 한다는데 부모도 없는 우리 일락이를 사위 삼겠나 싶은 것이다. 그랬다가 아니,우리 일락이가 어때서! 하는 마음이 오락가락했다. 그러면 석진 입장에서 순심이가 며느릿감으로 좋은가 하면 딱히 그런것도 아니었다. 일락이보다 힘이 세 보이는데다 되바라진 말도 톡톡 잘 뱉어내고 은근히 일락이 부려먹기도 잘하는 것 같았다. 걸핏하면 바쁜 애 불러내서 데리러 오라 그러고 말이야.따릉인가 부릉인가 그 무료 자전거를 타고 다니다가 잃어버린 걸 일락이가 찾아서 제자리에 갖다 놓은 적도 있고 학교에 뭐 갖다 달라고 하면 하던 일 멈추고 갖다 주는 것도 봤다. 거기다가 가끔 칠칠치 못한 모습도 본 터라 석진은 순심이가 탐탁지 않을 때가 많았다. 오늘도 그랬다. 가방 안에 쓰레기를 잔뜩 넣어 다니는 걸 일락이가 정리해주고 있었다. 가방 안에 과자 봉지, 아이스크림 막대기, 영수증, 전단지, 더러운 가운 등등이 끝없이 쏟아져 나왔다. 보다 못한 석진이 한마디 했다.

"너는 가방이 아니라 쓰레기통을 들고 다니는구나? 이런 것들 다 담아 다니면 무겁지 않니. 제때 버려야지."

그러자 일락이가 순심이 대신 대답한다. 마치 지가 대변인인양.

"얘가 성격이 아무 데나 못 버려서 그래요. 쓰레기통 안 보이면 쓰레기를 가방 안에 가지고 다녀요."

근데 그걸 왜 네가 청소해주냐고, 라고 묻고 싶었지만 둘이 저러는 게 저희들끼리는 익숙한 일인 듯싶어 꾹 참았다. 하지만 석진은 괜히 속상했다. 다들 가는 대학도 못 간 처지라 혹시나 저도 모르게 주눅 든 건 아닌가 걱정도 되었다. 순심이가 부엌에 들어간 사이 석진은 일락의 눈치를 보며 조심스럽게 물었다.

"그나저나 대학은 안 갈 거니."

"저요?"

"응. 너도 대학 가야지. 캠퍼스라이프 그런 거 안 해보고 싶어?"

일락이 멀뚱히 석진을 한 번 쳐다보더니, 대수롭지 않다는 듯 대답했다.

"저 고등학교부터 졸업해야 해요. 1학년 때 휴학 했었거든요. 도저히 학교 다닐 형편이 안 돼서요. 학교 다니면서 가게 일을 못하겠더라고요. 빚이 많아서 일을 안 할 수도 없고요. 복학 못 하면 나중에 검정고시 봐야죠, 뭐. 글고 아직은 대학 별로 가고 싶지도 않아요…"

뭐어?! 그럼 중졸? 대학은커녕 고등학교도 졸업 못했단 말에 석진은 충격받았다. 이 나라에서 중졸 학력으로 할 수 있는 일이 몇 가지나 될까. 그나마 꽃가게를 자기 일이라고 하고 있으니 다행이라고 해야 할까. 이걸로 아이가 평생 밥은 먹고 살 수 있을까. 갑자기 먹은 것이 위장 한가운데를 턱 막고 있는 것 같았다. 걱정이 한꺼번에 몰려와 소화가 안 되었다.

"아니, 일락아. 그래도 대학은 가는 게 좋지 않겠니. 다양한 경험을 해볼 수도 있고… 너 말야. 아빠 닮아서 머리 좋아,

틀림없이 좋아. 그러니 쫌만 공부하면…"

"다양한 경험은 대학 다니는 애들보다 내가 더 많이 해요. 나 그래도 사장이잖아요. 나의 이 아름다운 꽃가게에서 지금도 세상살이 빡세게 하고 있습니다. 허허허."

"그래도 뜨겁고 치열하게 막막 그렇게 공부도 하고 연애도 하고 그런 거 안 하고 싶어?"

"뜨겁고 치열한 건 태오가 그렇게 살고 있고, 쿨한 건 순심이… 전 그냥 미지근하게 살래요. 아냐, 미지근한 건 좀 그렇고 따뜻하고 포근하게 살고 싶어요. 다들 각자 자기 온도로 사는 거잖아요. 글고 연애는 뭐, 그거 꼭 해야 하나?"

순간 석진은 뒷통수를 맞은 것 같았다. 석진이 고등학교 다닐 때는 일단 대학 가는 것이 목표였는데 이제 세상이 달라진 건가 싶다. 아, 모르겠다, 진짜. 그나마 저 나름 주관이 뚜렷하니 그걸 위안 삼아야 하나.

마침 순심이가 커피를 가져왔다. 석진은 토스트 접시를 장식했던 페퍼민트 잎을 커피에 띄웠다. 그걸 보던 순심이가 깜짝 놀라 물었다.

"앗! 아저씨! 아저씨도 커피에 민트 잎 넣어서 마셔요?"

"응. 쏴-하고 화-한 맛이 있지. 소화도 잘 되고."

순심이가 고개를 갸웃하더니 뭔가 생각난 듯 물었다.

"아저씨 저랑 스무고개해요. 첫 번째 고개. 전공이 뭐예요?"

"대학 전공? 건축학."

"음… 그럼 아닌데. 두 번째 고개. 대학은 어디 다녔어요?"

"기성대."

"앗! 빙고! 그럼 세 번째. 나이는 마흔 여덟이라 했죠?"

"응."

"아… 나 왠지 뭔가 비밀을 푼 것 같은데. 아저씨, 혹시 김지연 씨라고 알아요? 지금 의대 교수님인데."

김지연! 석진이 당황해서 물을 쏟았다. 그 바람에 핸드폰이 물에 젖고 말았다.

"네가 지연일 어떻게 알아?"

순심도 놀라서 한동안 아무 말도 하지 않았다.

"아… 진짜, 이건 뭐 서프라이즈네, 서프라이즈! 아니다. 앗! 세상에 이런 일인가? 페퍼민트 잎을 커피에 띄워 마시는 사람… 혹시나 해서 물어봤는데 진짜였네."

순심이 석진을 뚫어져라 쳐다보았다. 석진이 눈길을 피하려하자 그럴수록 순심은 더 바짝 석진에게 다가갔다. 이렇게 멋진 얼굴이 어떻게 두 명일 수 있겠어. 혹시 쌍둥이? 아냐,

아냐. 절대 아니야. 내 촉은 틀린 적이 없지.

"정말 안 늙으셨네요. 비밀이 뭐죠?"

호기심 많은 아이, 순심이가 눈을 반짝이며 물었다.

순심은 지연의 사진 속 남자가 석진이라는 걸 확신했다. 사
진 속 얼굴이 좀 더 앳되긴 하지만, 헤어스타일만 지금처럼 바
꾸면 거의 완벽하게 같은 얼굴이었다. 게다가 커피에 페퍼민
트 잎을 띄워 마시는 취향과 김지연이라는 이름을 들었을 때
석진이 당황했던 것까지 생각하면 확률 99%였다.

석진이 사진을 찍었을 때는 스무 살 혹은 스물 한두 살 정
도였을 테고, 지금은 마흔 여덟이라고 하니 대략 이십 칠 팔년
의 시차가 있는데 그 사이 그에게 무슨 일들이 있었던 걸까.
그는 왜 일락을 찾아온 걸까. 그의 주장처럼 일락이 진짜 자기
아들이라서? 그렇다면 왜 이제야? 일락이 엄마와는 어떻게 알
게 된 걸까. 혹시 석진의 등장이 일락이한테 나쁜 일은 아니
겠지? 아냐, 그건 아닐 것 같아. 일락이한테 하는 거 보면 서툴
러서 그렇지 모든 게 진심이었어. 아니지, 아니지. 사기꾼들이
왜 사기꾼이겠어. 잘생긴 얼굴을 하고선 진심어린 말로 사기
치니까 사기꾼 아니야? 그러니 의심을 거두지 말아야 해. 그렇

다면 일락이한테서 뭘 노리는 걸까. 이 문제에 대해 일락과도 얘기한 적이 있었다. 일락이 가게를 노리는 것일지도 모른다고. 카페를 하겠다, 옷가게를 하겠다며 순심이네 부동산 중개소에 찾아오는 사람들이 심심찮게 있었다. 적지 않은 사람들이 일락이네 가게와 집을 사려고 했지만 일락이는 꿈쩍도 하지 않았다. 빚에 허덕이고 있으면서도 일락이는 절대 가게를 팔 생각이 없는 것이다. 그렇다보니 가게를 꼭 사고 싶은 누군가가 작전을 바꾼 것이 아닐까? 가짜 아빠를 침투시켜 친권을 주장하면서 집을 팔게 하려는 수작? 오, 그건가? 순심은 잠시 생각했다. 그럴 듯했지만 아무래도 그건 아니었다. 그런 치밀한 플랜을 수행하기에 석진은 적합한 플레이어가 아니었다. 기왕 가짜 아빠 역할을 할 거면 그 나이에 맞는 사람이어야 할 텐데 석진은 너무나 젊었다. 석진을 보고 스무 살짜리의 아빠란 걸 믿을 사람은 아무도 없다. 아, 그냥 이도저도 아니고 그저 얼굴만 잘생긴 신개념 또라이인가? 헛! 저런 미남이 그냥 또라이일 리가.

자, 그렇다면 원점으로 돌아가 다시 생각해보자. 궁금한 게 한두 가지가 아니었다. 석진과 일락의 관계뿐만 아니라 석진에 관한 모든 것이 궁금했다. 이십 년 전 어떤 사람이었는지,

지난 이십 년 동안 무얼 하던 사람인 건지, 어째서 하나도 늙지 않은 것이며, 김지연 교수와는 어떤 사이인지도 궁금했다. 궁금증은 또 다른 궁금증을 낳아 사진 속 또 다른 남자도 궁금했다. 안경을 쓴 샤프한 남자는 누구? 김 교수는 가운데에서 두 남자의 팔짱을 낀 채 활짝 웃고 있었다. 안경 쓴 남자는 엷은 미소를 띠고 있었고 석진으로 추정되는 남자도 밝게 웃는 얼굴이었다. 그 세 사람은 절친한 사이임에 틀림없다. 분명 그 사진 속 세 사람은 연인 느낌이었는데 김지연 교수는 누구와 사귀었을까. 이제 셋 중 둘은 누군지 아니까 나머지 한 사람만 확인하면 되나. 어떻게 확인하지? 김 교수님한테 단도직입적으로 물어볼까. 훅 하고 치고 들어가는 질문으로? "어머, 교수님, 이 잘생긴 분들은 누구세요?" 이렇게? 아니다. 대답해줄 것 같지 않다. 닥터 김은 시원시원한 사람이기도 했지만 여간해서는 개인적인 이야기를 하지 않는 사람이기도 했다. 도대체 뭘까. 누굴까. 그들은. 아, 진짜 궁금해 미치겠네. 순심은 수업시간 내내 추리에 골몰했다.

이달의 운세

이름조차 알 수 없는 신인 배우는 배역 이름을 따서 그저 '애쉬'라고 불렸다. 공연은 그가 출연하지 않는 회차까지도 모두 매진이었다. 왜냐면 '애쉬'가 어느 회차에 출연할지 관객은 알 수 없기 때문이었다. 처음 몇 회 동안은 그가 등장하는 회차가 공개되었지만, 그 다음부턴 종잡을 수가 없었다. 출연할 것 같은 날에 안 나오기도 하고, 연속 공연은 안 할 것 같은데도 3~4회차를 연달아 출연하기도 했다. 극의 절정과 결말, 단 두 장면에만 등장하는 이 배우는 공연이 끝나면 으레 하는 무대 인사에도 참여하지 않고 바람처럼 사라져버렸다. 다른 출연자들과 함께 연습하지도 않았다. 팬들의 관심은 높아져만 가는데 당연히 이 근본 없는 배우에 대해 출연자들과 스태프들 사이에서 비난이 일었다. 그러나 석진은 그러거나 말거나였다. 사실 일이 이렇게 되어 버린 것은 석진이 자신의 일정을 일락

에게 맞춰 이리저리 바꾼 탓이었다. 일정이 바뀌면 태오가 공
연기획사에 알려주고 다음 일정을 잡았다. 팬들과 기획사에
미안한 일이었고 또 꽤나 번거로운 일이긴 했지만 태오 본인
은 이 일을 즐겁게 했다. 자기가 이 신비로운 록스타의 매니저
라 생각하는 것이다. 따지고 보면 틀린 말도 아니었다. 태오가
석진을 데뷔시킨 것이나 다름없으니까.

아발론에서 떡볶이를 먹던 중이었다. 태오는 또 지난 주말
의 공연을 얘기했다. 석진이 극 중에서 어느 장면에서 어떤 노
래를 하는지, 노래할 때 표정이라든지 제스처라든지 하는 것
들을 포크를 들고 흉내까지 내가며 얘기했다. 일락과 순심은
태오가 하도 자주 얘길 해서 공연 한 편을 다 본 것 같은 기분
이었다. 태오는 무대 위 석진을 두고 별 하나 없는 깜깜한 밤
하늘을 날다가 무대 위로 불시착한 음악의 신이라느니, 환상
과 실제의 경계에 선 치명적 오브제라느니 하며 혼자서 황홀
해 했다.

"그러니까 니들도 직접 봐야 해."

그러면서 일락과 순심에게 표를 건넸다. 어렵게 구한 거라
며. 일락이 가게 때문에 못 간다고 하니 희재가 대신 가게를
봐줄 테니 갔다 오라고 했다.

"야, 그렇게 멋지면 나도 한 번 봐야겠다. 그 어리바리 하숙생이 무대에선 좀 다른가 봐?"

"어리바리라니! 누나, 그런 얘긴 오늘부터 우리 형님한텐 금지야. 진짜 멋지다구요! 진짜, 진짜로! 우주에서 제일 멋쟁이라고요!"

일락은 한숨을 쉬었다. 태오, 저 뻥쟁이! 구라쟁이! 오바쟁이!

"알았어, 알았어. 이따 시간 봐서 웬만하면 갈 테니 넌 순심이하고 남은 떡볶이나 다 먹고 가. 난 가서 일 좀 해야 해."

말은 그렇게 해놓고서 일락은 오후 내내 갈까 말까 망설였다. 석진이 그렇게 멋지다 하니 보고 싶은 마음도 컸지만 사실 공연장에 가본 적이 한 번도 없어서 무슨 실수라도 하지 않을까 걱정도 되는 것이다. 옷은 어떻게 입고 가야 하나? 선물은 뭘로? 박수는 언제 쳐야 하지? 하는 그런 것들.

"다 필요 없고, 걱정 말지어다. 그냥 몸만 가면 돼. 박수치고 그런 건 나 따라 하면 되고. 빈손으로 가기 정 그러면 꽃다발이나 하나 근사하게 만들던지. 난 이달의 운세를 보니까 행운의 장소가 대극장이라고 되어 있어서 함 가보려고."

"이달의 운세? 난 뭐래?"

"어디보자. 물고기자리. 음, 넌 생과 사를 가로지르는 거대한 인연을 만난다는데?"

어우, 무슨 인연이길래 거대하기까지 할까. 일락은 피식 웃었다. 그러면서 꽃다발을 만들기 시작했다. 그냥 쪼그맣게 하나 만들려던 꽃다발이 이상하게 점점 커져가고 있었다.

몸을 다 가릴 정도로 커다란 꽃다발을 들고 일락과 순심은 공연장 로비를 돌아다니다가 안내직원에게 제지당했다. 공연장 안에 꽃다발을 갖고 들어갈 수 없으니 안내데스크에 맡기란다. 원하는 배우를 말해주면 대신 전달도 해주겠다고 한다.

"아, 무, 물론이죠. 안 그래도 그럴 참이었습니다."

일락과 순심은 그런 공연 에티켓쯤은 우리도 다 알고 있다는 듯 나름 여유로운 표정을 지으며 꽃다발을 직원에게 건넸다. 다른 사람들도 부피가 큰 선물이나 꽃바구니 같은 것을 데스크에 맡기고 있었다.

"애쉬 님에게 전해주세요. 오늘 애쉬 님 나오는 거 맞죠?"

잘 차려입은 여자가 직원에게 물었다.

"그건 저희도 모릅니다. 애쉬 님은 나와 봐야 아는 거라서요."

여자는 "아이, 오늘도 안 나오면 안 되는데." 하며 간절한 표정으로 말했다.

"오늘 공연 아니어도 전달해드릴게요. 여기 선물들도 대부분 애쉬 님에게 가는 것들이거든요."

삼삼오오 모여서 하는 얘기들을 슬쩍 들어보면 '애쉬'라는 사람이 오늘 공연의 핫이슈인 것 같았다.

"오늘 애쉬 나올까?", "애쉬가 진짜 가수일까?", "애쉬, 여친은 있을까?", "애쉬 나이는 몇 살?", "애쉬가 다른 작품도 해줄까?", "애쉬가 단독 콘서트 해주면 좋겠다." 등등등.

다들 애쉬, 애쉬, 에쉬 거려서 듣고 있자니 속이 애슥애슥하며 울렁거릴 지경이었다.

"애쉬가 그러니까 우리 하숙생 윤석진 님이란 얘기지?"

"그…런가 봐… 아름다우신 우리 석진 오라버니…"

공연장 입장을 알리는 안내방송이 나왔다. 순심은 공연이 시작하기도 전에 이미 뭔가에 홀린 것 같았다. 그럼 그렇지, 저래야 양순심이지. 양순심과 마태오의 공통점은 화려하고 반짝반짝한 거에 매우 취약하다는 것이었다. 철없는 것들, 삶이란 극장의 불빛처럼 반짝이지도 않고 화려하지도 않단다, 하며 일락은 순심을 끌고 사람들을 따라 공연장으로 들어갔다.

아아. 공연이 시작되려 한다. 일락의 가슴도 두근거렸다. 태오가 마련해준 맨 앞자리에 앉아서 일락과 순심은 석진이 등장하길 기다렸다. 처음 와본 큰 극장, 처음 보는 뮤지컬에 넋을 놓은 채 시간이 어찌 가는 줄도 모르고 몰입해 있는데 객석 곳곳에서 작은 술렁임이 느껴졌다. "이제 나온다.", "애쉬!" 하는 그런 소리들. 일락도 석진이 나올 것 같은 기분에 몸을 무대 쪽으로 기울였다. 순간 무대 위엔 깊은 어둠이 내렸고 곧이어 길고 아름다운 피사체 하나가 핀 조명 속에 나타났다. 여기저기서 탄식이 들렸다. 아직 노래를 한 것도 아니고 그저 등장만 했을 뿐인데도 그는 소리를 내는 것 같았고 춤을 추는 것 같았으며 눈을 들어 나만을 바라보는 것 같았다. 일락은 석진의 노래를 듣는 내내 가슴이 뛰었다. 무대 위에서 그는 분명 다른 사람이었다. 클라이맥스의 고음은 듣는 이의 심장을 부숴버리는 듯했다. 심장이 터질 것 같은 그 순간 일락은 석진과 눈을 마주친 것 같았다. 그리고 마치 꿈인 듯 부닥쳐오는 굉음! 순식간에 극장 안을 뒤덮는 비명 소리. 아, 관객들이 환호성을 지르는구나, 했다가 일락은 정신을 잃었다.

깨어나 보니 병원 응급실이었다. 옆 침대에는 순심이 누워 있었다. 태오가 눈앞에서 어른거렸다.

"괜찮아?"

일락은 벌떡 일어났다.

"무슨 일이야? 나 왜 여기 있어?"

태오가 털썩 침대에 주저앉았다. 애가 몇 시간 만에 폭삭 늙은 것 같았다.

"너 기억을 못하는구나. 아까 공연장에서 네 머리 위로 조명기구가 떨어졌어."

"뭐?!"

일락은 제 머리를 만져보았다. 별 이상이 없었다. 그런데 옷에 핏자국이 있었다. 어디 다쳤나 싶어 봤는데도 멀쩡했다.

"석진 형님이 너네들 위로 몸을 날려서 조명을 형님이 맞았어. 머리에서 피 나고 등도 찢어지고⋯ 크게 다쳤어. 공연은 당연히 끝장났고. 완전 난리도 아니었어."

석진이 다쳤다고? 그것도 크게 다쳤다고? 일락은 저도 모르게 침대에서 뛰쳐나왔다.

"어딨어? 우리 형 어딨냐고!"

태오가 "중환자실에"라며 울먹이자 일락은 말릴 틈도 없이 병원 안을 헤집고 다녔다. 중환자실이 어딘지 몰라서 간호사며 의사며 아무나 붙잡고 "윤석진 씨 병실 어디냐"고 물어보며 뛰어다녔다. 그때 누군가가 일락의 팔을 붙잡았다.

"학생, 윤석진 씨라고 했어요?"

금테 안경을 쓴 세련된 인상의 중년남자였다.

"예. 우리 형, 아니 우리 아빠, 아니 형… 아니, 아니…아, 아…"

일락은 횡설수설하다가 끝내 울음을 터뜨렸다. 자기가 무슨 말을 하는 지도 모르고 처음 보는 사람에게 석진의 병실을 찾아달라고 울면서 말했다. 남자는 몹시 놀란 표정이었다가 이내 침착한 얼굴로 좀 기다려보라고 하더니 접수처로 갔다. 그런데 갑자기 분위기가 이상해졌다. 환자가 사라졌다는 것이다. 접수처 직원 말이 분명 구급차로 이송해왔고 피를 많이 흘려 응급처치를 한 후 중환자실로 옮겼는데 환자 수속을 밟으려고 보니 사라지고 없다는 것이다.

사태를 파악하고 일락은 밖으로 뛰어 나갔다. 불현듯 일락의 머릿속을 스쳐가는 것이 있었다. 공사장에서 일을 하다가 크게 다쳐온 날이었는데 다음 날 아무렇지도 않은 듯 멀쩡하게 일어났던 석진이었다. 골프채에 머리를 맞아도 별다른 이상 없었지. 그래, 그럴 거야. 특이체질 윤석진 씨. 지금 집에 있는 거죠. 별 일 없죠. 그런 거죠… 일락은 계속해서 석진의 핸드폰으로 전화했다. 받지 않았다. 아, 그렇지. 그때 물에 젖어서… 집으로 가는 택시 안에서 일락은 계속 울었다. 아마도 엄마가 세상을 떠난 후 가장 많이 운 날일 것이다. 택시기사가 무슨 일인지 걱정스러운 목소리로 물었다. 일락은 꺽꺽 소리 내어 울며 말했다.

"아빠가… 아빠가 아파요."

대문을 따고 들어가 굴러가듯 석진의 방문 앞에 섰을 때 일락은 방문 틈 사이로 흘러나오는 희미하고 푸른 불빛을 보았다. 왠지 모를 안도와 두려움, 설렘이 뒤죽박죽된 채 일락은 문 밖에 서 있었다. 지금 문을 열면 안 될 것 같았다. 지금 무얼 하는 걸까, 석진은 대체 어떤 사람인 걸까, 그런 생각은 하지 않기로 했다. 오직 그가 무사하기만을 빌었다. 빛이 사라질 때까지 일락은 문 앞에 쪼그리고 앉아서 기다렸다. 온 밤이, 그리고 그 밤이 새벽이 될 때까지 일락은 방문 앞에서 꼼짝도 하지 않았다.

그렇게 일락은 마루에 쓰러져 자다가 새벽 추위에 일어났다. 정신을 추스른 후 조심스럽게 석진의 방문을 열었다. 캄

캄한 방에 수북하게 쌓여 있는 휴지 뭉텅이가 제일 먼저 눈에 들어왔다. 피를 닦아낸 것들이었다. 깃털 같은 것들도 뒹굴고 있었다. 늦봄인데도 석진이 여직 입고 다니는 낡은 패딩 코트에서 빠져 나온 것들인가 싶어서 그것조차 일락은 마음이 아팠다. 석진은 이불도 깔지 않은 차가운 맨 바닥에 웅크린 채 잠들어 있었다. 눈이 어둠에 익숙해지자 석진의 얼굴이 희미하게 보였다. 메이크업을 한 채였다. 다행히 얼굴에 상처는 없었다. 등과 머리로 조명이 떨어졌다고 해서 머리도 조심스럽게 만져보았지만 피 흘린 자국은 없는 것 같았다. 등 쪽을 보니 옷은 찢어져 있는데 그 틈 사이로 드러난 피부는 깨끗했다.

일락은 피 묻은 휴지를 하나씩 헤쳐 보았다. 다량의 출혈이 있었던 게 분명했다. 그런데 이토록 평온한 얼굴이라니. 윤석진 씨, 당신은 누구죠? 일락은 한참을 생각하다가 조그맣게 소리 내어 불러보았다.

"…아…빠…"

아주 작은 소리. 일락이마저도 겨우 들을 그 소리에 석진이 부스스 일어났다. 안 그래도 큰 눈이 메이크업을 해서 더 크게 빛나고 있었다. 일락은 조금 무서웠다.

"뭐라…그랬지? 아빠…라고 했어?"

일락은 입을 꾹 다물었다. 아무 말도 하고 싶지 않았다. 그 순간에도 그냥 다시 한 번 아빠라고 불러보고 싶은 마음과 아니야, 그럴 수 없어 하는 마음이 교차했다.

"전화 안 받아서 진짜… 걱정했잖아요. 그때 왜 하필 물을 쏟아서…"

"아, 메마른 핸드폰에 모이스춰라이징. 니가 하도 나한테 전화를 안 하니까 핸드폰이 건조해져서 그런 거야. 이제 아빠한테 자주 좀 전화해, 응?"

일락이 대답 대신 고개를 끄덕였다. 별 거 아닌 대화, 시시한 농담으로 생사를 확인하고 나니 일락은 그제야 편하게 숨이 쉬어졌다. 생과 사를 가로지르는 거대한 인연이란 게 이런 거였나, 싶다. 석진은 잠시 눈물로 얼룩진 일락의 얼굴을 보다가 부드럽게 당겨 안았다. 아빠라고 했지… 내 아들. 내가 들은 것이 너의 진심이었기를.

언포겟터블

날이 밝자 태오와 순심이가 왔다.

"형님, 괜찮으신 겁니까. 병원에서 갑자기 사라지셔서…"

"보다시피 멀쩡해. 병원수속 밟으면 네가 곤란해질 것 같아서 조용히 나왔지. 그나저나 어제 많이 놀랐겠네."

"아저씨. 고마워요… 진짜."

순심이가 울먹이며 말하자 일락이도 어제 일이 떠오르는지 졸아드는 목소리로 말했다.

"우리 때문에 죽을 뻔했어."

"조명 떨어진 게 왜 너희들 탓이야. 어쨌든 둘 다 무사하니 됐어. 나도 다 나았고."

한편 태오는 자동차에 뭔가 한가득 싣고 왔는데 온통 꽃다발에 선물 상자들이었다. 애쉬에게 전해달라고 공연장 안내 데스크에 맡겨진 선물들이라고 했다. 그중엔 일락이가 만든 꽃다발도 있었다. 일락이 눈에 띄게 커다란 제 꽃다발이 부끄러워서 슬쩍 빼돌리려는데 순심이가 먼저 낚아채서는 "아저씨, 이건 일락이가 만든 거예요." 했다.

"알아. 딱 보니 우리 일락이 솜씨네. 뭐."

석진이 꽃다발에 얼굴을 묻고 향기를 맡았다. 얼굴이 밝고 몸동작도 활기차 보여서 어제 큰 사고로 다친 사람 같지 않았다. 태오는 고개를 갸웃했다. 분명 커다란 조명이 석진에게 떨어졌고 석진은 머리와 등이 찢겨져 병원으로 옮겨졌었다. 거기까지 태오가 분명히 본 사실이었다. 그런데 지금은 전혀 다친 사람의 모습이 아닌 것이다. 도대체 뭐지? 뭘까? 뭐여? 진짜 별에서 온 그대인가? 하지만 태오는 석진이 "난 사실 안드로이드 행성에서 온 외계인이야."라고 말한대도 놀라지 않을 자신이 있다. 그를 처음 본 순간부터 이 세상 사람이 아니라고 느꼈으니까. 지구인이 저렇게 멋질 수는 없는 것이다. 그러니 당연히 주민번호 같은 것도 없는 것이겠지. 형님, 걱정 마십쇼. 제가 보호해드리겠슴다. 태오는 또 한 번 굳센 결심을 해 본다. 혼자서 속으로 결심을 다지고 있는데 갑자기 순심이 소리를 질렀다.

"우와! 이것 봐. 기사가 났어. 기사가! 어제 그…"

태오의 가슴이 철렁 내려앉았다. 젠장! 올 것이 왔구나. 보나마나 나쁜 기사겠지. 태오는 순심의 핸드폰을 빼앗다시피 해서 읽었다. 그런데 기사 내용은 전혀 예상 밖이었다.

"관객의 목숨을 구한 신인 배우 애쉬는 누구?", "신인 배우 애쉬. 관객 구하고 중태", "공연보다 감동적인 희생, 애쉬의 극적인 순간", "뮤지컬 신성, 애쉬는 누구?", "애쉬, 관객 구하고 병원에서 사라져", "애쉬, 현재까지 행방불명. 이름처럼 재로 사라지나?"

온통 애쉬에 대한 찬사와 그의 거취에 대한 기사들이었다. 이름도 성도 모른 채 신비주의에 감싸여 있던 애쉬가 드디어 수면 위로 떠오른 것이다. 공연 중 관객을 구하려고 몸을 날린 희생정신까지 더해져 애쉬에 대한 대중의 관심은 폭발 직전이었다. 태오의 입이 함박 벌어졌다.

"으아아아아! 형님! 우리 대박 떴어요!!!" 하며 기사를 보여주었는데 뜻밖에도 석진은 그다지 좋아하는 기색이 아니었다. 난처해하는 모습이 역력했다.

"아… 이제 공연 그만해야겠다. 몇 회 남았지?"

"아악. 안 돼요. 형님. 우리 이제 막 대박 날라 하는데… 형님, 형님. 다른 생각 마시고 이제 슈스 될 생각만 하시는 거예요. 그

다음엔 제가 다 알아서 할게요. 저 이래봬도 꽤 유능…"

"슈스? 그게 뭔데?"

"슈퍼스타 줄임말요. 자, 이것부터 해봅시다. 하트 대중소!"

태오가 엄지와 집게 손가락을 어긋나게 겹쳐 보이며 "이건 작은 하트고요." 하더니 양손으로 하트 모양을 만들어 심장 쪽에 가져다 대면서 "이건 중간 하트", 또 양팔을 머리 위로 올려서는 커다랗게 하트를 만들며 "이건 큰 하트! 형님, 상황에 따라 이런 걸 잘 해야 합니다." 했다. 스타의 기본 애티튜드라나 뭐라나.

"어휴, 됐다. 나한텐 슈스고 하트고 뭐고 다 어렵다."

"아니아니, 형님, 이거 되게 쉬운 거예요. 우리 앞으로 이런 거 자주 해야 하는데…"

일락은 태오가 자꾸 '우리'라고 하는 게 거슬렸다. 왜 자꾸 우리래? 우리 아빠한테.

"야, 마태오. 우리 아빠가 그만하겠다잖아. 이제 손 떼."

"뭐? 이제 막 대스타가 되실 분한테 아빠라니! 꺼져! 랄락!"

"하아… 마태오. 내가 이런 말까진 하지 않으려 했지만, 이젠 어쩔 수 없네. 진실을 밝힐 수밖에!"

일락이 태오의 귀를 잡고 소곤거렸다. 덕구까지 들을 수 있을 정도로 큰 소리로.

"저 분은 말이지. 이 라일락 님의… 아버님이시란 말이다."

태오가 코웃음을 쳤다.

"살다살다 이런 어이없는 개그를 듣다니. 널 구하느라 온 몸을 다친 형님이 꽃길만 걸어도 시원치 않을 판에 이런 근본 없는 스캔들을 만들려는 거야?"

둘의 말싸움을 지켜보던 순심이 한숨을 쉬었다.

"에휴… 저 찌질이들. 오라버니. 제가 저 바보들 저러는 거 십오 년째 보고 있어요. 한심이 쌍으로 만나면 바로 저것들이 에요."

석진이 소리 내어 웃었다.

지연은 오후 내내 일이 손에 잡히질 않았다. 순심이가 전해 준 어떤 사람의 이야기 때문이었다. 엄청 잘 생겼고, 노래를 까무러치게 잘하고, 커피에 페퍼민트 잎을 띄워 마신다는 사람.

"그래? 그런 사람이 있다고? 신기하네."

말은 그렇게 하고 웃고 말았지만 가슴은 또 두근거리고 있었다. 일은 안 되고 해서 밀린 메일이나 읽기로 했다. 광고, 스팸, 홍보 이런 메일 다 삭제하고 나니 몇 개 없었다. 그나마 읽을 만한 건 그룹 산하 문화재단에서 오는 정례 보고서였다. 지연의 어머니가 운영하는 문화재단의 정례 보고서는 지연도 열람권이 있어 가끔 흥미롭게 보는 자료였다. 사진을 곁들인 브리핑 하나가 눈길을 끌었다. 공연사업팀에서 올해 시작한 대극장 뮤지컬에 갑자기 나타난 신인 배우에 관한 내용이었다. 나이는 대략 20대 후반에서 30대 초반 정도일 것으로 짐작되고 그 외 모든 개인정보는 알 수 없으나 대타로 투입된 공연에서 폭발적인 인기를 얻고 있다고 간단히 요약되어 있었다. 외모, 가창력, 연기력, 신비감 등 모든 면에서 상품 가치가 매우 뛰어나 장기계약을 추진할 계획이라는 내용도 포함되어 있었다. 지연은 몇 번이나 반복해서 읽었다. 사진 속 배우의 모습이 누군가를 닮은 것만 같았다. 지연은 한숨을 쉬었다. 아, 요즘 왜 이러지. 사방에 윤석진 유사품이 출몰하고 있었다. 2월에 있었던 조카의 결혼 피로연에서도 그랬다. 무슨 결혼식을 밤 아홉 시 넘어서 하고 피로연은 11시가 뭐냐며 투덜거리고 있는데 어디선가 익숙한 목소리가 들려왔다. 신랑신부 친구들이나 재미있게 놀라고 자리를 뜨려는데 귀를 끌어당기는 음색이었다. 거친 듯하면서도 감미로운 노래 소리가 젊은 날 석진의 음성과 흡사했다. 같이 있던 정민도 그런 것 같다고 해서 둘은 그가 누군지 보러 갔었는데 젊은 하객들이 피로연 가수를 둘러싸고 있어 확인할 수가 없었다. 그래, 그때도 잠시 설렜었지.

페퍼민트 커피를 마시는 남자, 갑자기 나타난 매력적인 신인배우, 목소리가 닮은 피로연 가수… 이들이 석진일 리 없고 석진일 수도 없는데 이제 그만 좀 잊자 해도 잘 안 되었다. 사소한 실마리만 있어도 되살아나는 기억이었다.

기성대학교 신입생 중 제일 유명한 두 명.

한 명은 이 대학 설립자 집안 출신으로 신입생 중 가장 부자라는 의과대학 김지연, 다른 한 명은 역대 이 대학에 들어온 사람 중 가장 잘생겼다고 하는 건축학과 윤석진이었다. 과장이 좀 섞인 것이긴 해도 그만큼 둘의 존재는 연일 화제였다. 지연은 그가 궁금했다. 누군지 보고 싶었다. 그러다 그를 처음 본 순간, 지연은 깨달았다. 세상에는 가져야 할 것이 돈과 명예 말고 또 있다는 것을. 야심찬 소녀였던 지연은 사랑도 쟁취하는 것이라고 믿었다. 지연은 그를 향한 숱한 시선들을 헤치고 곧장 그에게로 나아갔다.

그렇게 첫눈에 반해 우리 사귀자, 했던 스무 살의 지연과 그런 지연에게 어떤 확신도 주지 않으면서 7년이 넘는 세월을 함께 한 석진. 지연은 지금도 가끔 스스로에게 묻곤 했다. 우린 사랑했던 걸까. 난 널 사랑했는데 넌 날 사랑했을까. 너는 내가 다가가면 딱 그만큼 물러서곤 했었지. 아니, 나도 널 사랑한 게 아니라 어쩌면 널 사랑한 나를 사랑한 게 아닐까. 지연은 석진이 세상을 떠난 후에도 그 질문의 답을 얻지 못해 혼자서 앓았다. 신입생시절부터 많은 이들의 뜨거운 눈빛을 받고 있던 석진에게 먼저 다가가 여자친구가 되었을 때 그것은 커다란 성취감이었고, 그의 옆자리에서 캠퍼스를 걷는 우월감은 살면서 누려온 그 어떤 것보다 큰 기쁨이었다. 그 시절, 연애를 사랑해서 한 게 아니라 자랑하고 싶어서 한 게 아닐까 싶었던 적도 있었다. 하지만 지금도 이렇게 가슴이 아픈 걸 보면 지연의 외사랑은 석진이 세상을 떠난 지 20년이 지났어도 현재진행형임에 분명했다.

이 바보야, 그때 그 앨 오빠한테 소개시키지 말았어야지. 니가 니 발등을 찍은 거잖아. 누굴 원망해. 지연은 그때를 생각하며 긴 한숨을 쉬었다. 정민은 외할아버지의 병원을 놓고 경쟁 아닌 경쟁을 하는 외사촌 오빠였다. 음대를 가려다가 할아버지의 병원을 물려받아야한다는 집안의 강권에 따라 의대

를 간 정민은 어릴 때부터 지연의 선망의 대상이었고 경쟁 상
대였다. 정민은 모든 일에 있어서 지연의 기준이었다. 정민이
하면 지연도 해야 하는 것이었고, 어떤 일이 있어도 정민보다
조금이라도 더 잘하려고 했다. 정작 정민은 신경도 안 쓰는 것
같았지만.

"오빠. 내 친구 윤석진. 특기는 보다시피 잘생김, 취미는
노래?"

지연은 그때 석진을 보던 정민의 눈빛을 지금도 잊을 수 없
다. 아무 것도 부러운 것이 없고 아무 것도 갖고 싶은 것이 없
는 정민이었다. 늘 단정하고 깔끔한 무채색의 의대생 서정민
의 눈동자가 빛나고 있었다.

그날 이후 석진의 옆에 정민이 있는 날이 많아졌다. 반대로
석진과 지연의 관계는 더 나아가지 않았다. 우정과 사랑 사이
그 어디쯤도 아니라, 우정의 밀도 역시 낮아지는 게 아닐까 싶
을 정도로 만나는 시간이 줄어들었다. 그렇게 일 년, 이 년, 삼
년… 시간이 계속 흘러갔다.

"오빠한테 석진이 괜히 소개시켜줬나 봐. 이거 완전 잘못
된 만남 아니야? 이게 뭐야! 석진이 맨날 연습하느라 바쁘대.
나 만날 시간도 없나 봐. 오빠, 걔 건축학과야. 그냥 음악은 적

당히 취미로 하게 하지? 아, 그리고 오빠 안 바빠? 의대 본과
생이 이렇게 한가한 건 첨 보네. 국가고시 준비 안 해? 한 번에
붙어야지. 떨어지면 외할아버지 망신 아냐?"

혹시라도 석진을 볼까 해서 밴드 연습실을 찾아간 날, 석진
은 못 보고 정민을 만나 그렇게 푸념했었다. 농담 반, 진담 반
섞어서 이제 그만 석진을 놓아 달라 했다. 그때 정민은 웃음기
없는 얼굴로 말했었다.

"할아버지 병원… 그거 너 해. 대신 석진이 나 줘."

순간 지연은 할 말을 잃었다. 그냥 하는 말이 아니었다.

탐미주의자 서정민. 늘 침착하고 조용하던 그가 석진을 만
나면서 변해가고 있었다. 음악을 다시 시작했고, 자주 웃었으
며, 훨씬 친절해졌다. 그의 변화는 바람직하고 좋은 것이었지
만 지연은 어쩐지 불안했다.

"오빠, 요즘 연애하지?"

"아냐."

"외할아버지가 오빠 일거수일투족 다 보고 계신 거 알고
있어? 나한테도 물어보시던데. 꽃집 아가씨라든가. 오빠가 그
아가씨 보러 자주 가는 것 같다고…"

"그런 거 아니야."

"뭐, 오빠가 아니라니 아니겠지. 외할아버지께도 그렇게 말씀드릴게. 그래도 연애도 하고 좀 그래라. 연애 한 번 없는 퍼펙트 솔로로 20대를 보낼 거야? 설마 석진이랑 연애하는 건 아니겠지. ㅎㅎㅎ."

"쓸 데 없는 소리하지 말고 가."

"아무튼 조심하자구. 꽃집 아가씨든 누구든 외할아버지 귀에 안 들어가게. 병원왕국 황태자가 이상한 스캔들에 휩싸이면 이 바닥에 소문이 쫘악~"

하지만 그 이후로도 상황은 바뀌지 않았다. 정민과 석진은 더 자주 만났다. 그렇게 지연은 점점 더 외로워져갔다. 지연은 석진이 때로 환상 같았다. 붙잡으려 할수록 사라져 버릴 것만 같았다. 잊지도 못하면서 놓지도 못하는 그 무엇. 그게 윤석진이었다.

나무의 꿈

일락은 동네 카페에 꽃배달을 갔다가 돌아오는 길에 마을버스 정류장에서 아빠를 기다리는 한 가족을 보았다. 아침마다 일락이네 가게에서 유치원 버스를 타고 가는 아이였다. 아빠가 버스에서 내리자 엄마랑 아이 둘이 아빠한테 곧장 달려가 까르륵 웃으며 매달렸다. 일락은 그 광경을 홀린 듯 보다가 집으로 갔다.

일락은 저녁 내내 상상 속에 잠겨 있었다. 엄마와 아빠, 그리고 일곱 살쯤의 자신이 마을버스 정류장에서 만나는 장면이었다. 아빠 얼굴은 예전엔 그냥 눈코입도 없는 달걀이었다가 가끔 꽃 사러 오는 하얀 얼굴의 금테 안경 아저씨이기도 했는데 어느덧 석진의 얼굴로 바뀌어 있었다. 이제 곧 밤 열 시. 석진이 올 시간이었다. 일락은 덕구를 데리고 길을 나섰다. 마을버스 정류장에서 석진을 기다려 볼 참이다. 정류장에서 버스를 타고 내리는 사람을 구경하며 시간을 보내는 것은 처음 해보는 일이었다. 내리는 사람이 어느 시처럼 석진인가 했다가, 석진이어야 했다가, 석진이었으면 했는데 다 아니었다. 딱 버스에서 내리기만 하면 웃으며 달려가려고 하는데 도무지 이 사람이 오질 않네. 그러다가 문득 어딘가에 있을 지도 모를 진짜 김환이 서운해 하겠다는 생각이 들었다. 왠지 배신자가 된 기분이었다. 하지만 진짜 김환 아빠가 온다 해도 할 말이 있다. 그러게 왜 여태껏 안 온 거예요. 그러니까 내가 얼마나 아빠가 보고 싶었으면 그 낯선 사람에게 마음을 주었겠냐고요. 이렇게 말해야지.

일락은 그런 변명의 말들을 생각하면서 정류장을 오가는 사람들을 구경했다. 고작 동네 사람들이 오고가는 마을버스 정류장에도 긴 이별을 하는 사람들이 있었다. 다시는 못 볼 것처럼 긴 인사를 하고 헤어졌다. 그 모습을 보다가 문득 석진도 언젠간 떠날 사람이란 걸 생각하니 갑자기 우울한 기분이 훅하고 치고 들어왔다. 내 이래서 사람 안 좋아하려고 했는데… 하지만 그러면서도 지금 당장 식구로 같이 사는 게 좋다. 나중에 슬픔에 맞아 쓰러지더라도.

"아빠가 곧 올 거니까 여기서 사람들 지나가는 거 구경하며 기다리자."

덕구가 알아들었다는 듯 컹! 하고 짖었다. 진짜 처음 해보는 일이었다. 가족을 기다리는 일. 그런데 열 시가 넘었는데도 아빠는 오지 않았다.

열한 시. 터덜터덜 집으로 돌아가는데 문자가 왔다.

"라일락. 어디 있니. 아빠 집에 왔는데."

아이, 참! 길이 엇갈렸구나. 일락의 버킷 리스트, '아빠 마중하기'는 실패. 일락은 빠른 걸음으로 집으로 갔다. 동네 어귀에 다다르자 석진이 가게 문 앞에서 서성이고 있는 게 보였다. 일락은 별 일 없었다는 듯 시큰둥하게 말했다.

"어… 왜 나와 있어요. 덕구가 자꾸 낑낑대서 동네 한 바퀴 돌고 오는 건데."

좋아, 자연스러웠어. 눈치 못 챘겠지? 버스 정류장에서 기다렸던 게 아니라 그냥 덕구랑 동네 산책한 거야.

"응. 밤늦게까지 집에 안 들어오는 아들을 초조하게 기다리는 아빠 되기 실천 중이야."

뭐야! 내 버킷리스트는 실패하고 아빠는 성공한 거야? 일락은 피식 웃었다.

"그 아들이 말썽쟁이였으면 더 좋았을 텐데… 그쵸? 난 너무 착하단 말야."

야식을 먹으면서 석진과 일락은 버킷리스트를 작성했다.
둘이 같이 할 수 있는 걸 해야 서로 엇갈리지 않고 좀 더 많은
일을 할 수 있을 것 같았다.

"아빠랑 캐치볼 하기, 야구장 가기, 길거리 농구하기… 이
런 건 좀 식상하지 않냐? 남들 다 하는 거 우린 하지 말자고."

"동감이에요. 신선한 맛이 없죠. 우리같이 남다른 부자는
추억도 남달라야죠."

"뭐가 좋겠니. 너 나랑 같이 뭐하고 싶어?"

"음…"

"혹시 모…"

"모? 모, 뭐요? 설마 모내기?"

"목욕!"

"아뇨오?!"

일락이 정색을 하며 펄쩍 뛰었다.

"야, 아빠랑 아들이 사우나 같이 가는 게 어때서. 얼마나 보
기 좋아! 아부지, 등 밀어드릴게요. 오냐! 시원하구나아~ 이런
거 하고 싶다."

"남들이 이상하게 생각한다고요. 어딜 봐서 아빠랑 내가 부자지간이에요, 참나."

일락이 입에서 어느덧 자연스럽게 아빠 소리가 나왔다. 석진은 그 소리가 자꾸 듣고 싶어서 자꾸만 아빠 소리가 나오게 유도했다.

"그럼 아빠랑 놀이공원 가기는 어때?"

놀이공원? 그건 좀 가보고 싶긴 하다. 유치원 졸업 후엔 한 번도 못 가봤는데 아빠랑 가면 좀 더 재미있지 않을까. 하지만.

"음… 것두 진부하긴 마찬가지인 듯? 밤하늘에 별 보기, 낚시하기, 숲속 야영하기, 이런 거는요?"

"야야, 그거 갑돌이 갑식이네도 다들 하는 거 아냐? 좀 더 개성적이고 낭만적인, 우리 부자만의 추억을 만들어 보자구."

영화 보기, 등산하기, 소풍가기, 바다 보러 가기, 스티커 사진 찍기 등등등… 나올 만한 건 다 나왔다. 남들 다 하는 것들이었다. 사실 일락이는 석진이 진짜 아빠라면 해보고 싶은 게 있긴 했다. 엄마 기일을 같이 챙기고 싶고, 혹시 살아 계시다면 할아버지 할머니도 만나보고 싶다. 그러나 아직까지 일락의 솔직한 심정은 석진이 아빠였으면 좋겠다는 것이지 진짜 아빠라는 확신은 아니었다. 아빠라고 좋아하다가 훌쩍 가버리고 나면 그때 겪게 될 상실감을 감당할 수 없을 것 같았다.

　결국 숲속 캠핑을 가기로 했다. 호수에서 낚시하고 밤에는 별을 보기로 한 것이다. 진부하니 어쩌니 해놓고선 결국 남들 하는 걸 하기로 했는데 그런 계획만으로도 일락은 기분이 좋았다. 매일 일기예보를 찾아보고 여행 물품을 챙기고, 가서 할 일들을 상상하는 그 모든 것들이 즐거웠다.

　"캠핑카를 빌릴까?"

　"나 아직 실기시험 전인데 운전은 형이? 아, 아니, 아빠가…?"

　실기시험을 차일피일 미뤘더니 아직 일락은 면허를 따기 전이었다. 운전 얘기가 나오니 갑자기 석진의 안색이 창백해졌다.

　"아, 난 운전은 좀… 며, 면허가 말소되어서…"

　말을 하면서도 석진은 기분이 이상해졌다. 그때의 기억이 뇌리를 스치자 석진은 소스라치게 놀라며 몸을 움츠렸다.

　"왜 그래요? 어디 아파요? 운전하라고 해서?"

　이런 얘기를 하고 있는데 어김없이 태오가 들이닥쳤다.

　"무슨 걱정을 하시나! 캠핑카와 운전면허 둘 다 있는 마태오가 있는데!"

그렇지, 재벌10세. 마태오. 스포츠카에 캠핑카에 온갖 카는 다 있는 카태오. 태오는 캠핑에 자기도 따라가겠다고 졸라댔다. 부자간의 오붓한 시간은 절대 방해하지 않을 것이고 자기는 충실한 운전기사 역할만 하겠다면서 징징거렸다. 그 와중에 순심이까지 끼어들어서 캠핑에 필요한 물품을 대겠으니 자기도 가겠다고 했다. 마트를 털어오겠단다. 그래서 석진과 일락과 순심과 태오, 덕구까지 숲속 캠핑을 가게 되었다. 일락에게는 중학교 수학여행 이후 처음 가는 여행이었다.

날이 좋았다. 하늘은 파랗고 바람은 부드러웠다. 미세먼지도 없는 완벽한 날씨였다. 석진은 저도 모르게 감사한 마음이 들어 날씨의 축복을 내려준 신에게 기도했다. 아빠와 함께하는 이 시간이 일락에게 영원히 행복한 추억으로 남을 수 있도록 도와달라고도 했다. 석진이 일락의 손을 꼭 잡았다. 그랬는데 일락은 손을 빼 버린다. 석진은 피식하고 웃었다. 여전히 마음을 다 주지 않는 걸 알지만 그래도 조금 서운했다.

밤이 되자 하늘은 쏟아질 듯 촘촘하게 박힌 별들로 가득 차 있었다. 서울에선 도저히 볼 수 없는 광경이었다. 별이 쏟아지는 숲속으로 가요~ 숲속으로 가요오~ 하고 태오가 노래를 불렀다.

"형님, 솔직히 말해주십쇼. 저 별 어디서 오신 겁니까. 주소 알려주시면 나중에라도 제가 자주 찾아뵙겠습니다."

태오가 밤하늘과 석진의 얼굴을 번갈아 보더니 물었다. 석진은 태오를 보다가 피식 웃었다. 얼굴을 작아 보이게 하려고 태오는 요즘 구레나룻부터 턱수염까지 기르고 있는 중이었다. 얼굴에 테두리를 친대나 뭐래나. 석진이 웃자 태오가 으악! 하며 또 너스레를 떨었다.

"우리 형님 눈동자에 별이! 반짝! 반짝! 역시 우리 형님은 스타! 라이징 스타!"

"야, 마태오. 좀 조용히! 너 땜에 오던 물고기도 가겠다. 아, 지겨워. 이젠 태오 니 차례야."

순심이가 쥐고 있던 낚싯대를 태오에게 건네며 말했다. 하지만 잠시도 가만히 앉아 있지 못하는 태오는 5분도 안 되어 일락에게 낚싯대를 넘겼다.

"이번 캠핑의 목적에 충실하기 위해서 이 낚싯대를 너한테 주는 거야. 아빠랑 좋은 시간 보내렴."

태오는 호수에 괴물이 살고 있을지도 모른다며 어흐, 무서워! 하고는 캠핑카 쪽으로 가버렸다. 그때였다.

"어! 별똥별이다!"

일락이 자리에 앉자마자 별똥별이 휙 하고 호수로 떨어졌다.

"별똥별?"

석진은 못 본 모양이었다.

"예. 별똥별요. 못 보셨어요?"

"소원 빌었니?"

"아뇨. 워낙 순식간에 일어난 일이라…"

"별들도 다 제각각 주인이 있어서 자기 주인이 죽으면 떨어진대. 그러면서 지상에서 자기의 마지막을 보아 준 누군가의 소원을 들어주는 거지."

석진이 빙글빙글 웃으며 말했다. 이런 건 다 사람들이 지어낸 얘기란다, 라는 듯이. 하지만 일락은 웃지 않았다.

"사실은… 전에도 별똥별 본 적 있어요. 엄마 장례식 치르고 온 날이요."

"그래? 소원 빌었어? 무슨 소원?"

"예. 근데 그게 순서가 바뀌었어요. 별똥별이 떨어져서 소원을 빈 게 아니라 소원을 빌고 있는데 별똥별이 떨어졌어요."

"하하. 그 소원 무조건 이뤄졌겠다. 별똥별 떨어질 때 맞춰서 소원 빌기 엄청 힘들거든. 그게 1초도 안 되어서 사라져. 그래, 뭐라고 빌었어?"

일락이 곧장 대답하지 않고 낚싯대만 만지작거리다가 말했다.

"아빠가… 집으로 돌아오게 해달라고요. 진짜 어딘가에 아빠가 있다면 이제는 집에 오게 해달라고 빌었죠. 나 혼자니까, 혼자 살아야한다고… 그때 너무 막막하고 무섭고 슬펐거든요."

석진의 가슴에 화살촉 같은 별똥별이 무더기로 떨어지는 것 같았다. 가슴이 따끔따끔하고 쓰라렸다. 뭔가 말을 해야겠는데 할 말이 생각나지 않았다. 별똥별을 보고 소원을 빌 수 있다는 건 그 소원이 늘 가슴 속에 있다는 얘기였다. 아빠가 돌아오는 것이 일락의 오랜 소원이었다는 것이 석진의 마음을 아프게도 기쁘게도 했다. 눈가가 축축해졌다. 눈을 깜빡이자 눈물방울이 주르륵 흘러내렸다. 귀가 멍해지더니 이내 밤하늘의 별들이 소리를 내며 일락과 석진의 주위를 돌았다.

숲속의 아침을 거닐며 석진은 문 앞에서 거절당한 천국의 풍경이 이럴 것이라 생각했다. 지금 다시 그곳으로 가라 한다면 갈 것인가 생각하다가 옆에서 걷고 있는 일락을 보았다. 이아이, 내 아들과 함께 있는 지금 이 곳이 천국이고 영원토록 머물고 싶은 순간이었다.

"그러니까… 이제 그 소원이 이뤄진 거네?"

그런 걸까요? 당신이 정말 우리 아빠가 맞나요? 난 진짜 그랬으면 좋겠어요. 일락은 차마 그 소원이 이루어졌다는 말은 못하고 그저 웃었다. 석진도 알았다. 일락이 아직까지도 완전히 자기를 믿지는 않는다는 것을. 그래도 좋았다. 끝내 일락의 마음을 얻지 못하면 천국과 지상 어디에도 머물지 못하고 떠돌게 된다는 것을 알면서도.

"앗! 조심하세요. 발! 발밑에!"

산책로에 작은 새 한 마리가 떨어져 있었다. 자세히 보니 아직 살아 있었다.

"하마터면 밟을 뻔했네."

일락이 조심스럽게 새를 집어 제 손바닥에 올려놓았다. 나무에 부딪힌 것인지 몸이 부서져 있었는데 살지 못할 것 같았다. 석진의 호흡이 가빠졌다. 그날의 광경이 떠올랐다. 죽어서 제일 먼저 보았던 자기 모습이었다. 현기증이 왔다. 일그러진

제 얼굴 위에 흐르던 뜨거운 눈물과 뺨에 와 닿던 떨리는 입술도 기억났다.

아, 안 돼. 아니야. 아, 아니야… 석진은 말로는 내뱉지 못하는 신음을 속으로 삼켰다. 심장이 조여드는 것 같았다. 지상에 다시 와서 처음 느껴보는 육체적 고통이었다.

"왜 그러세요? 어디 아파요?"

일락이 새를 사람들의 발길이 닿지 않는 안전한 곳에 옮겨 놓으며 물었다.

"아니야. 잠시 현기증이 났어. 배가 고파서 그런가 보다."

"돌아갈까요? 아직 태오하고 순심이는 안 일어났을 것 같은데."

"아냐, 아냐. 산책 조금만 더 하다 가자."

마음을 안정시켜야 했다. 새는 새일 뿐이었다. 석진은 걸으면서 기분 좋은 생각을 하려 애썼다.

"나무 있잖아요. 죽은 세포는 어디로 가게요?"

일락이 아름드리나무를 껴안으며 물었다.

"글쎄? 어디로 가는 거니?"

"나무에게로 가죠. 나무의 가장 안쪽. 중심 쪽에 단단히 자리를 잡게 되죠. 그 중심 때문에 나무는 위로 자랄 수 있대요.

그러니까 오래된 나무 세포는 죽어도 죽은 것이 아닌 거예요.
새로운 세포들, 나뭇잎들, 꽃이랑 열매들과 함께 사는 거죠.
오래오래. 영원히… 그게 나무의 꿈이에요."

그렇게 말하는 일락의 얼굴 위로 숲속 햇살이 비쳐들었다.
석진의 마음도 다시 평온해졌다.

심퍼시

윤석진. 윤석진이라고 했다. 분명 그 아이는 울면서 윤석진 씨의 병실을 찾는다 했고, 윤석진이 형이라고도 아빠라고도 했다. 그때의 기억은 틀림이 없다. 그런데 왜 아무도 그날 일을 기억하지 못하는 걸까. 병원에서 그 누구도 윤석진이란 사람이 병원에 왔었다는 사실을 알지 못했다. 앰뷸런스 요원들도 그런 환자를 후송한 적이 없다고 했다. 병원 곳곳에 설치된 CCTV를 돌려봐도 중상을 입고 실려 온 남자는 없었고, 울면서 윤석진을 찾던 소년도 포착되지 않았다. 그리고 그 아이. 몇 해 전 가끔 가던 그 꽃집 소년이었다. 그런데 윤석진이 아빠라고? 설마? 아니겠지? 이름만 같은 거겠지? 그래, 그럴 리가 없어. 석진 곁을 맴돌던 여자가 얼마나 많았었는데, 당장 지연이만 해도… 그 무렵 우린 공식 데뷔를 앞두고 있었고 거의 24시간을 함께했었어. 내가 모르는 석진의 여자가 있을 리가 없어. 그런 생각을 하면서도 정민은 마음 한 구석이 불편했다. 불편하다 못해 식은땀마저 흘렀다.

몇 년 전 정민은 혜진의 꽃가게를 갔었다. 석진의 공연 마다 꽃을 주문하던 그때가 떠올라 마치 추억 여행하듯 찾아간 길이었다. 거기서 그 소년을 처음 보았다. 몇 번을 더 갔었는데 갈 때 마다 여자는 보이지 않았고 아이만 있었다. 직감적으로 그 여인의 아들임을 알 수 있었다. 소년은 그 여인의 해사하고 말간 얼굴과 닮아 있었고 그 여인이 하던 방식대로 꽃다발을 만들었다. 그 여자를 만난다 해도 딱히 할 말이 있었던 건 아니었다. 그녀가 석진에 대해 알 리 없을 테니.

정민은 대학 시절 학교에서 두 블록쯤 떨어진 동네로 종종 산책을 가곤 했었다. 늘 인파로 북적이는 대학가를 벗어나 조용하고 한적한 동네의 골목길을 걷는 것이 그 무렵 정민의 소소한 즐거움이었다. 살림집과 작은 상점들이 오밀조밀 자리 잡은 아담한 동네에서 유독 눈에 띄던 꽃가게가 하나 있었다. 낡은 한옥의 담장을 헐어 만든 구조가 특이해 저절로 눈길이 가는 가게였다. 꽃집 주인이 청각장애를 갖고 있어서 마음이 쓰였던 것도 그 가게에 자주 갔던 이유였다. 그녀에게 무언가 도움을 주고 싶은 마음에 꽃이 필요하면 그 집에서 샀고 석진의 공연에 보낼 꽃들도 모두 거기에서 주문했었다. 그 무렵 만든 노래 "데이지꽃"은 그녀에게서 영감을 얻은 것이었다.

갖지 말았어야 할 연민이었나. 괜한 연민으로 그 여자의 가게에서 꽃을 샀던 것이 만약 석진과의 인연으로까지 이어진 것이라면… 아니야, 아니야. 그냥 이름만 같은 것일 거야. 석진이를 닮지도 않았어. 아, 그렇지. 아빠가 아니라 형이겠구나, 형. 그 아이는 아마 형을 아빠처럼 생각하는 거겠지? 그리고 석진이한테는 그런 어린 동생이 없으니, 그 애랑 석진이는 아무 사이도 아닐 거야.

한참을 골똘히 생각하다가 정민은 읽고 있던 책을 덮었다. 머리가 지끈거려왔다.

"무슨 생각을 그렇게 골똘히 해? 나 온 것도 모르고."

어느 틈엔가 지연이 와 있었다.

"어, 왔어?"

"아, 진짜 이런 책 그만 좀 봐. 의사가 읽을 책이냐? 이게?"

『천국을 본 사람들』, 『환생』, 『부활과 윤회』, 『영혼과의 조우』, 『더 고스트』 등등등. 책상 위에 널브러진 책들을 툭툭 던지며 지연이 타박했다.

"가끔 읽으면 재미있어. 판타지 소설 같기도 하고. 의사는

과학자고, 과학자는 상상이 필요하지. 세상엔 인간의 상상을
넘어서는 일들이 꽤 있거든."

일부러 만날 약속을 잡지 않는 한 서로 얼굴 보기 어려운
정민과 지연이었지만 일 년에 꼭 한 번, 이 날만은 별다른 약
속 없이도 만났다. 석진의 기일이었다.

두 사람은 달리는 차 안에서 아무 말도 하지 않았다. 석진
에 관한 이야기도 하지 않았다. 정민과 지연, 둘 다 각자의 상
념에 잠겨 있을 뿐이었다. 묘지에 가서야 대화가 시작되었다.
정민이 특별히 관리하고 있는 묘지는 정갈하고 아름다웠다.

"요즘도 여기 자주 와?"

먼저 입을 연 것은 지연이었다.

"가끔."

가끔이 아니었다. 병원에서 윤석진이란 이름을 들었던 바
로 그 다음날에도 왔고, 지난 주말에도 왔다는 걸 정민은
굳이 말하지 않았다. 정민과 지연은 말없이 묘비명만을 주시
했다. 태어난 날과 죽은 날이 간명한 묘비명은 석진이 이제 이
세상 어디에도 없다는 것을 실체적으로 증명하고 있었다.

"오빠, 혹시 그 메일 봤어? 문화재단에서 이번 달에 보낸 사
업보고서…"

"뮤지컬 배우?"

"어."

봤구나. 나랑 같은 생각했을까. 지연은 석진의 눈치를 살피다가 물었다.

"아, 그거 보니까 석진이 생각나더라. 오빠 만약 석진이가 살아서 돌아온다면… 뭐, 그럴 리도 없지만, 그래도 만약 그렇다면 뭐 하고 싶어?"

정민이 피식하고 웃었다.

"글쎄… 뭘 하고 싶을까. 그런 쓸 데 없는 상상을 왜 하니."

그러면서 정민은 저도 모르게 오래 간직해왔던 생각을 말했다.

"꿈에서나 볼 수 있겠지. 석진이를 만나면… 더도 말고 덜도 말고 딱 한 번 같이 노래를 해봤으면 좋겠어. 석진이랑 같이 만들었던 노래로 가득 채운 콘서트 말야. 그럴 수 있다면 난 그 꿈에서 깨어나지 않을 생각이야."

"쓸쓸하고도 달콤한 꿈이네. 언제부터 그런 생각한 거야?"

"그 애가 세상을 떠난 후 모든 순간."

"푸훗! 그래, 그런 꿈꾸게 되면 나한테 알려주라. 아예 깨어나지 말라고 내가 주사 놔줄게."

지연이 농담하자 정민도 가볍게 소리 내어 웃었다.

"이제부터 병원은 네가 맡아. 더 늦기 전에 결혼도 하고."

"오, 남 애기가 아니야. 서정민 씨, 당신부터."

"난 병원 일에 관심 없는 거 알잖아. 할아버지도 돌아가셨으니 이제 누가 병원을 맡던 그건 더 잘하는 사람이 하는 걸로 하자. 난 마음을 늘 딴 데 두고 살아서…"

"오빠, 난 이제 그 예전의 김지연이 아니야. 야심찬 소녀 시절은 이미 갔어. 난 그냥 희미한 옛사랑의 추억에 잠겨 사는 중년 여인. 그 이상도 그 이하도 아니야. 이대로가 좋아. 좀 불쌍한가?"

병원을 받으려하지 않는 건 석진의 죽음 대가로 얻는 것 같아서였다. 석진 대신 얻는 거라면 병원 아니라 세상 전부라 해도 갖고 싶지 않았다.

"사랑이란 게 참 대단하네. 아니 석진이가 대단한 건가. 김지연의 야망을 꺾다니."

"이만큼 살아보니 알겠어. 세상만사 다 부질없더라. 돈도 명예도 다 한 순간이고 남는 건 그저 지나간 추억뿐… 하하!"

여전히 명랑한 지연이었다. 희미한 옛사랑의 그림자 안에 갇혀 한 발짝도 나가려하지 않지만.

"근데 나 얼마 전에 재미난 얘기 들었다? 오빠, 그거 알지? 석진이 커피 마시는 스타일. 페퍼민트 잎을 띄워서 마시는 거. 그런데 그렇게 마시는 사람들이 또 있나 봐. 내 수업 듣는 학생 하나가 그러는데 자기 아는 사람도 그렇다는 거야. 엄청 잘 생겼대. 노래도 잘하고. 순간 나 설렜잖아. 석진이 생각나서…"

지연의 말이 끝나자마자 정민이 상기된 얼굴로 물었다.

"그 학생 내가 좀 만나볼 수 있어?"

"뭐야. 오빠 진지하게 들었어? 설마 진짜 석진이가 살아 돌아온 것 같아서 그래? 오늘 우리 대화가 너무 진지했나?"

"그런 거 아니야. 그냥 좀 궁금해서 그래. 얼마 전에 내가 좀 이상한 일을 겪어서…"

"오빠… 석진인 세상에 없어. 지금 여기 있잖아. 이 땅속에."

"알아. 나도… 그런데 이상하지. 석진이가 어딘가에 있을 것만 같아. 요즘 특히 더 그래. 자꾸만 가슴이 두근거려. 뭔가 홀린 것도 같고…"

하아…! 사실은 나도 그래. 석진이가 어딘가에 있을 것만 같아. 지연은 자꾸만 사진 속 뮤지컬 배우의 희미한 실루엣이 생각났다. 혹시… 진짤까?

라일락 창가

여행은 즐거운 것. 정말 그랬다. 일락은 캠핑에서 찍은 사진들을 일하는 내내 들여다보며 혼자서 좋아했다. 석진과 찍은 것들, 태오랑 순심이와 찍은 것들, 덕구와 찍은 사진들을 보는 것만으로도 하루 종일 기분이 좋았다. 본 사진 보고 또 보고. 아, 이래서 사람들이 여행을 가고 사진을 찍고 그러는구나. 그러다 문득 무엇인가 생각났다.

일락은 방으로 들어가 낡은 옷장 속 깊숙이 숨겨놓은 작은 상자를 꺼냈다. 엄마가 세상을 떠난 후로는 한 번도 꺼내보지 않던 것들이었다. 일락의 어릴 적 사진과 엄마가 남겨놓은 작은 메모나 일기 같은 것들이었다. 말을 하지 못하는 엄마는 일락에게 자주 글을 써주었다. 그것들을 읽으면 엄마가 더 보고 싶고 눈물이 멈추지 않을 것 같아서 일락은 애써 외면하곤 했었다. 지금도 마찬가지였다. 사진만 봐도 울컥 눈물이 나려고 했다.

일락은 엄마와 찍은 사진은 빼고 독사진만 골라냈다. 갓난 아기 때, 유치원에 들어갔을 때, 초등학교 입학식, 중학교 다닐 때 사진들이었다. 고등학교 사진은 없다. 엄마의 병이 깊어졌을 때였고 일락이 집안일과 가게 일을 본격적으로 시작하던 무렵이라 사진 한 장 남길 여유가 없었다.

사진을 고르다가 손바닥만 한 종이 한 장을 발견했는데 엄마와 전혀 상관없을 것 같은 공연티켓이었다. 기성대학교 봄 축제 때 록밴드 〈이터니티〉의 정기 공연이었다. 소리를 듣지 못하는 엄마가 공연을 보러 갔을 리는 없는데 이런 게 왜 여기 있지 싶다. 티켓을 팔랑팔랑 흔들어보는데 갑자기 무언가가 머릿속으로 스쳐갔다. 공연! 공연이라고? 일락은 상자를 뒤졌다. 포스터며 전단지 같은 것들이 여러 장 있었다. 그 중 하나를 펼쳐보니 〈이터니티〉의 공연 포스터였다. 벽에 붙은 것을 떼 낸 것인지 가장자리가 찢어져 있었지만 포스터 내용은 비교적 선명했다. 기타를 든 남자의 뒷모습이었다. 길고 날씬한 실루엣의 남자는 얼굴이 보이지 않아도 어쩐지 익숙했다. 일락은 이것과 비슷한 모습을 얼마 전에 본 적이 있다. 바로 석진의 뮤지컬 공연. 포스터 속 남자의 얼굴을 확인할 수 있다면 아마 그때 핀 조명 아래서 기타를 연주하며 노래하던 석진과 닮았을 것 같았다. 포스터 맨 아래에는 아주 작은 글씨로 출연 자들의 이름이 적혀있었다. 리드보컬 김환, 키보드 서정민, 기타 한호준, 드럼 진성우… 리드보컬 김환! 아빠다. 엄마가 아빠에 대해 유일하게 알려준 것, '김환'이라는 이름이 거기 있었다. 더 알고 싶었다. 김환에 대해, 아빠에 대해. 일락은 상자 속 다른 것들을 뒤졌다. 별 다른 게 없었다. 일락은 서랍 속 감춰 둔 수첩을 다시 꺼내 보았다. 엄마의 필체로 '김환'이라고 써 있던 유일한 기록. 이로써 한 가지 사실이 분명해졌다. 김환은 대학생이고 가수였다는 것. 일락은 포스터를 들고 곰곰 생각해보았다. 석진이 기성대학교 다녔다 했지. 현재 나이는 마흔여덟. 대략 20년 전이면 이 때 나이와 비슷한데. 그리고 석진은 노래를 잘 하고 포스터 속 남자의 뒷모습과도 닮았지. 혹시 윤석진이 김환일까. 이름을 바꾼? 그러다 잠시 잊고 있었던 얼굴이 떠올랐다. 꽃을 사러 오던 금테 안경 아저씨, 그 아저씨가 김환일 가능성은 없을까. 포스터 속 남자와 그다지 닮은 것 같지 않은데… 그리고 노래하는 사람일 것 같지도 않았다. 하지만 지갑에 새겨진 KH라는 이니셜이 자꾸 마음에 걸렸다. 그러고 보니 최근에 잠깐 스치듯 본 것도 같다. 어디서 였더라?

"이거."

"응? 뭐?"

사진이 든 봉투를 받아드는 석진의 표정이 따뜻해서 일락은 순간 눈물이 날 뻔했다. 아, 이런 눈빛은 진짜!

"사진요. 나 애기일 때랑 학교 다닐 때 찍은 것들이에요. 보고 싶을 거잖아요."

"오, 그래."

석진의 가슴이 두근거렸다. 우리 일락이 아기 때 모습이라니.

"나중에 볼게. 혼자 있을 때."

"예." 하고 일락은 나가려다 뭔가 결심한 듯 다시 돌아서서 석진에게 물었다.

"지금부터 내가 묻는 거, 솔직하게 대답해주셔야 해요. 형이, 아니 아빠…, 아빠가 무슨 말을 하든 난 다 믿을 거니까."

일락의 표정이 심상치 않은 것을 보고 석진은 이제 그때가 왔음을 직감했다. 모든 것을 말해도 되는 때. 아니 모든 것을 말해야 하는 때.

"여기 오기 전에… 이십 년 동안 뭐 했어요?"

어떻게 말해야 할까. 석진은 잠시 망설이다가 어렵게 말을 꺼냈다.

"내 죄를 씻고 있었어."

"… 무슨 죄요?"

"나를 사랑해준 사람들의 마음을 아프게 한 죄. 그리고 그 누구도 진심으로 사랑하지 않은 죄."

"어떻게…요?"

"아빠가… 참 교만했었어. 아빠를 사랑하는 그 마음들을 몰라주고, 알면서도 외면하고, 그러다가 함부로 다른 사람의 마음을 빼앗고, 날 좋아하게 하고, 그리고 잊어버리고… 그런 걸 많이 반복했었어. 아빠가."

"나빴네요."

"어. 나쁜 놈이었어. 그래서 벌 받았어."

"무슨 벌요?"

석진은 더 말하지 못하고 그저 일락을 바라만 보았다.

"뭘 했길래 함부로 남의 마음을 빼앗고 멋대로 좋아하게 하고 잊어버리고 그랬어요?"

"음… 학생. 대학생이었는데 공부보다는 노래를 더 많이 했어. 사람들이 아빠가 노래하는 걸 많이 좋아했거든."

대학생, 그리고 가수. 김환! 아, 김환이 맞는 걸까. 심장이 두근거렸다.

"그런데 왜 그랬어요? 사람들이 좋아해주면 고마운 거 아닌가."

"처음엔 그랬지. 고마웠어. 아무 것도 아닌 나를 알아봐주고 좋아해줬으니까. 그런데 어느 순간부터 점점 힘들어졌어. 여기저기서 알아보는 사람들이 많으니까 불편해지고 힘들어지고 짜증이 났어. 또 아무 이유 없이 나를 미워하고 질투하는 사람들도 생겨나고… 그런 사람들 때문에 상처받기도 하고 그랬어. 그렇게 점점 공허해지고 우울해지고. 노래하고 싶지 않은 날에도 노래해야 하고 그러다가도 갑자기 노래하고 싶고. 하루에도 마음이 열두 번도 더 바뀌어서 사람들을 피곤하게 하고 그랬었어. 사람들의 사랑이… 버겁고 무겁고 지겨웠어. 진짤까. 나에 대해 뭘 안다고 사랑한다고 하는 걸까. 그 무렵에 아빠의 아빠가 돌아가셨어."

"할아버지?"

"어어. 그래. 일락이 할아버지. 아버지가 널 보셨다면 참 좋아하셨을 텐데."

석진이 일락의 머리를 쓰다듬으며 말했다. 머리카락도 이쁜 내 새끼. 아버지가 석진에게 하던 말이었다.

"할아버지는 몸이 불편했어. 키가 아주 작았는데 책방을 하셨지. 책을 많이 읽고 시도 쓰시고… 아빠 어릴 때 사람들이 그랬지. 어떻게 저런 아버지한테서 이런 아들이 나냐고. 그러면 할아버지는 기뻐서 웃었는데 아빠는… 그런 아버지를 부끄러워했어. 저 곱사등이 아저씨가 사실은 내 아버지가 아닐지도 모른다는 생각, 아니 내 아버지가 아니길 바랐지. 아버지가 나를 얼마나 사랑했는데, 나를 씻기고 먹이고 재우고… 아플 땐 한숨도 못 자고 곁을 지키고. 그걸 알면서도 참 못되게 굴었어. 학교에도 못 오게 하고 친구들한테 소개시켜주지도 않고. 서울로 대학 가서는 한 번도 찾아가지 않았지. 할아버지가 돌아가셨을 때에도 아빤 무대에서 춤추고 노래했었어. 사람들의 환호 속에서 말이야. 정말 못돼먹었지. 나쁜 아들이었어. 그래서 아빠는… 나 같은 자식 낳을까 봐 무서웠어. 그랬는데 이렇게 착하고 예쁜 아들이 있었네… 나한테 과분한…"

석진의 눈에서 결국 눈물이 흘러내렸다. 석진이 아버지를 부정했던 과거를 말했을 때 일락도 가슴이 아팠다. 일락은 가만히 석진의 어깨를 안아주었다.

"한 번도… 아버지한테 사랑한다고 말하지 못했어. 마음은 그게 아니었는데…."

일락은 이제 석진이 김환일 거라고 생각한다. 아니 진심으로 그가 김환이었으면 한다. 자, 이제 확인하기만 하면 된다. 용기를 내어. 그러면 우리는 세상에 다시없는 아빠와 아들이 되는 것이지.

"혹시… 김환이라고 알아요?"

석진의 눈빛이 흐려지는 것 같은 그 찰나의 순간, 일락은 그런 질문을 한 것을 후회했다. 석진이 고개를 내저으며 말했다.

"아니… 몰라."

그래, 괜히 물어봤어. 김환일 리가 없잖아. 그냥 당신이 김환이거니 생각하며 사는 게 좋을 뻔했는데. 일락은 낙심한 기색을 들키지 않으려 일부러 밝게 얘기했다.

"방금 물어본 건 잊어버리세요. 저 옛날부터 좀 아는 사람이거든요."

그렇게 말하면서도 눈물이 푹 쏟아질 것 같았다. 왜 김환이 아니야. 어째서 모른대…

일락은 눈물을 참으려 라일락 나뭇가지가 어른거리는 창가를 오래도록 쳐다보았다.

인어공주를 위하여

일락은 12시가 가까워 오도록 가게에 멍하니 앉아 있었다. 문도 열지 않았다. 몸에 기운이 하나도 없었다. 잠을 제대로 못잔 것도 있지만 그 때문이 아니었다. 다 이유가 있다. 석진이 김환이 아니어서 그런 것이다. 지금까지 석진이 해준 것들, 일락에게는 그거 다 아빠였었다. 먹을 거 만들어주고 머리를 다듬어주고 밤늦게 기다려주는 거, 붕어빵을 사주고 집 고쳐주는 거, 공연장 조명 낙하 사건 때 구해준 거나 그때 그 양아치 행패에서 보호해준 거… 그거 다 오래전부터 일락이 상상해왔던 '내게도 아빠가 있었다면 일어났을 일'들이었다. 그거 다 좋았는데. 나 진짜 당신이 아빠 같아서 좋았는데… 이제 진짜 김환이 나타나면 지금 이 마음을 어떻게 수습해야 할 지 모를 것 같았다.

"아빠…"

일락은 혼잣말로 가만히 불러 보았다. 이렇게 불러본 아빠는 누굴까. 아직 어디 있는지 모를 김환일까, 아니면 일락의 마음속에서 점점 더 아빠가 되어가는 석진일까.

"왜?"

어느 틈엔가 석진이 옆에 와 서 있었다. 일락은 놀라 자리에서 벌떡 일어났다.

"엇! 일어나셨어요! 밥 먹어야죠!!!"

일부러 더 큰 소리로 말해본다. 어제 마음과 오늘 마음이 달라져서는 안 될 것 같아서였다. 분명 어제까진 석진이 아빠였으면 좋겠다고 생각해놓고선 그가 김환이 아니라고 해서 매정해지는 건 너무 야멸찬 것 같았다. 아빠가 아니어도 석진은 충분히 좋은 사람이었고 또 중요한 사람이었다.

"밥은 밥이고, 아빠는 왜? 불렀으면 용건을 말해야지."

"그, 그냥요. 어우… 열두 시니까 점심 먹어야겠네. 점심. 뭐 먹지. 뭐 먹을까요! 일요일엔 짜파게티…?"

석진이 피식 웃으며 다가와 일락의 볼을 잡더니 양쪽으로 쭈욱 늘렸다.

"너 애기 때 사진 다 봤다. 어릴 땐 볼살이 포동포동하더니 지금은 이게 뭐야. 삐쩍 말라 갖구선. 잘 먹어야지, 한창 자랄 나이에."

"그르믄 고기 즘 사주든가…"

"으아아, 요 녀석!"

볼을 잡힌 채 투정을 부리는 일락이가 귀여워서 석진은 일락의 이마며 뺨에 뽀뽀를 퍼부었다. 석진의 눈에 지금 일락이는 사진 속 일곱 살 꼬마였다. 그때였다.

"어헛! 이거 뭔가요. 이 수상한 브로맨스의 현장은!"

순심이였다. 성당 갔다 오는 길이었나 보다. 웬일로 하이힐을 신고 있었다.

"뭐냐?"

"봄 몰라? 오늘 의상에 좀 신경 썼지. 소개팅 있거든."

"소개팅? 니가?"

"응. 내가. 그건 그렇고 점심은? 오라버니 오늘 점심 메뉴는 뭔가요?"

"고기 먹으러 갈 거야. 같이 가자."

고기 먹으러 가잔 말에 일락과 순심 모두 환호성을 질렀다.

고기가 구워질 동안 순심이는 막대 모양으로 생긴 과자를 먹었다. 그걸 보더니 태오가 정색했다.

"양순심, 고기님 앞에서 이 무슨 무례한 행동이야. 과자라니!"

태오는 석진이 고기 집에 간다는 제보를 일락으로부터 입수한 뒤 한달음에 달려왔다. 사실은 순심이 소개팅 소식에 질투심에 불타올라 온 거였지만.

"배 속에 과식방지턱 설치하는 거야. 뭘 좀 먹어둬야 고기를 적게 먹을 것 같아서. 니네들 내가 오늘 소개팅 있는 걸 다행으로 알아라. 소개팅 아니면 내가 여기 있는 고기 다 먹어버렸을 텐데."

"과식방지턱이 아니라 많이 먹으려고 워밍업 하는 거 아니야? 애피타이저."

이건 석진의 말. 석진도 어쩐지 순심의 소개팅이 달갑지 않았다. 순심이가 일락이 좋아하는 줄 알았는데 소개팅이 웬 말인가 싶다. 아무튼 종잡을 수 없는 아이였다.

고기는 구워지기 무섭게 금방금방 아이들 입속으로 사라졌다. 일락이가 잘 먹는 걸 보니 기분이 좋아서 석진은 먹지도 않고 계속 굽기만 했다.

"에헤이. 거참, 눈에서 꿀 떨어지네. 꿀 떨어져. 아저씨 일락이 그만 좀 쳐다봐요. 삼겹살을 꿀에 찍어 먹게 생겼네. 우리 지금 먹는 거 허니버터삼겹살이야?"

순심이가 놀려댔다. 대체 내 눈이 어떻다고. 석진은 순심의 놀림에도 아랑곳 않고 열심히 고기를 구웠다. 우리 아들 많이 먹여야지.

"야, 근데 무슨 바람이 불어서 소개팅을 다 하냐? 아직 세례 받기 전인데 안나라고 소개할 거야?"

일락이 고기를 우물거리며 물었다. 이름 말하기 싫어서 소 개팅 안하는 애가 오늘은 웬일인가 싶다.

"응. 그럴라고. 양안납니다. 이렇게. 김지연 교수님이 소개 시켜주는 거라 놓치면 후회할 것 같아서 말야."

김지연이라는 말에 석진은 잠시 숨을 멈췄다. 지연이가 왜.

"너네 지도교수라는 그 골드미스 의사쌤? 골드 아니라 다 이아몬드지?"

"응. 것두 초대형 다이아몬드. 오늘 나올 사람은 김지연 교 수님 조카. 그 교수님네가 어마무지한 의료가문인 거 알지? 내 오늘의 소개팅을 발판 삼아 결혼까지 쭉쭉 달려 그 가문의 일 원이 되어보련다."

오, 양순심. 남자를 만나기도 전에 결혼계획부터 세우고 보 는 저 엉성한 야망이라니. 석진은 실소를 금치 못했다. 지연의 집안이 어떤지는 석진도 잘 알고 있었다. 고작 소개팅으로 혼사를 할 리가.

"병원? 그거 얼마야? 얼마면 돼? 의료가문 아니라 나와 결혼해서 의류가문의 일원이 되어 보는 건 어때?"

난데없는 태오의 프로포즈. 이에 대한 순심의 대답은 간결했다.

"닥쳐."

아휴, 양순심 단호한 것 좀 봐. 일락은 태오가 민망해할까 약간 걱정되었는데 녀석도 농담이었다는 듯 순심의 거절 따윈 들은 척 만 척 부지런히 고기쌈을 싸서 석진에게 주었다.

"형님, 많이 드십쇼."

하여간 미친 순애보라고 해야 하나. 매번 순심이한테 깨지면서 태오는 자존심도 상하지 않고 지치지도 않는 것 같았다.

"많이 먹어라. 아그들아. 누님은 오늘 인생을 건 소개팅을 하러 간다."

순심이는 그 말만 남기고 고깃집을 나갔다. 일락은 하이힐을 신고 뒤뚱거리며 걷는 순심의 뒷모습을 한참 동안 바라보았다. 그걸 또 석진은 유심히 지켜보았다. 내 아들, 혹시 짝사랑하고 있는 거니.

일락은 순심의 운동화를 들고 카페로 갔다. 카페에 가니 한쪽 구석에 우두커니 앉아있는 순심이 보였다. 딱 보니 알 것 같았다. 오늘 소개팅의 결과를. 일락은 뭐라 묻지도 않고 순심이에게 운동화를 내밀었다.

"신어."

발을 보니 퉁퉁 부었고 뒷꿈치는 까져서 피가 배어 있었다. 운동화도 못 신을 것 같았다.

"업혀."

순심이 별 말 없이 일락의 등에 업혔다. 몇몇 사람들이 쳐다보기는 했지만 대부분은 그냥 모른 척 해주는 것 같았고 일락도 아무렇지 않은 듯 카페를 빠져 나왔다.

"밥은 먹었어?"

"…아니."

"어디 가서 뭐 좀 먹고 갈까? 떡볶이 같은 거."

"아니. … 응."

일락은 순심을 업은 채 분식집에 들어가 즉석 떡볶이를 주문하고는 약국에 갔다. 소독용 솜과 연고와 밴드를 사서 오는 사이 떡볶이가 알맞게 끓어 있었다.

"먹어."

일락은 떡볶이를 먹기 좋게 접시에 덜어 순심이 앞에 내놓고는 테이블 아래로 내려가 다친 발을 치료해주었다. 소독 솜으로 닦고 연고를 바르고 밴드까지 붙이고 나서야 테이블 앞에 다시 앉았다.

"이름 갖고 놀렸어? 그 자식이?"

"아니. 내 이름 이미 알아."

"그럼 뭐 때문에 그래? 그냥 차였어?"

한참 있더니 순심이 고개를 끄덕였다.

"뭐 어때. 좀 차일 수도 있는 거지. 그것 갖고 이렇게 나라 잃은 얼굴이냐?"

"소개팅 남자가 찬 게 아니라…"

"그럼 누가…"

"내가. 내가 나를 차고 상처 입혔어. 내가 나 스스로를 졸렬하고 유치한 애로 만들었어. 천박하기도 한 것 같고… 그래서 오늘은 내가 좀 싫었어."

뭔가 복잡한 게 있어 보였다. 일락은 꼬치꼬치 캐묻지 않고 순심이가 말하고 싶을 때까지 내버려두었다. 순심이는 아무 말도 하지 않고 떡볶이만 먹었다. 벌써 세 접시 째였다.

"인어공주 말야. 오늘은 그런 생각이 들었어. 인어공주 걔가 육지왕자한테 반해서 마녀한테 목소리를 팔고 물고기 하반신 대신에 인간의 다리를 얻잖아. 내가 오늘 꼭 그 인어공주 같더라고."

웬 인어공주? 둘은 분식집을 나와 걸었다. 일락은 거리의 시끄러운 소음에 순심의 목소리를 놓칠까봐 귀를 쫑긋해서 들었다. 다시 일락의 등에 업혀 순심은 오늘 있었던 일들을 이야기하기 시작했다.

"내가 예전에 얘기해준 적 있지? 우리 과 사람들 말야. 동기나 선배들이나 다들 의사 집안 애들이란 거. 가족 중에 의사 한둘은 다들 있고 그게 아니면 친척들 중에라도 의사가 있더라구. 근데 너도 알다시피 난 아무도 없잖아. 나 그게 부러웠나봐. 집안 배경, 빽이란 거. 그런 게 있어야 대학병원에 남든 개업을 하든 의사로 발붙이고 살 수 있을 것 같더라고. 김지연 교수님 같은 사람이 막막 부러웠어. 그 교수님이 우리 이모나 고모, 뭐 그런 거면 얼마나 좋을까, 그런 생각도 하고. 그래서 그냥 교수님한테 농담 삼아 남는 조카 있음 소개팅 시켜 달라고 했거든. 근데 진짜로 조카를 소개시켜 준 거야. 오늘 만난 사람이 교수님 사촌 언니 아들이래."

"그 사람도 의사야? 아님 의대생?"

"아니. 미대 대학원생인데 곧 유학간대. 가기 전에 이모가 소개팅 하랬다고 나온 거래. 그 집이 예술적으로도 풍부한 집안인가 보더라. 친척 중에 의사이자 작곡가? 그런 사람도 있대."

"근데 그 사람이 너 별로래? 애프터 신청 이런 것도 안 하고?"

"처음 만난 자리에서 별로인 티를 내기야 하겠어? 사람은 좋아 보이더라. 좀 어른스러워 보이기도 하고 매너도 있고. 근데 미술 하는 사람하고 할 만한 얘기도 별로 없는 데다가 내가 좀 무식하잖니. 수능 공부만 했지 교과서 말고 읽은 책도 별로 없고 미술이니 음악이니 이런 것도 영 젬병이고 말야. 근데 그 오빠 진짜 뭘 많이 아는 거야. 주로 그 오빠가 얘기하고 난 듣기만 했어. 내가 알아들을 수 없는 이야기들에 TV에서나 보던 쯔르르한 사람들이 가족이고 친척이더라. 아무튼 얼추 두 시간 가까이 같이 있었는데 나한텐 거의 자아성찰 시간이었어."

생각보다 엄청난 스펙의 사람이 나타나 순심이 당황한 것 같았다. 순심이 인생에 만난 사람이래야 유치원 때부터 알고 지내온 조무래기 동네 친구들이 다일 텐데 오늘 만난 사람은 그냥 딴 세상 사람이었던 듯.

"근데 인어공주 같은 건 뭐야? 인어공주가 된 기분이었어?"

"어. 인어공주처럼 예쁜 게 아니라 인어공주처럼 아팠어. 커피 마시고 근처 공원에서 산책을 좀 했거든. 근데 걸을 때마다 너무 아픈 거야. 나한텐 맞지도 않는 하이힐을 알지도 못하는 남자한테 잘 보이겠다고 신고 나간 것부터가 잘못이지 뭐. 인어공주가 자기 정체성을 버리고 인간의 다리로 걸을 때마다 발이 아팠던 것처럼 말야. 근데 발은 욱씬욱씬 쑤시고 걷지도 못하겠는데 이상하게 생각은 또렷해지더라."

"무슨 생각?"

"내가 이 소개팅을 왜 하려고 했나부터 시작해서 별별 생각 다 했지. 소개팅 동기부터가 불순했어. 그닥 공부 잘하지도 않다가 간신히 의대에 들어갔으면 열심히 공부해서 실력 있는 의사가 될 생각을 해야지 그깟 빽이나 만들어보겠다고 교수님한테 소개팅 시켜달라고 한 것도 부끄럽고, 소개팅 남자의 어마어마한 스펙에 기죽은 것도 쪽팔리고 말야. 그냥 난 나대로 살면 되는데 왜 다른 사람하고 비교했을까. 내 안에 비굴함 같은 게 있었던 걸까. 뭐 그런 생각도 하고. 아무튼 나를 돌아보게 되었어. 기분은 별로지만."

상대방이 상처 준 게 아니라 스스로의 모습에 상처 입은 순심을 일락은 위로해주고 싶었다.

"괜찮아. 양순심. 살다보면 그런 일도 있을 수 있지. 나 자신이 바보 같고 찌질해 보이는 거. 난 그런 거 숱하게 겪으며 사는데 뭘. 꽃 한 송이 팔겠다고 자존심 다 접고 살 때도 많고. 뭐, 난 아버지 없이 태어났고, 엄마도 일찍 돌아가셔서 고아잖아. 그래서 가끔은 내가 세상에서 제일 밑바닥 인생 같기도 하고 그래. 그런데 너랑 태오 같은 친구가 있어서 아주 비참하지만은 않아. 니가 얼마나 괜찮은 앤데. 나 너한테 고마운 거 많아."

"에이. 뭐, 고마울 것까지야. 마트에서 물건 갖다 주는 거? 그런 거 땜에?"

"아니. 그런 거 때문이 아니라… 너 의대 왜 갔는지 나 알거든. 그래서 난 맨날 고마워. 그냥 너란 존재 자체가."

너란 존재 자체. 순심의 가슴이 뭉클해져왔다. 뭔가 말을 해야겠는데 할 말이 생각나지 않았다. 순간 순심은 일락이가 너무 좋아서 일락의 등에 가만히 얼굴을 갖다 댔다.

"근데 순심아…"

나긋하고 부드러운 일락의 음성이 등줄기에서 울렸다. 순심도 "왜에?" 하고는 상냥하게 되받았다.

"…무거워. 이제 내려 와."

"앗! 따가! 야, 너 밴드 제대로 붙였냐? 왤케 따끔거려? 우씨, 제대로 쓰라리네."

순심이는 일락의 등에서 팔짝 뛰어내리면서 괜히 민망한 마음에 타박을 했다.

"꼼꼼하게 붙였거든?"

"못 걷겠다. 발 아퍼서."

순심의 엄살에 일락은 한숨을 푹 내쉬고는 등을 돌리고 앉았다.

"다시 업혀. 너 꾀병인 거 다 알지만 오늘은 내가 속아준다."

순심이 히힛! 하고는 냅다 일락의 등에 다시 업혔다. 초등학교 때까지도 가끔 일락이가 순심을 업어주곤 했었다. 순심이네 마트는 항상 집안 식구들과 일하는 사람들, 손님들로 북적여서 어린 순심이는 어른들 눈에 띄지 못할 때가 많았다. 어린 아이가 울어도, 끼니를 걸러도 식구들이 모르고 넘어가는 경우가 많았는데 그럴 때마다 일락이가 업어서 달래주거나 집에 데리고 와서 같이 밥을 먹곤 했던 것이다. 그래서 일락이는 순심이더러 "내가 너 업어 키웠다."며 놀려댔다. 일락은 지난날을 생각해보다가 또 익숙한 단념과 만난다.

내 인어공주 양순심. 나는 왕자님이 아니어서 너를 행복하게 해주지도 못할 것 같아. 이렇게 친구로나마 평생 네 곁에 머물면 좋겠다. 그러니 넌 물거품이 되어버린 동화 속 인어공주가 아니라 정말 멋진 왕자를 만나 행복하게 살아. 니 결혼식 부케는 내가 만들어줄게. 일락은 내뱉지도 못하는 한숨을 속으로 삼켰다. 내 운명은 그냥 이렇게 외로우라고 작정하고 설계된 건가보다 한다. 아빠라고 믿고 싶었던 사람은 아빠가 아니고, 오랜 소꿉친구는 다른 남자 만나러 다니고.

"야, 근데 말야. 오늘 교수님이 여태 결혼 안 한 이유를 알게 되었어. 그 오빠가 그러는데 교수님 첫사랑이 죽었대. 그 후로 누구도 사귀지 않고 싱글로 살아가는 거고. 근데 그 집안에 교수님뿐만 아니라 무슨 사연인지 결혼 안 하고 사는 삼촌이 또 있대. 집안사람들 아무도 그 이유를 모른대. 아까 말한 그 의사 겸 작곡가라는 사람."

"그런 얘기까지 했어? 겨우 소개팅 자리에서 가족들 얘기까지? TMI가 넘치는 아주 훈훈한 소개팅이었네."

"응. 첫사랑 얘기하다가 거기까지 간 거야. 어떤 첫사랑은 인생을 건다, 뭐 그런 얘기였어. 암튼 대단하지 않아? 딱 보면 엄청 연애 많이 했을 것 같은 스타일이거든. 근데 스무 살 때 만난 첫사랑을 잊지 못해서 혼자 산다니… 나 같음 그렇게 못해."

"얼빠 양순심 선생이 오죽하겠냐. 넌 첫사랑을 스무 번쯤 할 거야. 아마."

이런 시시콜콜한 이야기를 하다 보니 어느덧 동네 어귀였다. 가게 앞에 못 보던 고급차 한 대가 서 있었다.

"아니, 남의 가게 앞에 저렇게 차를 세워 두면 되나."

일락은 순심을 내려놓고 운전석 문을 똑똑 두들겼다.

"저희 가게에 꽃 사러 오신 건가요?"

그러자 차 안에 있던 사람이 문을 내렸다. 아! 그 아저씨다! 가끔 꽃 사러 오던 그 금테 안경 아저씨! 일락은 반가워서 꾸벅 인사를 했다.

"안녕하세요! 오랜만에 봬요~! 꽃 사러 오신 거면 지금 가게 문…"

남자는 "아, 아닙니다." 하고는 잠깐 동안 일락을 유심히 보더니 차를 몰고 가버렸다.

"뭐야. 오랜만에 와서는… 꽃 사러 온 거 아니었어?"

분명 꽃 사러 온 것 같은데 아는 척 하니까 그냥 가버렸다. 게다가 무슨 할 말 있는 것처럼 일락을 빤히 쳐다보았다. 기분이 이상했다. 좀 서운하기도 했다. 그때 갑자기 무언가 확! 하고 떠올랐다. 아, 이제 기억났다. 최근에도 봤었지. 그때 병원에서. 순심이도 마찬가지였다. 저 얼굴을 어디서 봤지? 순심은 곰곰이 생각하다가 아! 하고 깨달았다. 맞아! 사진 속 그 남자!

데이지꽃

순심이의 소개팅이 잘 안 되었다는 얘기에 석진은 괜히 안심이 되었다. 겉으론 저런, 안타깝구나? 잘 되었으면 좋았을 것을? 했지만 속으론 일락이가 혹시라도 실연 그 비슷한 것이라도 할까 봐 걱정이 되었던 것이다. 살짝 기분이 좋아져서 일락에게 뭐라도 말을 걸어 보려고 라일락나무 옆에 있는 나무에 대해 물어보았다.

"이 나무는 뭐야? 복숭아?"

"살구나무요. 꽃이 한 일주일쯤 피었다가 금방 져버리거든요. 그래서 꽃은 못 보셨을 것 같아요. 생긴 건 복숭아랑 비슷하긴 해요. 꽃말은 아가씨의 수줍음이래요."

그 순간 석진은 혜진이 떠올랐다. 석진의 기억 속 혜진은 수줍음 많은 아가씨였다.

"살구꽃 안 봐도 어떻게 생겼는지 알 것 같다. 엄마 닮았을 것 같은데? 수줍음 많은…"

그러자 일락이 아니란 듯 손사래를 쳤다.

"오. 우리 라 여사 그런 여자 아닙니다. 엄청 힘 쎄고 씩씩
한데요. 냉장고도 척척 옮기고…"

뭐? 그럴 리가. 석진이 아는 혜진은 결코 그런 여자가 아니
었다.

"아, 아냐. 엄마가 얼마나 청순하고 가녀린, 플로리스트 하
면 딱 떠오르는 그런 이미지…"

석진은 말을 더 잇지 못했다. 석진이 아는 혜진의 모습이
별로 없기 때문이었다. 일락도 더 이상 말 하지 않았다. 엄마
에 대해서 잘 모르는 걸 보니 역시 석진은 김환이 아니라는 것
만 확인할 뿐이었다. 조금 서운하고 쓸쓸했다.

"나는 이런 일을 해서 그런가 사람들이 다 꽃 같아 보여요.
어떤 꽃… 좋아해요?"

화단의 흙을 다독이며 일락이 물었다. 사람들이 다 꽃 같다
니, 새삼 일락이의 착한 심성이 느껴져 석진은 마음이 몽글몽
글해졌다. 사랑하는 내 아들, 이렇게 고운 마음씨로 살고 있구
나 싶어 애틋하기도 하고.

"아, 아빠가 아는 꽃이 별로 없는데 그냥 하얗고 조그만 꽃?"

"하얗고 조그만 꽃은 많은데. 배꽃, 제비꽃, 아기별꽃, 음…
또 데이지꽃도 있고."

데이지꽃이란 말이 석진의 가슴에 콕 박혔다. 정민이 만들
어주었던 곡의 제목이기도 했다. 부드럽고 달달한 케이크 같
은 노래였는데 듣고 있으면 멜랑콜리한 감정에 빠지게 되는
곡이었다. 석진도 그 노래를 좋아해서 지금도 문득문득 생각
나곤 했다. 석진이 노래를 흥얼거렸다.

"오… 처음 듣는데 되게 좋은 노래다. 근데 참 희한해요. 저
번부터 궁금했는데 노래하는 사람이었다면서 어째서 요즘 노
래는 하나도 몰라요?"

"당연하지. 이십 년 동안 음악을 들은 적이 없거든. 그리고
요즘 노랜 너무 어려워. 가사도 뭐라 하는지 모르겠고. 잘 안
와 닿아. 너무 많이 바뀐 것 같아."

"조용하고 느린 노래도 많아요. 들어볼래요? 음원 다운 받
아 줄까요?"

"아냐. 괜찮아."

음원 다운이 뭔지 몰라 뭘 해달라고 할 수도 없었다. 석진
이 느끼기에 이십 년 동안 제일 많이 바뀐 게 음악을 듣는 방식
인 것 같았다. LP나 테이프, CD로 듣는 게 아니라 휴대폰으로

듣는 것도 이상했고 음악을 인터넷으로 사는 것도 놀라웠다. 또 이십 년 전에는 가요뿐만 아니라 외국의 팝 음악도 많이 들었는데 요즘은 그런 것 같지 않았다. 영어로 불러서 외국곡인가 해서 들어보면 우리나라 노래였다. 그게 또 엄청나게 인기가 많다는 게 신기했다. 석진이 지금 데뷔한다면 구닥다리라고 아무도 들어주지 않을 것 같았다. 옛날 생각을 하다 보니 정민이 만들어준 곡들이 하나하나 떠올랐다. 그 곡들을 함께 연주하고 노래하면서 보냈던 시간들이 손에 잡힐 듯 아스라했다. 이십 년 전의 시간이 영원의 어디쯤에 묻혀 있는 것처럼 느껴졌다. 당신도 아직 기억하고 있을까. 우리의 음악을.

"아참, 나 저번에 물어볼 게 있었는데 깜빡했던 거 지금 물어봐도 돼요?"

"뭔데? 물어 봐."

"대체 어디서 죄를 씻고 있었다는 거예요? 것두 이십 년씩이나? 사랑 때문에 지은 죄는 어디서 어떻게 씻나요? 목욕탕은 아닐 테고 깊은 산속 동굴? 쑥하고 마늘 같은 거 막막 먹으면서?"

어떻게 말해주어야 할까. 무슨 말을 해도 믿지 않을 텐데 이대로 대충 둘러대고 말까, 아니면 사실대로 알려주고 이제 곧 다가올 이별을 준비하게 할까. 석진은 축축한 화단을 맨 손으로 뒤적여 돌멩이 같은 것을 골라냈다. 그러면서 할 말을 생각했다. 화단 옆 창가를 드리우던 라일락 나무는 이제 꽃은 지고 푸른 잎만 무성했다. 이제 여름이고 그러다 가을이 오고 겨울이 오면 라일락 나무는 맨몸만 남아 지상의 시간을 견딜 것이었다. 나무가 세상의 시련을 견딜 수 있는 힘은 푸르른 날 사랑받았던 기억. 석진은 밑둥이 잘려나간 나무를 의자삼아 앉으며 말했다.

"저번에 숲에 갔을 때 네가 했던 이야기 기억 나? 죽은 나무 세포는 죽은 것이 아니라 안쪽에 단단히 자리 잡고 나무를 지탱한다고 한 거."

"그럼요. 내가 좋아하는 이야긴 걸요."

"아빠가 바로 그 안쪽에 있는 죽은 세포야."

"아하하하. 그게 무슨 얘기예요?"

별로 웃기지도 않은 말인데 일락이가 까르륵 웃었다. 그게 예뻐서 석진은 한참 쳐다보았다. 우리 일락이 이렇게 웃음이 많은 아이였구나. 자식은 이렇게나 예쁜 것. 그냥 웃는 것만 봐도 가슴 속에 산들바람이 부는 것 같았다.

"음… 아빠가 말이야. 사실은 죽었다가 살아났어. 이십 년 전에 죽었었는데 널 보러 다시 온 거란다."

일락의 얼굴에 당황하는 기색이 스치는가 하더니 또 까르륵 웃어댔다.

"아니, 어떻게 죽었던 사람이 되살아나요. 하나도 안 웃긴데 간만에 농담해서 웃어줍니다. 으하하하!"

예상대로였다. 믿을 리 없었다. 석진도 같이 웃었다. 그런데 갑자기 일락이 두리번거리며 석진을 찾았다.

"앗, 어디 갔지? 지금 어디 계세요?"

요 녀석. 아빠랑 장난치려고? 아빠가 바로 앞에 있는데도 못 본 척 하기는. 석진은 아빠를 찾는 일락의 표정이 귀여워 웃었다.

세상에서 제일 예쁜 것

"이제 네 아들이 너한테 마음을 좀 연 것 같니?"

낮잠을 자는데 수호천사가 말을 걸어왔다.

"그런 것 같아요. 그런데 내가 죽었다 다시 살아 돌아온 것을 어떻게 설명해줘야 할지 모르겠어요. 그러다가 다시 저를 믿지 않으면 어떻게 하죠. 일락이가 절 믿지 않으면 저는 그 애가 믿어줄 때까지 지상에 머무르게 되나요."

차라리 그랬으면 좋겠다. 그렇게라도 아이 곁에 머물고 싶은 마음이었다. 스무 살까지 크는 모습을 보지 못한 대신 앞으로 이십 년쯤 함께하고 싶은 마음. 그래서 일락이가 결혼하는 것도 보고 싶고 아이를 낳아 행복하게 사는 것도 보고 싶은 마음이 자꾸만 드는 것이다.

"아직 아니야. 니 아들, 지금 뭔가 심경의 변화가 있어. 아무튼! 그건 그거고 너 여기 더 있고 싶어도 안 돼. 네가 여기 머물 수 있는 시간은 길어야 일 년이야. 이미 시간이 꽤 많이 흘렀어. 네가 인간적인 감정 때문에 여기 있고 싶은 건 알겠는데 그러면 너 대신 누군가가 불려 올라가게 될 수도 있어. 그리고 무엇보다 때를 놓치게 되면 넌 영원히 천국과 지상 사이에서 떠돌게 돼. 불법체류자 되고 싶어?"

아이와 정이 들수록 하늘이 정해준 시간을 잊어버리고는 했다. 일락이가 너무 예뻐 천국 같은 것은 생각나지도 않았다. 석진의 마음이 심란한 것을 알고 수호천사가 말을 이었다.

"네 죄를 갚는다는 건 네 아이와 지상의 시간을 충실히 보내는 것뿐만 아니라 다가올 이별의 고통을 견디는 것까지 모두 포함하는 거야. 그러니 딴 생각 마. 아마 내일쯤 널 도와줄 사람이 올 거야."

이 말을 하고 수호천사는 사라졌다. 석진은 잠에서 깨어나 울었다. 이별이 내일이라도 올 것만 같았다.

오랜만에 태이가 일락이네에 왔다.

"우리 동네 정우성님, 집에 계셔?"

"태오가 우리 집 얘기 안 해? 태오 일주일에 여덟 번 여기 오는데. 우리 아빠… 아, 형님이야 늘 잘 계시지."

습관이 무섭다. 그 짧은 기간에 입에 붙은 아빠 소리가 이렇게나 쉽게 나오다니.

"낮에는 학교 다니고 밤에는 작업실에서 일하느라 몹시 바쁜 내가 태오 같은 한량과 사소한 얘길 나눌 시간이 있겠니."

태오와 태이는 쌍둥이라 서로 닮았으면서도 어떤 면에선 전혀 닮지 않았다. 매사 적극적인 건 닮았는데 태오가 몽상가라면 태이는 지독한 현실주의자였다. 그리고 외모는 닮았다고 하면 서로 화를 냈다. 남들이 보기엔 둘이 똑같이 생겼는데도.

"태오는 니 얘기 많이 하던데. 너 이번에 중간고사 몽땅 D 받았다며? 그래서 학교에서 디올이라고 부른다고 하던데…"

"아오! 태오 주젯써! 그런 얘기까지 하다니. 핏줄이고 나발이고 없어. 입 싼 인간은 신용사회에서 척결해야 해."

"어휴… 무서워. 태오한테 전해줄게. 척결대상이라고."

"뭐, 디올은 좀 그럴 일이 있었어. 재수 없는 교수한테 좀 대들었더니 글케 되었다. 학점이야 다시 따면 되고. 그나저나 그분, 먹고 싶을 때 먹고 자고 싶을 때 잔다는 신생아 오라버니는 아직 안 일어나셨냐? 왜 안보이셔?"

아깐 정우성이라 하고선 이젠 신생아라니. 놀리는 말인 것 같아서 욱할 뻔 했지만 일락은 꾹 삼켰다.

"왜? 뭐? 왜? 뭐 때문에 우리 아빠… 아니, 형님을 찾는 거야?"

"모델이 필요해서 그래. 이번에 신상 내놓을 거거든. 근데 딱 그 오라버니 스타일의 모델이 필요하단 말야. 네가 잘 좀 말해줘."

"우리 형 스타일이 어떤데? 내가 보기엔 그냥 딱 아재인데? 딴 사람 알아 봐."

"애가 무슨 소릴! 그런 비주얼이 어디 구한다고 구해지는 줄 알아? 아, 난 진짜 첨 봤을 때 충격이었네. 저런 비주얼이 있긴 하구나, 하고. 그런 얼굴은 애기 때는 귀엽고 좀 자라서는 예쁘고 젊어서는 잘생겼다가 나이 들어서는 멋져지는 그런 타입이야. 이번에 반응 좋으면 우리 회사 평생 모델로 밀어 볼 생각인데?"

평생 모델이라니. 일락은 태이의 분석과 전망을 들으며 속으로 깊은 한숨을 내쉬었다. 잘생기거나 말거나 그냥 좀 내버려두면 좋겠다, 우리 아빠… 아니 그냥 형.

석진은 일락과 태이의 이야기를 방에서 다 듣고 있었다. 혹시 저 애가 수호천사가 말한 나를 도와줄 사람인가? 아닐 것 같긴 한데 또 모를 일이어서 석진은 아무 것도 못 들은 척 방

문을 열고 나왔다.

"어! 오랜만이야. 태이 학생!"

마루에서 인사를 하는 석진을 보더니 태이의 얼굴이 환해졌다. 방금 일어나서 머리는 까치집에 무릎 나온 추리닝 차림인데도 석진은 여전히 화사했다.

"어머 신생… 아니 신성… 오…오빠? 아니, 윤석진 님?"

조금 전까지만 해도 파이터 같았던 태이가 좋아하는 연예인을 만난 소녀처럼 수줍어했다. 양순심도 그렇고 마태이도 그렇고… 아, 다들 똑같아. 일락이는 속으로 한숨을 푹 쉬었다. 진짜 내 아빠였으면 나도 저 잘 생긴 외모를 상속받을 수 있었을 텐데. 윤석진 씨, 새삼 아쉽네요. 제 아버지가 아닌 것이.

"저기… 하숙생 오라버니. 이번에 우리 아버지 회사에서 신상 출시할 거거든요. 제가 처음으로 디자인에 참여한 거고요. 근데 모델이 필요해요. 제가 아무리 찾아봐도 오빠 같은 분위기를 가진 모델이 없어서요…"

아, 이런 일 싫은데. 석진은 정말이지 얼굴 내세우는 일은 그만 하고 싶었다. 그런데 일락이 친구가 부탁을 하는 데다 무엇보다 아버지 일을 도와주고 싶어 하는 그 마음이 예뻐서 그만 "알았어." 하고 말았다. 태이가 연신 고맙다고 인사를 하고

선 작업실에 가야한다며 나갔다.

"정말 할 거예요?"

일락이가 마뜩찮은 얼굴로 물었다. 일락이도 알고 있다. 석진이 사람들 앞에 나서는 것을 그다지 좋아하지 않는다는 것을.

"이번에 한 번만 하지 뭐."

그나저나 오늘은 평소에 안 오는 사람들이 날을 잡은 모양이었다. 아침엔 태이가 와서 한바탕 떠들고 가더니 오후엔 성현이 왔다.

"어… 신부님 오셨네요."

"하하. 아직 신부되려면 한참 멀었어요. 방학이라 나왔는데 갈 데가 없어서요. 신세 좀 지려고 왔습니다."

방학인데도 집에 못 가는 사정을 알고 있는지라 석진은 반갑게 맞아주었다. 성현의 나이가 스물아홉이니 석진이 죽었을 무렵과 비슷한 나이였다. 그래서인지 왠지 모를 친밀함 같은 게 있었다. 물론 성현은 석진의 사정을 모르겠지만.

석진과 성현은 냉장고에서 맥주 두 캔을 꺼내 방으로 갔다.

"이거 순심이가 가져다 놓은 거예요. 오늘은 이걸로 합시다. 다음엔 제가 근사하게 한 잔 살게요.”

“아, 아닙니다. 순심이가 맨날 여기 와서 치대고 귀찮게 하는 것 같아서 미안하더라고요. 우리 순심이가 관종이라… 저한텐 귀여운 관종이긴 하지만. 하하하.”

잘 아시는군요? 댁의 동생은 거의 이 집에 사는 거나 마찬가집니다. 맨날 와서 우리 아들 성가시게 하고요? 나한텐 얄미운 소리 톡톡하고 그럽니다… 는 그냥 마음의 소리. 석진은 짐짓 사람 좋게 웃으며 말했다.

“뭐, 소꿉친구끼리 그럴 수도 있죠. 덕분에 우리 일락이 외롭지 않은 것 같아서 좋습니다.”

“픕!”

성현이 웃음을 참지 못하고 맥주를 뿜었다.

“하하! 죄송합니다. 방금 말씀하시는 게 꼭 일락이 아버지 같아서요.”

오! 빙고! 역시 신부될 사람은 달라! 뭔가 느껴지는 게 있는 거야. 내게서 아버지의 아우라가!

“아, 근데 왜 나이 들어서 신학교엘 가요? 세상을 구원하려면 회계사 일 계속하는 것도 괜찮잖아요. 회계비리 막 그런 거 파헤치고 경제정의 실현하고…”

"하하하. 뭐 사실 제가 인류 평화라든지 세상을 구원할 능력은 안 되고요. 제가 왜 신학교에 갔냐면 아… 이거 되게 이기적인 건데… 음… 그냥 행복하려고요. 행복하고 싶어서 간 거예요. 지금도 안 행복한 건 아니지만 성당에 있을 때가 제일 좋더라고요, 저는. 내 안에 행복이 넘쳐나면 남한테 나눠줄 수도 있지 않을까… 뭐 그런 맘으로 간 거예요. 이거 우리 교수 신부님 아시면 나 쫓겨날 지도 모르니까 석진 씨, 이거 우리끼리 비밀입니다. 아무튼 내 행복 때문에 어머니랑 아버지, 그리고 여자친구한테 정말 미안하게 됐죠. 저 그래서 벌써 죄인이 잖아요."

"아, 그러니까 셀프 구원하려고 신부가 되시겠다?"

성현이 소리 내어 웃었다. 석진은 어쩐지 그 이기적인 동기가 마음에 들었다. 행복하고 싶어서 신학교엘 갔다니. 석진은 수호천사가 말한 '도와줄 사람'이 바로 성현인 것 같았다. 그래서 용기를 내어 물어본다.

"저, 성현씨. 혹시 죽었던 사람이 살아 돌아오거나 뭐 그런 거에 대해 어떻게 생각하세요?"

"예수님요?"

"아뇨. 예수님 말고 그냥 평범한 사람이요."

"아, 그런 경우 있죠. 저희 선배 신부님께 들은 얘긴데 임종하는 분에게 병자성사를 드렸더니 다시 살아나서 좀 더 사셨다고 해요."

"그렇죠? 죽었다 살아나는 경우가 아주 없는 건 아니죠? 근데 제 경우는 그런 게 아니라 정말 죽었었거든요? 제가? 죽어서 이십 년간 저 위에, 그러니까 하늘나라에 있다가 다시 살아 돌아온 거···"

성현의 표정이 묘하게 식어갔다. 그에게도 역시 이해 못할 말인 건가.

"음··· 어··· 저··· 아, 석진 씨 술이 약하신가 봐요. 안주 없이 먹어서 그런가. 순심이 얘는 소시지라도 좀 가져다놓지."

그래, 그럼 그렇지. 뭘 기대하겠어. 하아··· 학생 말고 진짜 신부를 만나봐야 하나. 석진은 더 할 말이 생각나지 않았다. 잠시 둘 사이에 어색한 침묵이 흘렀다.

"아··· 그, 그래요, 얘기를 좀 더 들어보고 싶네요. 지금 석진 씨가 그러니까, 죽었다 다시 살아난 거란 얘기죠? 그럼 죽은 직후의 얘기부터 해보시죠. 저 많이 궁금합니다···"

역시 성현은 좋은 사람! 석진은 용기를 내어 자기가 이십 년 전에 죽은 사실과 일락이와 함께하기 위해 지상에 다시 왔다는 것을 얘기해주었다. 그런데 일락에게 이런 사정을 어떻게 말해주어야 할지 모르겠다고, 그게 고민이라고 했다. 성현은 아까와는 달리 진지하게 석진의 이야기를 들어주었다.

"그런데 석진 씨가 진짜 죽었다 살아난 사람이라면… 거기에도 분명 하느님의 뜻이…"

성현이 하느님의 뜻을 말하려는데 밖에서 인기척이 들렸다. 일락이가 왔나 싶어 석진은 문을 열고 나가봤다.

"여그 우리 애기 와 있쥬?"

못 보던 사람이었다. 작은 키에 다부진 인상, 흰머리가 성성한 영감님이었다.

"애기요? 유치원 애기들은 벌써 아침에 버스…"

그때였다. 방문이 화다닥 열리고 185센티 80kg의 자이언트 베이비가 용수철처럼 튀어 나왔다.

"아! 아… 아버지!"

응? 아버지? 아버지라고? 아, 그럼 저분이 순심이와 성현의 아버지 양 사장? 성현이가 친아들이 아니라더니 진짜 하나도 안 닮았구나. 석진은 두 사람을 번갈아 보며 수호천사가 했던 말들을 떠올렸다.

"아가, 니는 어째 방학이라고 왔으믄 집엘 올 것이지, 왜 남의 집에 와서 이러구 있냐. 어여 가자. 엄마가 밥 해 놨응게. 밥은 집에서 묵어야재."

영감님은 해 저물고 나서도 골목길에서 놀고 있는 아이를 찾으러 온 것처럼 말했다. 성현의 얼굴은 당황스러움과 뭔지 모를 벅찬 감정으로 뒤섞여 있었다.

"…예, 예. 아버지. 잠시만요. 짐 좀 챙겨 올게요."

신학교 간 후로 부자지간에 한 번도 안 만났다는데 이제 화해하는 것인가 보았다. 석진은 처음 보는 양 사장 앞에서 쭈볏거리며 서 있다가 간신히 안녕하세요, 하고 인사했다.

"얘기 마이 들었소. 일락이 하숙생 총각. 자, 이거 받소."

보니 커다란 봉투에 식료품이며 두루마리 휴지에 세제 같은 것들이 들어있었다.

"순심이도 많이 가져다주는데 매번 이렇게 신세를 져서… 그냥 받기 염치없습니다. 오늘은 꼭 비용을 드리겠습니다. 저, 이게 다 얼만가요."

양 사장이 흘끗 쳐다보니 퉁명스레 말했다.

"돈은 무슨. 총각한테 주는 거 아녀… 일락이 주는 거인디. 걔는 우리 식구나 다름 없재. 내가 일락이 후견인이여. 즈그 엄마 죽고 애기 혼자 남은 거인디 내가 딱 후견인 한 거여. 인자 것두 끝났지만. 글안혀도 갸는 우리 아들이나 다름없어. 아예 입양할까두 생각혔는디 일락이 갸가 그건 싫다드만? 즈그 아부지 올 때까정 기다린디야… 허긴 내 팔자에 아들 없다 했재. 그 당골네 용혀."

아! 순심이 아버지가 후견인이었구나. 이제 알 것 같았다. 단순한 이웃 같지 않았던 이유를. 뭐라 말할 수 없는 고마움에 석진은 양 사장에게 꾸벅 고개를 숙여 인사했다. 마음 같아선 엎드려 절이라도 하고 싶었다. 양 사장이 털썩 마루에 주저앉더니 대문 쪽을 바라보며 넋두리를 하기 시작했다.

"아들이라고 하나 있는 것이 신부 하겠디야. 장가도 못 간다는디… 내가 저한테 한 재산 물려줄라고 이 나이꺼정 일케 열심히 일 하는 거인디. 인자 돈 버는 것도 재미 읎써… 손주 생기면 그거 달랑달랑 데리고 마실 다닐 거 생각하믄 안 먹어도 배불렀는디… 세상에 젤루 이쁜 게 새끼여, 새끼."

"어르신, 어르신 심정 저도 조금 이해가 갑니다. 저도 자식이라고 하나 있는 것이 여태 고등학교도 졸업 못했지 뭡니까. 글쎄 이놈이 아예 대학도 안 가겠대요."

양 사장이 시방 뭔 소리여? 하는 표정으로 석진을 바라봤다.

"그 짝한테 대학 갈 나이에 아들이 있능겨? 총각, 농담을 곧

잘햐?"

"아, 그, 그게 그러니까…"

무슨 말을 해야 하지 막 고민스러운 찰나 마침 성현이 방에서 나왔다.

"얘기 더 듣고 싶은데 이만 갑니다. 오늘 고마웠어요. 아, 그리고 석진 씨, 세상엔 인간의 머리로는 이해 못할 일들이 가끔씩 일어나더라고요. 전 믿어요. 석진 씨 말. 그러니까 그냥 직진해요. 직진! 하고 싶은 말 다 하세요. 일락이도 다 알아들을 걸요?"

석진은 예~ 하고 웃었다. 진짜 일락이가 다 알아들을까. 그 의심 많은 녀석이?

석진은 성현 부자가 나간 대문 쪽을 한참 동안이나 바라보았다. 수호천사가 말한 도움을 줄 사람이 성현은 아닌 것 같았다. 그보다는 성현 부자가 만들어 낸 풍경이 오랫동안 석진을 생각에 잠기게 했다. 부자 사이를 끝장낼 것처럼 쫓아내고 반년 가까운 시간이 지나서야 처음 보면서도 아버지는 아버지고 아들은 아들인가 보았다. 나란히 걸어가는 부자의 뒷모습이 보기 좋았다. 양 사장이 성현을 '애기'라고 한 것도 웃음이 났다. 다 커도 부모 눈에는 애기라더니 그 말이 참 다정하고 애틋해서 언젠가는 석진도 일락이를 그렇게 불러볼 참이다.

달리 할 일도 없고 해서 마루에 우두커니 앉아 일락을 기다렸다. 성현이 직진하라고 했으니 일락에게 사실 그대로 말할까, 고민도 하면서. 해가 저물고 달이 뜨자 일락이 팔다 남은 꽃송이를 들고 들어왔다. 여름엔 꽃이 잘 팔리지 않는다고 했다. 그래서 어떻게든 재고를 줄여보려고 동네 카페에 가서 테이블마다 작은 센터피스를 만들어주고 오는 길이라고 했다.

오늘은 아침부터 많은 일이 있었고 일락도 석진도 좀 피곤해서 일찍 문을 닫기로 했다. '클로즈드(closed)' 팻말을 손잡이에 걸려는데 누군가 가게 문 앞에 서 있는 게 보였다. 꽃을 사러 온 사람인가 싶어 석진은 유리문 너머의 남자를 유심히 쳐다보았다. 남자도 이쪽을 보고 있는 게 느껴졌다. 남자가 천천히 다가오더니 유리문 앞에 섰다. 그 순간 석진은 숨이 멎을 뻔했다.

그였다.

유리문을 사이에 두고 석진과 남자는 오랫동안 서로를 바라보기만 했다.

달의 뒤편

남자는 유리문 밖에서 한참 동안 석진을 보기만 했다. 그러고는 아무 말 없이 돌아서 갔다. 석진도 굳은 듯 그 자리에 서서 남자가 가는 모습을 바라보았다. 남자가 자동차 문을 열려다가 다시 이쪽으로 뛰어 왔다.

"윤석진! 석진이 맞지?"

남자가 가게 문을 열고 들어와 석진의 이름을 불렀다. 남자의 얼굴에 기쁨이 번져갔다. 분명 지금 그의 눈앞에 있는 건 환상이라거나 착시가 아닌 실제 석진이었다. 그것도 이십 년 전 모습 그대로인.

"아, 씨… 서정민. 팍 늙었네."

"말하는 거 보니 석진이 맞네. 그럼. 늙었지. 내 나이 오십이 넘었는데."

"근데 형… 나를 어떻게 알아보는 거지?"

그때 수호천사는 세상 사람들이 석진에 대해 갖고 있는 모든 기억을 없애버렸다고 했다. 석진을 보호하고 세상의 혼란을 방지하기 위해서라고. 그런데 지금 정민은 석진을 알아보고 있었다.

"… 매일 생각했으니까. 윤석진을… 김환을… 오늘 같은 날을…"

정민은 석진을 만져보고 싶어서 떨리는 발걸음으로 석진에게 다가갔다. 하지만 석진은 한걸음 뒤로 물러섰다.

"매일 생각했다고? 뭘? 나를? 나를 그렇게 죽게 하고…"

석진은 다시금 그날의 고통스러운 기억에 직면했다. 혜진을 만나고 오던 날 밤의 달빛, 석진을 덮친 대형 차량의 전조등, 피투성이 석진을 차에 태우고 오열하던 정민… 기억의 조각들이 어지러이 석진의 눈앞에 나타났다 사라지기를 반복했다.

"석진아, 우리 얘기 좀 해. 아… 그런데 무슨 얘기부터 하지. 널 이렇게 다시 보다니. 꿈인가. 꿈 아니라고 해줘."

"꿈 아니니까 아무 말이나 해. 변명해 봐. 그럴싸하게. 날 왜 죽였는지. 이미 죽은 거는 죽은 거고 그래도 이유는 알아야겠어."

석진이 빈정거리듯 말했다. 정민의 눈동자가 흔들리고 있었다.

"내가 널 죽였다고? 내가 왜 널…? 난 아니야. 절대 아니야. 널 발견했을 때 이미 넌 회복할 수 없을 정도로 망가져 있었어. 널 보는 순간 정말이지 내가 죽고 싶었어. 난 사람들이 네가 그렇게 되었다는 걸 알게 될까 봐 무서웠어. 네가 더 이상 노래할 수 없는 것도 끔찍했어. 그래서 차라리 죽기를 바랐던 건 맞아… 내 곁에서 아무도 모르게…"

정민이 떨리는 목소리로 그날의 기억을 토해내고 있었다. 그 누구에게도 단 한 번도 말하지 못했던 이야기들이었다. 그랬었다. 사고가 난 석진을 발견했을 때 즉시 응급차를 불렀어야 했는데 정민은 그렇게 하지 않았다. 그대로 차에 태우고 병원에 갔어야 했는데 그것도 하지 않았다. 병원에 간다 해도 산다는 보장이 없고 산다 해도 전과 같을 수 없을 것이란 판단이 든 그 순간 정민은 완전한 소유를 생각했다. 아무에게도 석진을 주지 않는 것. 이대로 그의 최후를 함께하는 것. 지금의 너는 내가 만든 거니까 나랑 함께 죽어…

"뭐야. 니가 죽인 게 아니야? 아, 씨… 반말하려니까 이상하네. 그러니까… 형이 죽인 게 아니라는 거지."

"그래, 아니야. 그 사고는 내가 낸 게 아니야. 내가 널 어떻게 죽여."

아, 뭐지. 죽고 나서 제일 먼저 본 장면이 서정민이 날 안고 우는 거였는데. 그리고 연옥에 있을 때 내내 귓가에 와 부딪친 그 목소리, 울면서 용서해달라고 하던 그 목소리는 누구지? 정민이 아니었나? 기억이 왜곡되었나. 석진은 혼란스러웠다.

"아, 몰라. 에이씨, 기억이 뒤죽박죽이야. 이제 와서 아무 의미 없는 말이긴 한데 그래도 해야겠어. 형한테 나는 그냥 도구 아니었어? 형의 음악을 담는 그릇 같은 거. 그릇이 깨져버리니까 쓸모가 없어진 거고… 그냥 버리기 미안하니까 잠깐 곁에 두었다가… 그렇게 죽기를 기다렸던 것 아니야? 죽으면 깔끔하니까. 어? 죽어서도 그게 너무 화가 났어. 아이씨, 이게 다 무슨 소용이야. 나 이미 죽었는데!"

"그때는… 그래, 그때는 차라리 니가 죽길 바랐던 거 맞아. 사고 당시에 넌 내가 알던 석진이 아니었으니까. 너도 죽고 나도 죽을 생각이었어."

그때 정민은 죽어가는 석진을 안은 채 차의 사이드 브레이크를 풀려고 했다. 그대로 내리막길로 미끄러져버리도록. 그러나 이상하게도 브레이크는 꿈쩍도 하지 않았다. 마치 누가 브레이크를 꽉 잡고 있는 것 같았다.

"잘난 집안의 잘난 도련님, 서정민. 넌 정말 나쁜새끼야. 신물 나는 의사 노릇 아니어도 성공할 수 있다는 걸 보여주고 싶어 했잖아. 나를 이용해서. 나를 잘 포장해서 세상에 내놓고 너네 집안사람들을 조롱하고 싶었던 거 아니야? 내가 너네 집 사람들한테 무슨 일 겪었는지 모르지?"

석진의 목소리가 점점 거칠어지고 갈라지고 있었다. 정민이 보여주었던 세상은 석진이 살던 세상과는 완전히 다른 것이었다. 한 번도 본 적 없는 고급 차, 취미로 하는 음악을 위해 마련한 화려한 작업실, 그의 말 한마디면 언제나 척척 예약이 되는 석진 아버지의 병실…

처음엔 석진도 정민의 배경이 싫지 않았다. 새롭고 화려한 세상도 그 나름 재미있었고 무엇보다 음악을 마음껏 할 수 있어 좋았다. 그러나 정민과 계속해서 함께할 수만도 없었다. 대기업에 거대한 병원 체인을 가진 정민의 집안에서 후계자로 낙점한 정민이 음악에 빠져 병원 일을 그만두려했기 때문이었다. 정민과 정민 집안의 갈등이 심각했던 것을 석진도 알고 있었다. 어느 순간 석진을 찾아오는 낯선 사람들, 석진의 주변에서 벌어지는 우연을 가장한 사건 사고들. 그런 것들을 겪으면서 무언가 이상하다고 느끼던 무렵 석진은 정민의 할아버지를 만나게 되었다. 형형한 눈빛과 인자한 미소를 지닌 노신사는 말로써 석진을 푹푹 찔러댔다.

"자네, 외양이 몹시 훌륭하군. 어째서 우리 아이들이 자네에게 빠져들었는지 납득이 가는군 그래. 미남을 보는 건 기분 좋은 일이지. 허나, 지연이야 그렇다 쳐도 정민이를 넘봐선 안 되지."

정민이를 넘봐선 안 되지… 그 말을 들었을 때 석진은 귀밑까지 달아오르는 모욕감을 느꼈다. 귀한 집 도련님을 꾀어낸 쓰레기가 된 기분이었다. 아닙니다, 아니에요. 고매하신 회장님. 당신의 그 잘난 손자가 제게 먼저 접근한 겁니다. 넘봐선 안 될 대단한 서정민이 저를 부추겨 음악을 시작한 거라고요. 이런 말이 목구멍 언저리까지 올라왔다. 하지만 아무 말도 할 수 없었다. 노인의 말이 계속되었다.

"석진 군. 각자에게 모두 저마다의 할 일이 주어져 있다네. 예술을 하는 사람은 예술을, 의업에 종사하는 사람은 의업을 해야 하는 것이지. 정민이 애비는 본디 의업을 하도록 정해진 사람이었는데 다른 일에 빠졌다가 일생을 망쳐 버렸지. 난 정민이가 제 애비의 전철을 밟지 않길 바라네. 석진 군. 나는 또 이렇게 생각하네. 예술이란, 아, 그러니까 자네가 하는 음악도 일종의 예술이라는 가정하에 하는 말일세. 예술은 어떤 사람에겐 그저 취향 따라 누리는 것이고 후원하는 것이지 굳이 직접 생산자가 될 필요는 없는 것이라네. 말하자면 우리 정민이 같은 경우가 그러하지."

노신사는 인자하고 어진 음성으로 석진을 타일렀다.

"자네가 정민이를 붙잡고 있는 겐가. 그렇다면 정민이를 놓아주게. 그 아이는 가문 대대로의 의업을 이어야 한다네. 그 아이 대에서 이루어야 할 것이 있지. 나는 그 아이를 위해 모든 것을 준비해 두었어. 정민이는 그저 내가 마련한 자리에 앉기만 하면 된다네. 거듭 말하지만, 각자의 생에 충실한 것이 인생을 바르게 사는 것임을 잊지 말게."

아아, 제발. 그런 게 아닙니다. 저를 어디에도 가지 못하게 하는 건 어르신이 그토록 아끼는 손자란 말입니다, 라고 내지르고 싶었는데 한마디도 나오질 않았다. 말들이 목 안에서 그냥 엉겨 붙고 만 것 같았다. 한마디도 반박할 수 없었다. 산전수전 다 겪고 세상을 손안에 주물러 본 팔순 노인 앞에 스물 몇 살 풋내기는 아무 것도 아니었다. 그의 말은 틀린 것이 없었다. 분명 정민과 석진은 결이 다른 인생을 살아왔고 앞으로도 그럴 것이었다. 정민이 아무리 음악을 사랑한다 해도 굳이 생산자가 될 필요도 없었다. 그에게는 너무나 잘 닦여진 미래가 있었고 그런 미래를 포기할 만큼 석진과 함께하는 음악이 대단한 것도 아니었다. 따지고 보면 석진이 정민 인생에 걸림돌인 것도 맞았다. 그 무렵 정민의 생활이란 석진을 중심으로 돌아가고 있었다.

정민의 할아버지를 만난 후 석진은 결심했다. 이제 그만 하기로. 음악도 정민도 다. 함께할수록 제 자신이 초라해지고 남루해지는 것 같았다. 정민을 만나기 이전으로 돌아가는 것이다. 얼마든지 그럴 수 있을 거라 생각했다. 정민처럼 화려한 인생을 꿈꾼 적도 없었고 음악은 그저 한때의 추억이나 취미로 남겨 두면 족할 것이었다. 그렇게 정민을 떠나려 했었다.

"난 그때… 내가 떠나려고 해서 형이 날 죽인 걸지도 모른다고 생각했어. 나 데뷔 앞두고 음악 그만 두겠다고 할 때 형이 그랬었잖아. 죽여 버리겠다고. 농담인 듯 진담 같았던 그 말."

"그 말을 진짜로 믿었어? 내가 왜 널 죽여. 난 너 때문에 사는 게 재미있었는데. 너 만나기 전에 난 죽으려고 약도 모으고 그랬었는데. 그 사고는… 우연이었을 거야. 그때 널 살렸어야 하는 건데… 얼굴이 망가졌든 몸이 부서졌든 널 돌보며 살

걸… 후회했어. 미안해. 정말. 이런 말로 안 된다는 거 알아."

그렇게 말하면서도 정민은 그 사고에 대한 수사가 석연치 않게 종료된 것이 마음에 걸렸다. 짐작 가는 것이 없진 않지만 설마 그랬을까 싶다.

일락은 가게 뒷문에 붙어서 의도치 않게 두 사람의 대화를 듣게 되었다. 문 닫으러 간 사람이 시간이 한참 지나도 오질 않아 나가봤더니 뭔가 심상치 않은 대화가 오가고 있었다. 처음엔 손님과 싸우는가 싶어서 수습해야겠다 싶었는데 상황은 그런 게 아니었다. 김환이라는 이름이 얼핏 들린 것 같았고 뒤이어 석진이 "나를 그렇게 죽게 하고…"란 말을 했을 때 아, 이건 뭐지 싶었다. 그 후에 이어지는 대화도 전율 그 자체였다. 여름밤에 일락은 한기를 느꼈다. 누구와 함께 있는지 모르겠지만 그가 석진을 데리고 가버릴까 봐 무서웠다. 일락은 자꾸 힘이 빠지려는 다리를 끌고 간신히 가게 안으로 들어갔다.

"아…빠."

왜 그렇게 불렀을까. 석진과 정민의 시선이 동시에 일락을 향했다. 정민의 시선과 마주치는 순간, 일락은 다리에 힘이 풀려 그대로 쓰러졌다.

"많이 놀란 것뿐이야. 자고 나면 괜찮아질 거야."

방으로 옮겨진 일락을 정민이 응급처치 했다. 석진은 정민이 의사라는 사실이 새삼스러웠다. 그렇게나 싫어하던 의사가 되고 만 것이었다. 대체 무슨 일이 있었을까. 정민이 의사시험까지 합격해놓고 병원 일을 하지 않겠다고 폭탄선언 했던 것이 떠올랐다.

석진과 정민은 잠든 일락을 한동안 말없이 바라보기만 했다.

"애가 예쁘게 생겼네."

"그럼 누구 아들인데."

"너하고 그닥 닮진 않았는데?"

"아! 쫌!"

석진이 발끈하며 일락 곁에 바짝 다가앉았다. 흡사 새끼를 뺏기지 않으려는 어미 개처럼. 사실 석진은 아까부터 정민이 일락을 보는 시선이 신경 쓰였다. 하얗고 선이 가는 얼굴이 어째 일락이가 자기보다 정민을 더 닮은 것 같았다. 안 돼! 내 아들이야!

"귀여워. 내 아들. 엄청 예뻐. 보고 있으면 좋아. 벌 받으러 세상에 다시 온 거였는데 벌이 아니라 별이야. 매일매일 반짝

거려. 얘랑 오래 살았으면 좋겠는데⋯ 그렇게 안 되겠지. 나 얼마 남지 않은 것 같거든."

석진이 일락의 이마에 난 땀을 닦아주며 말했다. 서툴지만 애틋함이 뚝뚝 묻어나는 말투에 정민은 옅은 웃음을 지었다. 조금 쓸쓸하기도 했다.

"아, 천하의 윤석진이 애 아버지라니. 믿어지지 않는다, 정말."

"형도 이 아이 엄마 알지⋯"

"알아."

"그 여자한테⋯ 아무 마음⋯ 없었어?"

못났다. 윤석진. 대체 무슨 생각을 하고 있는 거야. 저도 모르게 마음 한 구석에 품고 있던 의심이었나. 아니면 질투였나. 혜진은 여자에게 별 관심이 없던 정민이 유일하게 반응을 보인 여자였다. 석진은 좀 전에 한 말을 후회했다.

"넌 그때나 지금이나 여전히 못돼먹었어. 사람 마음 갖고 노는 거. 니가 지금 무슨 마음으로 그런 말하는지 알 것도 같은데 날 몰라서 그런 말을 해? 넌 죽어도 싸."

정민이 또 웃으며 말했다. 석진도 따라 웃었다. 정민이 웃어주어서 다행이었다.

"나 없이 이만큼 컸어. 고맙게도."

석진은 일락 옆에 웅크리고 누워 일락을 당겨 안았다.

"그때 내가 죽지 않았다면… 이 아이 인생도 바뀌었겠지… 그 사고가 우연이든 아니든 난 이미 죽었고 이 아이는 이렇게 고생스럽게 살고 있어. 근데 가끔 궁금하긴 해. 나 그때 왜 죽었을까. 내가 그렇게 죽어야할 이유가 있었나, 나 무엇 때문에 벌 받은 걸까…"

"본래 잘 생긴 나무부터 잘려 나가고 제일 예쁜 꽃부터 꺾이니까. 천재와 미인은 빨리 죽는다잖아. 신도 사랑하는 거겠지. 그런 인간을. 자기가 만들어놓고 자기가 반하는 거, 나 그 심정 이해하거든."

"그럼 형도 빨리 죽겠네. 넌 천재니까."

석진의 말투가 한결 누그러진 게 느껴졌다. 정민은 석진의 옆얼굴을 바라보았다. 젊은 날 그 모습 그대로인 석진을 보며 정민은 다시금 이 믿을 수 없는 기적에 감사한다. 마치 영원히 닿을 수 없을 것 같았던 달의 뒤편을 보고 있는 느낌이었다. 아름답고 황홀한, 그래서 슬픈.

"그래. 이제 널 이렇게 다시 봤으니 곧 죽어도 여한이 없다, 라고 하자. 오늘은 아침부터 마음이 좀 이상했어. 이 가게 안 온 지 꽤 되었는데 오늘따라 왠지 오고 싶더라고. 그랬는데 이런 기적이 기다리고 있을 줄은."

"근데 형, 진짜 강심장이구나. 죽은 사람 앞에 놓고 놀라질 않네. 그냥 어제 만난 사람처럼. 나 안 무서워?"

"뭐가 무서워. 너 석진이잖아. 유령이든 귀신이든 간에 윤석진이면 된 거 아냐? 뭐래도 상관없으니 이렇게라도 있기만 해."

"하… 이상한 인간. 아무튼 평범치 않은 건 틀림없어."

정민은 소리 내 웃으며 석진의 눈을 바라보았다. 저 검고 아름다운 눈동자가 죽은 자의 것이라는 게 믿어지지 않았다.

"나는 기적을 믿어. 그리고 매일 상상했지. 네가 다시 돌아오는 기적을. 난 사람이 상상하는 건 뭐든 일어날 수 있다고 생각하거든. 지금 이 상황이 현실이 아닐 수도 있어. 내 상상이 만들어 낸 초현실. 그럼 난 그 초현실을 사는 거지. 굳이 현실이어야 할 필요가 없어."

이해될 듯 말 듯한 이야기였다. 하지만 달리 이 상황을 설명할 방법도 없다. 정민의 말대로 그저 초현실. 우리는 어쩌면 현실도 비현실도 아닌 또 다른 세계에서 만난 것이 아닐까.

"이제 가. 애 깨기 전에."

"이 문을 열고 나가면 이 초현실 세계가 무너지는 건 아니겠지. 눈 뜨고 꾸는 꿈이라 눈 감으면 사라지는 건가."

"꿈 아니야."

"어머니… 내가 모시고 있어. 우리 병원에. 한번 와."

어머니! 석진은 그 소리가 아득하게 들렸다. 아, 그렇지. 내게도 어머니가 있었지. 당연히 세상을 떠났을 거라 생각해서 정민의 병원에 있다는 소리가 남의 이야기 같았다. 사실 살아 있을 때도 남 같던 사람이었다. 사람들 앞에서 엄마라고 부르지도 못하게 했고 매번 밖으로만 돌면서 석진에게 소홀했었다. 동네 사람들이 곱사등이 책방 주인에게 과하다며 수군거리곤 했던 예쁜 엄마는 집에 있는 날보다 없는 날이 더 많아서 석진이 죽은 날에도 소식을 알 수 없었다. 석진은 정민이 건네준 명함을 꾸깃 우그려 주머니에 집어넣었다. 엄마, 엄마야 말로 초현실 세계의 존재 같았다.

유령의 아들

"뭐어?!!!"

일제히 쏟아지는 탄성과 경악!

"그러니 너네들도 그런 줄 알아. 다른 사람들한테는 얘기하지 말아줘. 우리끼리만 아는 비밀! 누나도 알겠죠?"

일락은 그간에 있었던 석진과의 일을 이야기해주었다. 자세히는 말고 석진이 진짜 일락의 아버지라는 사실과 이십 년간 어디 머나먼 곳에 있다가 왔는데 그곳이 참 신기하게도 노화가 전혀 진행되지 않았다는 것만 말했다.

"그걸 지금 우리보고 믿으란 거냐?"

"혹시 둘리? 북극 빙하 속에 매장되었다가 얼음 녹으면서 살아난 거 아냐?"

희재와 태이가 도저히 못 믿겠다는 투로 말했다.

"난 믿어. 형님 처음 볼 때부터 이 세상 사람이 아니셨지.

저 세상에서 오신 게 분명해."

이건 태오. 얘가 뭘 알고 그러나 싶어 일락은 뜨끔했다. 하지만 태오는 석진이 외계인이든 도깨비든 그 무엇이라 해도 믿고 좋아할 거였다. 좋아하는 대상을 아무런 의심 없이 있는 그대로 받아들이는 것. 그걸 못했던 일락은 태오가 내심 부러웠다.

"아, 진짜 내 인생에 석진 형님처럼 멋진 남자를 또 볼 수 있을까. 참, 형님 낼 모레 공연인데 우리 다 같이 가지 않을래? 막공이야, 막공. 이번에 안 보면 이제 못 봐."

일락이 자못 진지한 표정으로 태오에게 말했다.

"태오, 너 자꾸 우리 아빠한테 형님이라고 해선 안 돼. 우리 아빠가 니 형님이면 넌 내 삼촌이다."

"그럼 뭐라 불러? 오빠라고 부를까? 잘 생기면 다 오빠라며."

"죽을래? 친구 아버지니까 그냥 아버지? 아, 아니다. 그건 어쩐지 좀 싫다. 음… 일락이 아버님? 어르신?"

"뭐야? 어색하게… 내가 우리 아빠한테도 아버님이라고 안 하는데…"

"그럼 아저씨…"

"아저씨…? 아저씨라니. 형님한테 너무 어울리지 않는 호칭인데… 넌 뭐라 할 건데?"

"그야 당연히 아빠지. 아빠니까."

"이거, 참! 뭐라 해야 하지. 일락아, 봐봐. 니가 형님을 아빠라고 부르는 순간, 형님이나 너나 미친놈 취급받게 된다. 도대체 형님 얼굴이 어떻게 해서 스무 살짜리 애 아빠냐?"

"흠… 그건 그래. 그럼 뭐라 부르지? 아버지를 아버지라 할 수 없고…"

일락이 심각한 얼굴로 호칭문제를 고민하자 태오도 고충을 털어놓았다.

"형을 형이라 할 수 없으니…"

그러고 둘은 "길동아~!" 하며 서로를 부둥켜안았다. 순심이는 그걸 보면서 또다시 한심해했고.

일단은 그렇게 했다. 일락은 모두에게 석진이 아버지라고 공표함으로써 석진을 아버지로 받아들였다. 그건 나름의 의식이었고 절차였다. 여전히 그가 아버지라는 증거도 없고 김환이 누군지도 분명치 않지만 이제 일락은 석진을 진심으로 아버지로 여긴다. 그날 밤 잠든 척 누워서 석진과 정민이 하는 이야기를 다 들었던 것이다. 두 사람의 대화가 내내 머릿속을 떠나지 않았다. 도무지 믿기 어려운 이야기들이었지만 그 이야기들이 진실이건 아니건 중요하지 않았다. 일락은 자기를 아들로 여기고 사랑하는 석진의 마음이 너무나 절실하게 와닿아서 이제는 도저히 그의 아들이 아닐 수가 없었다. 유령의 아들이어도 좋았다. 일락은 얼마 남지 않은 석진과의 시간을 어떻게 보낼 것인가 생각했다. 내가 아들이어서 행복한 그런 시간들로 채워주고 싶다.

그날 이후 일락은 석진을 껌딱지처럼 붙어 다녔다. 석진이 산 사람이 아닌 걸 안 이상 이제 그에게 무슨 일이 일어날지, 언제 떠날지 몰라 불안해서였다. 석진이 죽은 사람인 걸 알고 나니 그간 석진이 한 말이 다 사실이었다는 것도 알게 되었다. 그를 둘러싼 이상한 일들도 다 이해되었다. 죽었던 사람이 살아 돌아온 것은 믿기지 않는 일이었지만 엄연한 현실이었다. 그 죽은 사람과 지금 몇 달째 살고 있으니까. 아무튼 저러다 날 두고 휙 하늘나라로 가버리면 어떡하지? 날개옷이라도 감춰야 하나. 날개옷 같은 건 없으니까 그냥 하루 종일 붙어 있는 수밖에 없다.

"너 장사 안 해? 돈 안 벌어도 돼?"

이전과는 달리 졸졸 쫓아다니니까 귀엽고 좋긴 한데 아이가 불안해하니 석진도 걱정이 되었다. 이러다 정말 자기가 떠나고 나면 그 충격을 어찌 감당할는지.

"아빠 어디 안 가. 그러니 걱정하지 마."

이렇게 말하면서도 오래 못 갈 거짓말이란 걸 석진도 알았다. 남은 날이 얼마나 될까. 석진은 기약도 없는 그날이 당장이라도 닥칠까 봐 심장이 졸아드는 것 같았다. 그럴 때면 마음을 굳게 먹었다. 아이와 더 많은 시간을 함께해야겠다, 더 많은 추억을 만들어야겠다 싶어 1분 1초가 아까웠다.

"야구 보러 가자."

석진은 옆에서 해바라기 꽃대를 정리하고 있는 일락의 손을 잡아끌었다. 일락도 두 말 않고 따라나섰다. 석진은 또 한 번 다짐해본다. 그래, 다른 아빠들보다 두 배로, 열 배로 아니 백 배로 더 사랑해줘야지, 우리 일락이, 나중에 나이 들어서도 아빠하고 보낸 시간이 행복한 기억으로 남을 수 있도록… 갑자기 가슴이 두근거렸다. 주먹도 불끈 쥐었다. 지금 누가 자길 데려가려고 하면 멱살 잡고 싸우기라도 할 것처럼.

야구장으로 가는 지하철 안에서 석진과 일락은 나란히 앉아서 야구 이야기를 했다.

"아니, 오비 베어스가 없어졌다고?"

"없어진 게 아니라 두산 베어스가 된 거예요. 내 최애팀. 해
태 타이거즈는 기아 타이거즈로 바뀌었고요. 아빤 어디가 제
일 좋아요?"

"나도 곰돌이. 야, 역시 부전자전! 근데 삼성하고 롯데는 어
떻게 되었어?"

"거긴 그대로 삼성 라이온즈, 롯데 자이언츠!"

일락이 얘길 들어보니 이십 년 사이 야구단도 많이 바뀌
고 아는 선수들도 다들 은퇴해서 경기를 봐도 제대로 알까 싶
었다.

"아빠 야구 잘해요?"

"아빠가 그때 말했었지? 못하는 게 별로 없다고. 야구? 잘
하지. 이따 저녁에 캐치볼이나 할까?"

"좋아요! 농구는요?"

"농구? 단과대 마이클조던이었다. 이 아빠가! 배구, 축구,
탁구, 족구, 테니스… 그런 것들 다아~ 잘했지. 스포츠 만능!
심지어 공깃돌도 잘 했어."

문득 주변의 시선이 느껴졌다. 멀쩡하게 생긴 젊은 남자 둘
이서 아빠, 어쩌구 하고 얘길 하니 이상하게 여기는 것 같았
다. 그럴 만도 하지만 뭐, 그러거나 말거나!

지하철 안이 조금 후텁지근하다 싶더니 안내 방송이 나왔다.

"한 객실에서 덥다는 민원과 춥다는 민원이 동시에 제기되어 객실 안 온도를 올렸다 내렸다 하겠습니다."

하하하! 지하철 안 사람들이 동시에 웃음을 터뜨렸다. 기관사의 고뇌가 느껴지는 방송이었다. 진짜 지하철 안 온도는 오르락내리락했는데 그 와중에 석진은 아무런 추위도 더위도 느끼지 않는 것 같았다. 일락은 새삼 석진이 이 세상 사람이 아님을 느낀다. 그래도 좋아! 우리 아빠 추위, 더위 안 타는 최강 슈퍼맨! 어디에서 왔든 무엇을 했든 아빠는 아빠. 이렇게 와주어서, 나랑 같이 야구장에 가주어서 고마워요, 아빠!

이십 년 만에 다시 온 야구장은 인파로 북적였다. 대체 이게 얼마만이야. 석진은 기분이 좋아져서 숨을 깊이 들이마셨다. 파울볼이라도 날아오면 더 신날 것 같았다. 아들과 처음으로 야구 직관한 기념이 될 텐데. 때마침 베어스가 홈런을 쳐서 석진은 그걸 잡으려고 벌떡 일어났다. 손을 뻗어 잡으려던 찰나 몇 줄 앞에 앉은 사람이 먼저 잡았다. 주위 사람들이 환호성을 질렀는데 그 사람 근처에 있던 사내아이 하나가 "내가 잡으려고 했는데…" 하고선 울음을 터뜨렸다. 그러자 공을 잡은 사람이 머쓱한지 아이에게 공을 내밀었다. 아이가 이내 눈물을 닦고 공을 받아들고선 "아저씨, 고맙습니다." 하니까 옆에 있던 아이의 아빠가 "아저씨 아니야. 형아, 라고 해야지. 형아, 고맙습니다, 해." 했다. 그 광경을 보던 일락이가 갑자기 푸하하! 하고 웃었다.

"아… 희재 누나 어째. 또 이런 일이… 아하하하하하하! 아빠, 저 사람 희재 누나예요."

어쩐지 뒷모습이 낯이 익다했더니 희재였구나. 180센티의 그녀. 팔도 길어서 앉은 자리에서 마치 공을 끌어당기듯 잡는 솜씨라니. 전직 배구선수 능력 어디 안 가는구나 싶어 석진도 소리 내어 웃었다.

일락이가 "누나~" 하고 부르려는 걸 석진이 말렸다.

"야, 그럼 더 민망해져. 그냥 이따 나갈 때 만나서 같이 가자."

야구장에서 뜻밖에 석진과 일락을 만난 희재가 민망한 웃음을 지었다.

"내가 공 잡는 거 뒤에서 다 봤겠네."

"그것뿐이겠어? 어린이에게 선행을 베푸는 것도 봤지. 크크크."

"그 공 너 주려고 했는데 그렇게 됐다야."

"받은 셈 칠게요. 근데 누나, 진짜 머리를 기르든지 뭔 수를 써야겠어요. 형아가 뭐야, 형아가. 나도 이제 형아라고 한다?"

희재가 한숨을 푹 쉬었다.

"안 해봤겠냐. 머리 길러서 묶고 다녔더니 그냥 머리 긴 남자로 보고, 치마 입으니까 변태 취급하더라."

일락과 석진이 동시에 크게 웃었다.

"근데 하숙생님 웬일로 야구장엘 다? 어, 그러고 보니 일락이도 야구장 퍽 오랜만이다? 내가 보여준다 할 땐 꿈쩍도 안 하더니 하숙생님이 가자니까 온 거야? 가게는 어떡하고?"

"저도 묻어뒀던 취미생활 좀 하려고요. 돈은 천천히 벌죠, 뭐. 마침 아빠가 야구 보러 가자 해서…"

아빠? 희재는 아직도 이 두 사람이 부자지간이라는 것이 적응이 되지 않았다. 대체 어딜 봐서! 그러다가 약간 민망한 기분도 들었다. 은근 석진이 좀 마음에 있었는데 일락이 아버지라니까 괜히 어렵게 느껴졌다. 전에도 쉬운 건 아니었지만.

아무튼 석진이 일락이 아빠란 걸 알고 나서 보니 일락의 행동이 참 가관이었다. 하숙생 허리를 껴안고 치대며 어리광부리는 게 영락없는 일곱 살짜리가 아빠에게 하는 행동들이었다. 하숙생은 그걸 또 다 받아주었다. 다 큰 애가 길거리에서 저러면 난처할 것 같은데 오히려 좋아하고 있었다. 머리를 쓰다듬어 주면서 예뻐서 어쩔 줄 몰라 하는 표정이었다.

"왜 부끄러움은 내 몫?"이라고 말하면서도 일락이 살아온 걸 다 봐온 터라 희재도 속으론 흐뭇했다. 저 하숙생이 진짜 아빠든 아니든 일락이가 저렇게 누굴 좋아하는 걸 본 게 처음이었다. 그런데 아까부터 좀 이상했다. 희재 눈에 석진이 보였다 안 보였다 했다. 어흑, 벌써 노안이 왔나.

누굴까, 그 여인

오늘은 석진의 마지막 공연이 있는 날.

일락도 희재와 태오, 태이와 함께 석진의 공연을 보러 왔다. 순심은 수업 마치고 좀 늦게 왔는데 못 보던 사람과 함께였다. 일락은 그 사람이 누군지 단번에 알 것 같았다. 아, 저 사람이 바로 순심이가 말한 다이아몬드수저라는 그 교수님? 순심이한테 소개팅 시켜준? 아무튼 그닥 반갑지는 않다.

공연 중반 쯤 석진의 등장 장면에서 일행은 모두 숨을 죽였다. 일락은 눈도 깜빡이지 않고 석진의 표정과 동작을 하나하나 지켜보았다. 숨소리조차 놓치지 않으려고 몸을 무대 쪽으로 바짝 기울여 석진의 노래를 들었다. 이십 년 동안 기다려온 아빠, 우리 아빠는 저렇게 멋진 사람이야! 마치 이십 년 전 석진의 공연을 보는 심정도 들었다.

지연은 석진이 등장하는 장면에서 눈을 감았다. 눈을 뜰 수가 없었다. 이 작품은 당초 계획보다 연장되었는데 다 지연 때문이었다. 그때 정례 보고서를 유심히 봤던 지연은 문화재단 이사장인 엄마에게 공연 연장을 부탁했었다. 꼭 한 번은 석진을 닮은 배우를 보고 싶어서였다. 그런데 얼마 전 정민에게서 믿을 수 없는 이야기를 들었다. 석진이 살아서 돌아왔다는. 그 얘길 듣고 멀리서나마 석진을 보려고 얼마나 많이 망설였는지 모른다. 하지만 용기가 없었다. 이루어질 수 없는 일이 이루어졌을 때 어떻게 해야 할지 지연은 알지 못했다.

침착해야 해. 이건 현실이야. 너 다 알고 왔잖아. 저 배우가 석진이라는 거 이미 알잖아. 그러니 눈 뜨고 똑바로 봐. 석진이야, 윤석진. 지연은 감았던 눈을 떴다. 눈앞에 석진이 노래하고 있었다. 눈물이 주르륵 흘러내렸다. 아, 울면 안 돼. 화장 지워진단 말이야. 이따 석진이 만나야 하는데.

공연이 끝나고 출연배우들이 모두 나와 인사를 했다. 특별히 마지막 공연이라 보통 때의 커튼콜과는 달리 다들 소감 한마디씩 했는데 웬일로 석진도 남아 순서를 기다리고 있었다. 매번 그냥 가버리던 사람이 오늘은 무슨 말을 할까! 관객들은 석진이 커튼콜 무대에 나온 것에 대해 잔뜩 기대하는 눈치였다. 드디어 석진의 순서!

"이렇게 뜻밖의 공연을 하게 되어 기쁩니다. 이 기쁨을 사랑하는 아들 우리 일락이와 함께하고 싶습니다."

순간 극장 안 곳곳에서 탄식이 터져 나왔다.

오! 아! 꺅! 어머! 우와! 뭐라고? 아들이 있대! 유부남이었어?

일락 일행도 당황했다. 석진이 그렇게 터뜨릴 줄 몰랐던 것이다. 지연은 놀라지 않았다. 미리 순심이가 얘기했었다. 내 친구의 아빠예요, 라고. 그 얘기를 들었던 날 밤새 앓았던 지연은 석진만큼이나 석진의 아들도 보고 싶었다.

사람들이 빠져나간 공연장 로비.

"나… 알아보겠어? 많이 변했지. 너는… 이십 년 전 그대로인데…"

"아니… 너 하나도 안 변했어. 나 너 이렇게 잘 알아보잖아. 잘 지냈어? 김지연?"

잘 지냈어? 김지연? 이십 년 전 저렇게 말하던 목소리가 귓가에 선명했다. 갑자기 이십 년 전으로 돌아간 듯했다. 더 이상 말을 잇지 못한 채 지연은 석진의 얼굴만 바라보고 서 있었다. 지나가는 사람 몇몇이 "엄만가?", "엄마 치곤 젊네.", "하나도 안 닮았는데?" 이런 말들을 하며 석진과 지연 곁을 지나갔다.

일락은 조금 떨어진 곳에서 두 사람의 재회를 지켜보고 있었다. 이럴 줄 알았어, 저 아줌마 본 순간 어쩐지 기분이 싸~하더라니. 또 뭐야. 우리 아빠랑 무슨 사이였던 거야. 왜 애 아빠 앞에서 저렇게 애절한 표정인 거냐고! 일락은 심술이 났다.

"야, 저 아줌마 왜 데리고 왔냐?"

일락은 괜히 순심에게 툴툴댔다.

"맺힌 한은 풀어줘야 할 것 같아서."

"저 아줌마가 무슨 한이 있다고? 내 한만 해?"

"니 한도 한이고 우리 교수님 한도 한이지. 내가 어찌어찌 상황을 알게 된 이상 그냥 넘어갈 수야 없잖냐. 한 번은 만나게 해드려야지."

아, 기분 나빠! 그러니까 순심이 얘기에 따르면 저 아줌마는 애인이 세상을 떠난 후에도 다른 사람과 결혼하지 않고 여전히 혼자 사는데 그 옛 애인이 우리 아빠란 얘기잖아? 일락은 이 상황이 탐탁지 않았다. 일락은 더 참지 못하고 석진에게 달려갔다.

"아빠, 집에 가요."

"어, 그래. 잠시만. 아빠 친구랑 얘기 좀 하고."

지연이 애틋한 눈빛으로 일락을 바라보았다. 엄마가 누굴까. 누군데 석진의 아이를 가졌을까. 지연은 그 여인이 이제 밉지 않았다. 석진의 아이를 세상에 남겨준 것이 오히려 고마웠다. 석진에게 아이가 있다는 사실을 처음 알았을 때는 배신감 때문에 그렇게 울었으면서도.

"나랑 인사할까요. 순심이한테 내 얘기 혹시 들었을까…"

"…예. 그냥 조금요."

"그래요. 나는 김지연이라고 하고, 아빠랑 오랜 친구예요. 대학시절부터…"

지연이 손을 내밀었다. 일락은 그 손을 잡지 않았다. 일락이 선뜻 그 손을 잡지 못하자 석진이 "아빠 친구야."라고 했다. 그제야 일락이 손을 잡았다. 마지못해 손끝만. 지연의 입가에 옅은 미소가 어렸다.

"우리 다음에 좋은 자리에서 다시 만나요."

일락은 대답하지 않았다. 다시 안 만나고 싶다. 그런데 꼭 다시 볼 것만 같았다.

"아빠, 이제 그만 가요."

"그래. 가자."

석진은 일락의 손을 잡고 극장을 나왔다. 지연이 다시 보자고 해서 그저 웃어주기만 했다.

지연은 그 밤 잠들지 못했다. 석진을 다시 본다는 것. 결코 이루어지지 않을 그 소망이 이루어졌는데도 놀랍지도 않고 기쁘지도 않았다. 이상하게도 막막했다. 있을 수 없는 일이 일어난 충격으로 감정이 마비된 것일까. 정신과 전문의면서도 지연은 제 마음속을 알 수 없었다. 석진의 사망 소식을 들었을 때도 그랬다. 이제 어떻게 하지, 석진 없이 어떻게 살지, 했었다. 지금 그 비슷한 마음이었다.

약을 먹어도 도무지 잠이 오질 않았다. 그러다가 설핏 눈을 감으면 지난날이 떠올랐다. 달콤했던 추억도 쓰라렸던 기억도 모두 함께 왔다. 지워버리고 싶은 기억에 다다르면 지연은 얼굴을 묻고 울었다. 그토록 보고 싶었던 사람이 돌아왔는데 이제 어떻게 해야 할까.

You must believe in spring

드디어 일락에게도 마이카가 생겼다. 그것도 중고차 아니고 새 차로.

"야, 스무 살에 마이카라니. 라일락, 완전 멋져!"

순심이가 옆에서 같이 좋아해주었다. 이제 이 차로 나 데리러 오는 거냐며.

"이 차엔 꽃과 아빠만!"

"형님, 차가 너무 작습니다. 작품 한번 더 하시고 다음엔 더 큰 차로…"

태오는 석진의 공연에 미련이 남는지 요 며칠간 계속해서 다음 공연 얘기를 했다.

"야! 너 자꾸 우리 아부지한테 형님 그럴래? 죽는다!"

일락은 석진이 공연하느라 시간을 뺏기는 게 싫다. 하숙비 같은 건 이제 받을 생각도 없고 돈은 안 벌어도 좋았다. 헤어질

날이 언제가 될지 모르는데 아빠랑 최대한 많은 시간을 갖고 싶은 것이다.

"도저히 아저씨라거나 아버님이라거나 그런 말이 입에서 안 나오네. 그래서 결심했어! 나 그냥 일락이 삼촌하기로!"

"이게!!!"

일락과 태오가 투닥거리는 걸 보면서 석진은 외출 준비를 했다. 정민을 만나기로 한 날이었다.

수호천사가 정민과 지연이 석진을 알아보는 이유를 말해 줬다. 다른 사람들의 기억은 다 지울 수 있었는데 그 두 사람만은 안 되었다고. 진심으로 사랑한 사람들의 기억은 지울 수 없다고 했다. 그 두 사람은 매일 석진을 생각했었다고. 석진이 지상으로 다시 오게 된 데에는 일락의 간절한 바람 때문이기도 했지만 그 두 사람이 석진을 잊지 못하고 그리워한 것도 있었다는 것이다.

"진심으로 간청하면 아무리 불가능해 보이는 것이라 해도 하느님은 그 기도를 뿌리치지 않아. 어떤 식으로든 들어주시지. 마음이 약한 분이시거든…"

질기고 질긴 게 인간의 감정이라고도 했다. 때로는 신도 어쩌지 못하는.

기성병원 VIP병동. 그 병실 한 곳에 석진의 어머니가 있다. 의식 불명 상태에서 연명치료 중이었다. 정민은 석진의 어머니를 입원시키는 조건으로 병원으로 돌아온 것이라고 했다. 막대한 치료비가 투입되는 환자라 처음에 병원에서는 입원을 거부했지만 정민이 할아버지와 거래를 한 것이었다.

　"네가 사고를 당한 날 어머니는 지방에서 공연 중이셨어. 네 사고를 알지 못했고 나중에 알았을 때에는…"

　무명배우였던 석진의 엄마는 집에 없는 날이 많았다. 석진이 어릴 때에는 공연에 캐스팅되기 위해 결혼을 하지 않은 척, 아이가 없는 척하기도 했었다. 춤, 노래, 연기, 예쁜 얼굴까지 배우로서 부족한 게 없는 것 같았는데도 제대로 뜨지 못하고 단역배우를 전전하다 늙어간 엄마였다. 그 와중에 아버지가 모아 놓은 돈을 탕진하기도 하고 빚을 지기도 해서 가족에게는 소홀하다 못해 민폐만 끼친 사람이었다. 그런 엄마일망정 석진은 늘 그리웠는데 엄마에 대한 따뜻한 기억이 별로 없었다. 그래도 하나 생각나는 건 어린 석진의 볼을 살짝 꼬집으면서 "아휴, 생긴 건 참 이뻐. 내 새끼라 그런가, 본래 이쁜 건가. 너 때문에 내가 요 모양 요 꼴이다."라고 한 것이었다. 원망

같기도 했던 그 소리가 석진에게는 엄마가 그래도 나를 조금은 사랑했었다는 위로가 되었다. 엄마에 대한 기억은 은근하고도 깊은 상처였던지라 석진은 누구에게도 엄마에 대해 이야기한 적이 없었다. 그런 엄마를 찾아내 돌보고 있는 정민에게 새삼 고맙고 미안했다.

"어머닌 이미 생명을 다한 것이나 다름없어. 이 호흡기를 떼면 바로 사망인데 어떤 의지로 무의식 상태에서 견디고 계신 거야. 누군가를 기다리면서. 그런데 어머니 여기 모시면서 좀 이상한 일들을 여러 번 겪었어. 그건 다음에 얘기해줄게."

석진은 어머니의 손을 잡아보려다 멈추었다. 지금 손을 잡으면 어머니가 떠날 것 같았다. 겨우 목숨을 부여잡고 기다리던 것이 이루어져서.

"엄마, 조금만 더 버텨 봐요. 엄마한테 보여주고 싶은 게 있어…."

석진과 정민은 병원을 나와 가까운 카페로 갔다. 아직 이른 오전이라 손님이 드물었다.

"어, 내가 좋아하는 거 나오네."

카페엔 빌 에반스의 〈You must believe in spring〉이 흐르

고 있었다.

"네가 세상을 떠나고 나서 한동안 음악을 듣지 않았어. 그러다가 처음 들었던 곡이야. 그냥 제목이 좋아서."

석진은 모르는 곡이었다. 당신은 봄을 믿어야 한다니, 그저 정민이 저 음악에 마음을 의지했나보다고만 여길 뿐.

"사람 인생이 백 년이라고 치면, 스물다섯 살까지는 봄, 오십 살까지는 여름, 일흔다섯까지는 가을, 그 후엔 겨울… 이럴까. 근데 내 인생은 스물세 살까지는 겨울, 너를 만났던 스물넷 부터 봄… 네가 떠난 후론 가을 없이 겨울, 겨울, 겨울… 난 겨울이 싫은데 봄이 너무 짧았어…"

탄식하듯 정민이 나지막한 소리로 말했다. 너무 짧았던 석진의 인생이었다. 그 생의 어느 한 시기가 누군가에게 봄이었다는 사실이 석진은 생경했다. 생각해보니 그랬던 것 같다. 석진이 정민을 처음 봤을 때 그는 회색빛 느낌이었다. 그러더니 어느 순간부터는 봄이었다. 푸릇한 봄기운이 정민을 감싸고 있던 걸 석진도 느끼곤 했었다.

〈You must believe in spring〉이 끝나고 이어진 곡은 〈We will meet again〉. 역시 빌 에반스의 곡이었다.

"오늘 이 카페 음악 마음에 든다."

곡 내내 정민은 석진을 바라보았다.

"그만 좀 봐. 죽은 사람 처음 보냐."

"어. 처음 봐. 이십 년 만에 보는 거니 이해해라. 신기해서 그래. 의술이고 과학이고 다 의미 없는 것 같다. 이런 일 겪고 보니."

석진은 정민의 시선을 피하려 창 밖 병원을 바라보았다. 카페에서 바라본 병원은 거대한 성 같았다. 숲을 끼고 아름답게 지어진 병원이었다.

"저 병원, 이제 형 꺼야?"

"아직까지는. 돈만 있으면 늙지도 죽지도 않는 세상이 온다고 할아버지가 말씀하셨는데 정말 그렇게 되어 가는 것 같아. 그렇게나 미래 예측이 정확하신 분이 당신 손자가 이렇게 불행할 줄은 모르다니."

젊은 시절 친구 하나 죽은 게 뭐 그렇게까지 불행할 일인가 싶다. 부잣집 도련님의 센티멘털이지, 저건. 정민의 불행이 와 닿지 않아 석진은 그냥 피식 웃고 말았다. 갑자기 정민의 할아버지가 생각났다. 당신 손자의 인생에서 비켜나라고 하던 카리스마 넘치던 노인네.

"그 눈가에 주름은 뭐야. 늙지도 죽지도 않게 해주는 병원 주인이라면서 그냥 늙기로 작정했나 보네. 요새 무슨 시술이니 케어니 그런 거 많더만."

"세월 따라 늙는 게 좋은 거야. 그러다 때 되면 죽는 게 좋은 거고. 늙지도 죽지도 않는 건… 불행이지. 그런데 네 어머니는 우리 병원의 시스템이 멈추지 않는 한 영원히 죽지 않을 수도 있어. 인간다운 삶이라고는 할 수 없겠지만 법적으로도 의학적으로도 죽지 않는 거지. 온갖 첨단장비에 의지해서. 그러다가 어느 날 기적이 올 지도 모르잖아."

"엄마가 의식을 회복하는 기적?"

"아니, 죽었던 아들이 찾아오는 기적. 그 기적, 벌써 시작되었고."

석진이 살아 돌아온 게 기적이라면 정민은 기적을 만든 사람이었다. 석진은 정민이 매일 자기를 생각하며 제 어머니를 돌봤을 것을 생각하니 조금 전에 그를 비웃은 것이 미안해졌다.

"고마워. 형 덕분에 우리 엄마가 아주 비참했던 것만은 아니었겠네. 그 때문에 형 인생은 별로이겠지만… 병원일 하기 싫어했잖아."

정민이 희미하게 웃었다. 이 예민하고 섬세한 예술가가 병원 경영자로 사는 인생이 어떠한 것일지 석진은 조금은 상상이 되었다. 힘들겠지, 많이.

"내 인생은 언제나 별로였었어. 너하고 함께했던 그 시간들이 제일 좋았지. 다이나믹하고 스릴 있고. 매일매일 아, 오늘은 얘가 어떤 사고를 칠까…. 기대 반 걱정 반. 하하하. 아, 진짜 윤석진. 그때 대단했었는데. 잘생긴 걸로는 뭐 말할 것도 없고. 다른 걸로도 맨날 깜짝깜짝 놀라게 했지. 너 사고치고 나면 그거 뒤치다꺼리 하느라 심심할 틈이 없었어."

"뭘 또 내가 그렇게 사고치고 다녔다고… 뒤치다꺼리할 거나 있었나."

"학사 경고 세 번으로 제적 위기였던 거 막아줬지, 학교 기물파손으로 손해배상…"

"그건 다 공연하느라 그랬던 거고, 또 뭐?"

"시위 하다가 유치장 들어간 거 빼 오고…"

"불의를 보고 피가 끓어올라서 참을 수가 있어야지…"

"뭐, 그래. 그런 건 다 괜찮았지. 너 때문에 죽겠다는 여자 애들…"

"아, 그건 말하지 맙시다. 내가 뭐 몇 번 만나긴 했어도 사고는 안 쳤다고요. 괜히 자기네들끼리 그러는 거지, 진짜. 알잖아요. 나 철벽인 거…"

이럴 땐 존댓말이다. 저 아쉽고 불리할 때. 옛날 생각이 나서 정민이 웃었다.

"하여간 그래서 그때 내 별명이 학부형이었잖아. 너 따라다니며 수습하느라. 사춘기가 늦게 온 건지 매 순간이 질풍노도야. 뭐가 그리 불만인 건지 화도 잘 내고 그러다가 웃기도 잘 하고. 노래하기 싫다고 사라졌다가 세상 착한 얼굴로 나타나고. 그럴 땐 아, 저거 미친놈이구나 싶었는데…"

"되게 귀찮았겠네. 그냥 내다 버리지."

"그러기엔 그땐 이미 늦었지. 내가 널 너무 좋아했어서… 사는 낙이었어. 니가."

석진도 알고 있다. 정민이 얼마나 자기에게 헌신적이었는지. 누구에게도 아쉬운 소리 할 일 없는 사람이 석진을 위해서라면 무엇이든 다 했었다. 그게 부담스럽고 싫어서 도망친 적도 여러 번, 그러다 금세 돌아와서는 습관처럼 의지하고는 했었다. 시골에서 올라와 믿을 사람도 없고 외롭고 쓸쓸하던 석진에게 정민은 그야말로 든든한 울타리 같은 존재였으니까. 정민을 똑바로 쳐다보기 힘들어 석진은 커피 잔으로 시선을 돌렸다. 정민의 회상이 계속되었다.

"아무튼 그때 좋았어. 너하고 음악 하는 것도 좋았고 니가 속 썩이는 것도 재미있었어. 너 돌보는 거 좋았으니까. 너 처음 봤을 때… 아, 진짜 놀랐었지. 사람이 저렇게도 생기는구나. 모든 것들이 다 들어 있는 얼굴이었잖아. 볼 때마다 달랐어. 소년의 긍지, 여인의 관능, 어린아이의 수줍음과 맹수의 난폭함, 순진하고 얌전한 듯하다가 어느 날은 도발적이기도 하고. 신이 어떻게 저렇게 만들었지 싶은, 그 모든 것이 공존하는 얼굴이었어. 나중엔 우리 아버지의 피아노 소리까지 들리는 것 같더라. 아름답고 쓸쓸한, 아직 여름이 오기 전의 밤바다 같은 그런 느낌…"

언젠가 정민이 그런 말을 한 적이 있었다. 아름다운 건 필연적으로 쓸쓸한 것이라고. 아름다움 속에 간직된 소멸을 감지하는 것은 슬프고 쓸쓸한 일이라고도 했다.

"만약 나처럼 음악 하는 사람 말고 그림 그리는 사람이 널 먼저 만났다면 더 엄청난 작품들이 나오지 않았을까."

"일찍 죽어 아쉽네. 길이길이 남을 명작의 주인공이 될 수도 있었는데… "

"그러게. 그래도 다행이야. 내 곡들이 남아 있잖아. 네가 가장 빛나던 시절에 만든 것들이야."

석진은 자신이 정민이 생각하는 것처럼 그렇게 빛나지도 대단하지도 않다고 생각한다. 죽고 나서 얻은 결론이었다. 그저 남들보다 약간 더 반짝이는 몸으로 태어나 미몽에 쌓인 채 짧은 시간을 살다간 게 전부였다. 정민은 단지 그가 갈망하는 이상적 인간을 자기에게 투영해서 보았을 뿐. 석진은 스스로가 부끄러워 자리에서 일어났다.

"다시 올게."

바람 부는 거리를 걸으며 석진은 생각했다. 누군가의 인생에서 무엇이 된다는 것에 대해. 나는 서정민 당신 인생에서 봄이었고, 아버지의 피아노 소리였으며, 끝내 소멸할 운명이었던 것이겠지. 그렇다면 당신 보기에 가장 좋았던 때에 사라졌던 것도 나쁘지는 않았겠어. 하지만 나는 지금의 내가 제일 좋다고 생각해. 내 아들, 일락이 아버지로 사는 이 짧은 순간이.

파드되

여름방학이라 유치원 아이들 버스 태워 보내는 일은 하지 않게 되었지만 그렇다고 가게가 한가한 것은 아니었다. 올망졸망한 꼬마 녀석들이 아침부터 무시로 일락의 가게를 드나들었다. 오늘은 남매가 사과를 들고 왔다. 사과를 먹고 싶은데 엄마 아빠는 일을 갔고 일곱 살, 다섯 살 애기들이라 과일을 깎을 줄 몰라 일락의 가게까지 온 것이다. 일락은 녀석들을 의자에 앉히고 사과를 깎아 주었다.

"자, 먹어. 토끼 모양으로 깎았어. 예쁘지?"

그러면 아이들은 그걸 다 먹고 놀다가 갔다.

또 다른 여자 아이는 우유 컵을 들고 왔다. 일락이가 우유 컵에 자기 머그컵을 짠! 하고 갖다 대면 그제야 아이는 우유를 마셨다. 어디서 건배하는 걸 봤는지 우유를 마실 때면 꼭 그렇게 해야 하는 줄 안다는 것이다. 아이들과 일락이가 하는 걸 보고 있자니 우습기도 하고 귀엽기도 했다.

하지만 그런 것들도 다 좋은데 일락이도 좀 쉬어야 할 것 같았다. 지난봄에 숲으로 캠핑 간 것 말고는 여전히 일락이는 일, 일, 일에 파묻혀 살았다. 요즘에는 석진을 쫓아다니느라 더 바빠진 것도 같고.

"우리도 휴가 가자. 여름 다 가기 전에."

"앗! 어디로요?"

일해야 한다고 거절하면 어쩌나 했는데 일락이 반색하며 행선지를 물었다. 어디든 따라가겠다는 듯.

"케이티엑스 타 보자. 아빠 그거 한 번도 못 타봤거든."

"나도, 나도! 한 번도 못 타봤어요."

그래서 가기로 한 곳은 부산. KTX 타고 가장 멀리 갈 수 있는 곳으로 즉석에서 결정한 것이다. 디데이는 바로 오늘!

가게는 희재에게 봐 달라고 하고 덕구는 순심이에게 맡긴 다음 석진과 일락은 서울역으로 갔다. 제일 빨리 출발하는 건 특실밖에 없다고 해서 그걸로 샀다. 돈이 별로 없었지만 어떻게든 되겠지 싶다. 아들과 함께하는 단 한 번의 기차여행이 될 지도 모르는데 석진은 뭐든 후회 없이 하고 싶었다.

기차가 플랫폼을 출발하자 일락이가 흥분해서는 저도 모

르게 소리를 질렀다. 객실 안 사람들이 다 무슨 일인가 해서
이쪽을 쳐다보자 석진은 멋쩍은 웃음을 지어보였다.

"우리 애기가 기차를 처음 타봐서요."

그 말에 사람들이 더 의아해했다. 대체 애기가 어디 있다고?

기차가 달리기 시작하자 일락의 환호성은 더 커졌다. 주
변 풍경을 바라보며 연신 감탄사를 내뱉었다. 우와! 한강! 한
강 지나간다. 아아, 무서워. 다리 밑에 물이야. 아빠, 저기 산 좀
봐요. 논에 벼들이 참 예쁘네요. 풀밭에는 소 있다 소오오오~!
이야~ 지금 시속 300키로! 엄청 빨라! 아빠, 아빠 저건 뭐예
요? 벌써 대전 왔어요! 이제 곧 동대구, 동대구우!

소곤소곤 말하는데도 객실 안이 작고 조용해서 부자가 나
누는 얘기가 가까운 자리에서는 다 들리는가 보았다. 할머니
한 분이 과자를 건네며 석진에게 말했다.

"아들이 아빠랑 똑 닮았네. 이거 애기 줘요."

석진은 그 순간 눈물이 날 뻔했다. 드디어 우리를 부자지간
으로 봐주는 사람을 만나다니! 역시 인생을 오래 산 할머니들
은 보는 눈이 다르구나! 석진은 연신 감사하다며 머리를 조아
렸다.

바다가 보이는 호텔에 방을 잡고 석진과 일락은 여기저기 돌아다녔다. 두 사람 다 부산이 처음이어서 뭐든 다 신기했다. 여기저기 이벤트도 많고 버스킹에 댄스경연대회며 갖가지 프로모션 행사까지 그냥 지나가면서 구경만 해도 재미있었다. 낯선 도시가 주는 신선함, 알 수 없는 흥분, 뭔가 좋은 일이 있을 것만 같은 예감 같은 것들이 석진과 일락을 들뜨게 했다.

바닷가 아이들이 인형을 가지고 돌아다니는 게 더러 눈에 띄었다. 그게 귀여워서 석진은 일락에게도 인형을 사주고 싶었다. 마침 인형뽑기 기계가 있어 도전해봤는데 번번이 실패였다.

"아부지, 이런 건 못하나부지? 뭐든 잘한다며?"

"아직 손이 안 풀렸어. 쫌만 기다려 봐. 제일 이쁜 놈으로 잡아줄게."

그러나 역시 꽝!

"이러다 탕진하겠네. 그냥 갑시다. 그 돈이면 그냥 인형 하나 샀겠어."

일락이 돌아서 가려던 그 순간! 드디어 성공!

커다랗고 귀여운 놈이었다. 석진과 일락은 인형을 가운데 두고 껴안으며 환호성을 질렀다.

저녁은 뭘 먹을까 하다가 바닷가에 왔으니 바다음식을 먹어보자며 포장마차에 갔다. 둘 다 회를 잘 못 먹어서 랍스타를 주문할 때 다 익혀 달라고 했다.

"야, 식성까지 닮다니. 넌 도대체 얼마나 나를 닮아야 직성이 풀리겠니?"

생긴 것이 닮지 않아서 그런지 몇 안 되는 소소하게 닮은 점들을 발견하게 되면 석진은 너무너무 기분이 좋았다.

"근데 아부지, 우리 이렇게 돈 막 써도 되나? 나 가져온 돈 얼마 없는데…"

"걱정 마라, 아들아. 아부지가 다 생각이 있단다. 아까 봐둔 게 있지."

"혹시 버스킹? 버스킹하려고?"

오! 그렇다면 뭐! 일락은 갑자기 자신감이 팍! 생긴다.

근데 뭐? 댄스라고? 〈다뎀벼! 댄스배틀! 우승 상금 백만 원!〉이라는 현수막 앞에서 일락은 입을 다물지 못했다. 저걸 하겠다고? 설마?

춤에 자신 있으면 다 덤벼 보라는 댄스배틀이었다. 룰은 간단했다. 별도의 참가신청도 필요 없었다. 그냥 1:1로 붙어서 이기는 사람이 계속 올라가는 것이었고 도전자가 없으면 그걸로 우승자가 되는 거라고 했다. 도전자는 끊임없이 이어졌고 춤이 조금만 지루해도 "고마 내리 가라! 내리 가!" 하는 소리가 관중석에서 터져 나왔다. 여름 바닷가를 배경으로 펼쳐지는 막무가내 댄스배틀이라 그런지 살벌하면서도 웃겼다. 하지만 아무리 춤을 잘 춰도 서너 번 연속해서 추게 되면 지쳐 나가떨어지게 되어서 배틀은 새로운 도전자들로 인해 계속 이어지고 있었다.

진짜 저걸 하겠다는 얘기? 일락은 뜻밖의 챌린지에 당황했다. 아부지 진짜?

"버스킹해서 언제 백만 원 모으겠냐. 한 번에 끝내야지. 너 저번에 보니까 춤 잘 추던데. 마당에서 태오랑 추는 거 다 봤어."

"아, 아부지 그건, 그냥 막춤이고. 설마 나보고 저기 나가라고? 저런 덴 아무나 나가는 게 아니에요. 춤으로 날고 기는 애들이나 하는 거라구. 망신당하지 말고 그냥 버스킹해요. 네?"

"버스킹할래도 뭐가 있어야 하지. 하다못해 기타라도 있어야 할 거 아냐. 가만히 서서 애국가 부를 것도 아니고. 그래서 할 거야? 말 거야?"

"으아~ 나 그래도 부끄러운데."

일락이 주저하자 석진은 "그럼 내가 나간다." 하고는 바람처럼 무대 위로 올라갔다.

석진이 무대 위에 서자 사람들이 우와! 하고 탄성을 터뜨렸다. 그냥 무대에 올라가기만 했을 뿐인데 이미 그의 춤을 보기라도 한 것처럼 소리를 질러댔다.

"와, 저 머스마 얼굴 봐라, 얼굴!", "기럭지 보소!", "무슨 사나 자슥이 저래 예쁘게 생깃노!" 대략 이런 반응들이었다. 일락은 이제 이런 반응이 익숙하다. 심지어 저는 저 얼굴 매일 보고 삽니다, 하는 가진 자의 여유까지 생겼다.

초저녁을 밝히는 조명 아래서 석진은 언제나 그랬던 것처럼 '몹시' 멋있었다. 화려한 비주얼에 압도적 피지컬, 눈 뗄 틈 없이 이어지는 파워풀한 춤에 사람들은 열광했다.

일락은 사람들 틈에 섞여서 석진이 춤추는 것을 홀린 듯 지켜보았다. 20세기 프리스타일 댄스라며 석진이 자기 춤을 소개했다. 말 그대로 석진의 춤은 1990년대 유행한 것들이었는데 요즘에 와서 보면 복고풍 같으면서도 뭔가 신선한 느낌이랄까. 아니, 그런 것 다 떠나서 댄서의 외모가 워낙 훌륭해서 그냥 팔다리만 뻗어도 춤이 되었다. 아아, 우리 아부지, 춤도 잘 추시는구나. 아부지, 존경합니다. 뭐든 잘하시는 아부지, 우리 아부지! 일락이도 보면서 같이 들썩들썩. 그러면서 소심하게 석진의 춤을 응원했다.

 댄스 배틀은 점점 석진이 판을 끌고 가는 모양새가 되었다. 시간이 지날수록 석진의 춤을 보려는 사람들이 몰려들었다. 이 배틀은 시간을 정해놓은 것도 아니어서 끝나야 끝나는 것이었다. '밤새도록 놀아보자, 새벽 지나 아침이 올 때까지!'가 이 배틀의 콘셉트이기도 했다. 진짜 별의별 춤꾼들이 다 등장했다. 자칭 광안리 아이돌이 비보잉을 하고 포장마차 쉐프 연합이라는 미확인 단체에서는 칼군무를 추고 가더니 헤어롤을 한 소녀들도 질세라 걸그룹댄스를 선보였다. 거기에 말대가리 탈 쓰고 토끼춤 추는 아저씨와 이런 자리에서 **빼놓을 수 없는** 강남스타일까지 다들 그냥 오늘 춤추다 죽자는 건지 미친 듯이 춤을 췄다. 결국 그 도전자들을 다 받아주다가 석진도 지쳤다. 어디 있다 나타났는지 '해운대 슈팅스타'의 일격을 받고는 쓰러지고 말았다. 석진의 레퍼토리가 다 떨어지기도 했고.

 그때 공룡 코스튬을 한 도전자가 나타났다. 전신을 공룡 옷을 입고 혼신의 힘을 다해 춤을 추는데 무대를 홀랑 뒤집어

놓았다. 뭉실뭉실한 팔다리에 주책맞은 꼬리까지 공룡댄서는 코믹댄스의 끝판을 보여주었다. 관중들의 반응이 열광적이어서 사회자도 중간에서 끊지 않았고, 결국 공룡이 해운대 슈팅 스타를 꺾었다.

"도전자~ 도전자 더 없습니까? 없으면 이걸로 쥬라기 공원에서 오신 티라노사우르스 씨가…" 하는데

"잠깐! 여기요!" 하고 무대 위로 뛰어오르는 소년이 있었다.

오! 그것은 바로 라일락!

일락이가 무대 위로 올라오자 사람들은 저 삐쩍 마른 애가 무슨 춤을 추겠어, 하는 얼굴로 쳐다봤다. 하지만 대반전! 음악이 흐르자 분위기가 바뀌기 시작했다. 일락은 가볍고 경쾌하게 춤을 추었다. 여기저기서 감탄사가 튀어나오고 사람들은 몰입해서 일락의 춤을 봤다. 석진이 보니 뭔가 좀 배운 느낌이 나는 추는 춤이었다. 21세기 클래식 막춤이라고 일락이 센스 있게 춤 소개를 했다.

그래서 우승은 누가 했냐면! 라일락 승! 이유는 공룡은 사람이 아니라서! 주최 측이 내건 유일한 참가자격이 '사람. 외계인 가능!'이었는데 공룡이 주제파악도 못하고 도전한 것이라고 했다. 아마, 주최 측은 마지막까지 반전과 웃음을 주고

싶었던 듯. 사회자가 우승자를 발표하며 이런 말을 했다.

"인생이란 가끔 그런 것이기도 하죠. 딱 한 판에 모든 것을 다 가질 수도 있는."

공룡은 결과에 승복하고 최종 우승자 일락을 힘껏 껴안더니 심사위원들을 향해서는 뭉툭한 손가락으로 욕을 날리고 내려갔다. 사람들이 와르르 웃으며 티라노! 멋쟁이! 하고 연호했다. 아무튼 일락은 진짜 딱 한 번 춤을 추고 우승자가 되어서 자발적으로 앵콜 무대를 갖기로 했다. 그러자 석진도 무대에 올라와서 같이 춤을 추었다. 석진은 무대에 올라가서는 아무도 묻지 않는데 일락이를 가리켜 "제 아들입니다아~" 했다. 하지만 분위기가 너무나 들뜨고 시끄러워서 알아듣는 사람도 없는 것 같았다. 두 사람이 신나게 춤을 추다보니 무대 위와 아래가 따로 없었다. 오늘 배틀의 참가자들과 관중들이 뒤섞여 함께 춤을 추며 바닷가는 순식간에 클럽이 되었다. 그렇게 여름 밤바다가 살아 있음의 기쁨으로 넘실거리고 있었다.

호텔 방에서도 이 춤꾼 부자는 좋아서 이리저리 뛰고 난리였다. 둘이 처음 같이 춤을 춰본 것인데 합이 그렇게 잘 맞을 수가 없어서 "역시 우린 아버지와 아들!"이라며 밤늦도록 춤

추고 노래 부르고 논 것이다. 프론트에서 조금만 소음을 줄여 달라는 전화까지 올 정도였다.

"근데 너 춤을 좀 배웠던 거야? 아까 그냥 추는 춤이 아니던데."

그러자 일락이 까르르륵 웃어댔다.

"아하… 아부지 눈치 챘구나. 역시 우리 아빠야. 나 어릴 때 발레했어. 엄마가 소리를 못 들어서 나도 그렇게 될까봐 음악을 들으며 리듬감도 익힐 수 있는 거 배워야한다고 해서 발레 배웠지~. 돈 없어도 엄마가 그건 꼬박꼬박 학원에 보내줬어. 나 춤 잘 춘다고 선생님한테 칭찬도 많이 들었는데…"

발레를 계속 하지 못한 건 이유를 묻지 않아도 알 것 같았다. 가난한 살림에도 아이를 잘 키워보려고 애쓴 혜진이 고맙고 미안했다.

"아, 윤석진 씨. 진짜 춤 잘 추대. 막막 이렇게 팔 다리가 쫙쫙 늘어나. 학생 때 맨날 클럽 다니면서 춤만 추고 그랬나부지? 어? 그냥 춤이 아니던데?"

"아니 근데 너 아까부터 말이 점점 짧아진다. 이렇게 버릇없이 아부지한테 막 반말하고 그러면… 너무… 좋잖아!"

석진은 이제야 아빠가 편해져서 말을 놓는 일락이 귀여워

볼을 쭈욱 늘리며 장난을 쳤다. 일락이 석진의 손아귀에서 벗어나려 발버둥을 치고 그게 또 재미있어서 석진은 일락의 볼에 뽀뽀를 하고 일락은 또 버둥거리고, 그렇게 부자는 새벽녘까지 얘기하고 웃고 떠들어댔다.

만약에 어느날

호텔은 뭐니뭐니해도 조식이지. 밤새도록 놀다가 늦잠을 자고는 조식을 먹으러 갔다. 조식뷔페를 갈 것인가, 룸서비스를 할 것인가로 잠시 고민하다가 뷔페를 가기로 한 건 일락이가 한 번도 호텔 뷔페를 먹어본 적이 없다고 해서였다.

"내가 거기 음식 다 먹어 버릴 거야. 많이 많이 먹어야지."

일락은 맛있는 거 먹을 생각에 사뭇 들떠 있었고 석진은 잠시 옛날 생각에 빠졌다.

한번은 정민의 스튜디오 잠금장치가 고장 나 곡 작업을 호텔에서 한 적이 있었다. 그때 밤샘하고선 다음날 조식 뷔페를 먹었던 기억이 떠올랐다.

"우리 할아버지 말씀하시길, 인생이 권태롭고 매너리즘에 빠질 때 좋은 호텔에 가서 조식을 먹으라고… 그러면 세계의 비즈니스맨, 학자들, 내로라하는 명사들이 얼마나 치열하게 인생을 사는지 볼 수 있다고. 이른 아침부터 시간을 쪼개 식사를 하고 컨퍼런스에 참석하고, 미팅을 하는 거, 그런 걸 보며 자극을 받으라고 하시더군."

비싼 호텔에 와서 기껏 샐러드 몇 조각 집어먹으며 정민이 하던 말이었다.

"정말 그래? 형이 보기에 지금 여기 있는 사람들이 치열하게 인생을 살고 있는 거야?"

호텔은 난생 처음인 석진이 묻자 정민이 식당 안을 휘 둘러보더니 피식 웃으며 말했다.

"지금 여기서 제일 치열하게 사는 사람은 바로 우리 둘이야. 비즈니스맨, 학자들, 명사들은 치열하게 연애들 하고 계시네. 무슨 연애인지는 몰라도."

그때 생각에 식당 안을 둘러보니 여기저기 가족 단위의 투숙객들이 많아 보였다. 우리도 가족이라는 생각에 석진은 일락의 손을 꼭 잡아끌었다. 식사를 하고 있는데 어제 댄스배틀 때문인지 알아보는 사람들이 있었다.

"어머! 어제 그 미스테리 댄서!" 하고 지나가는 젊은 여자와 "아이쿠, 아드님이랑 식사하러 오셨네." 하며 비죽이 웃는 남자, 그리고 무슨 연예기획사 명함을 주고 가는 남자도 있었다. 그냥 좀 지나가지, 굳이 밥 먹는 데까지 와서 아는 척 할 건 뭐람.

"일락아, 행복하게 살려면 말야. 절대 유명해져선 안 돼. 좋은 일로도 나쁜 일로도 절대 유명해지지 마. 혹시 누가 너한테 이런 거 주면서 같이 가자 그래도 절대 따라 가면 안 돼. 알겠지?"

연예기획사 명함을 찢으면서 석진이 당부했다.

"그건 걱정 안 해도 돼. 이 얼굴에 무슨 연예인이야."

"니 얼굴이 어때서? 니가 얼마나 잘생겼는데. 24시간 쉴 새 없이, 머리끝에서 발끝까지 빈틈없이 귀여워. 잘 때도 이쁘고 먹을 때도 이쁘고, 웃으면 더 이쁘고. 아빠 눈엔 세상에서 우리 일락이가 제일 잘생겼어."

일락이 주위 눈치를 보더니 몸을 점점 동그랗게 말다가는 급기야 의자에 폭 가라앉아 버렸다. 그러고는 손으로 얼굴을 가리고는 기어들어가는 목소리로 말했다.

"아, 아빠. 제발 좀 그만. 사람들이 웃는단 말야. 그런 얘기는 우리 둘이 있을 때만. 딴 사람들 눈엔 나 하나도 안 잘생겼거든? 아, 진짜 윤석진 씨 고슴도치야. 것두 대왕 고슴도치…"

새끼 고슴도치 라일락은 진짜 모르는 것 같았다. 제가 아빠 눈에 얼마나 예쁜지. 석진은 그런 일락이가 밥 먹는 것도 귀여워서 한참을 쳐다보았다.

"순심이 걔가 자칭 미남판독기거든? 근데 나한테 잘생겼다 한 적 한 번도 없어. 아무튼 걱정마요. 이 명함은 내가 아니라 아빠한테 준 거니까."

"아빠 젊었을 때 이런 거 하도 많이 받아서… 인생 2회차에도 이러네."

"우워~ 인정. 너무 사실이어서 반박할 수가 없네. 길거리 캐스팅 많이 당했단 얘기지?"

"일락아."

"응?"

"만약에 어느 날 좋아하는 사람이 생기면, 마음을 아끼지 마. 좋아한단 말, 사랑한단 말 자주 해주고. 그리고…"

석진은 이 말을 해야 하나 잠시 망설이다가 하기로 하고 어렵게 말을 꺼냈다.

"아빠… 우리 일락이가 너무 많은 사람들에게서 사랑받지 않았으면 해."

"응? 그건 왜? 많은 사람들이 나를 좋아해주면 좋은 거 아니야?"

어떻게 설명해야 좋을까. 석진은 이 말을 꺼낸 걸 잠시 후회했다. 그러나 이미 내뱉은 말, 잘 설명해주어야 했다.

"아무도 사랑해주지 않는 삶도 슬프지만, 너무 많은 사랑을 받는 것도 반드시 좋은 것만은 아니야. 그것도 몹시 힘든 일이거든. 내가 원치 않는 시선, 간섭, 충고, 질투, 집착, 욕망… 그런 것들에서 자유로울 수가 없어. 그게 사랑받는 대가인가 봐."

잘 알아들었을까. 너무 어려운 말일까. 일락이가 먹기를 멈추고 숟가락을 내려놓았다.

"그런데 그걸 어떻게 조절할 수 있겠어. 남이 나를 사랑하는 거, 그게 내 마음대로 돼? 날 사랑해주세요도 힘들지만 날 사랑하지 마세요도 마찬가지 아니야? 아빠. 혹시 그렇게 살았어? 막막 사람들이 아빠 너무 좋아해서, 그래서 힘들었어?"

"…어, 조금. 좀 그랬던 것 같아. 많은 사람들에게 사랑받을수록 내 인생이 조금씩 사라지는 것 같았어. 나는 어느덧 사라지고 그냥 사랑받는 인형이 되어 가고 있었지. 그러면서도 교만해지기도 하고, 상처받지 않으려고 마음을 꽁꽁 싸매곤 했어. 아무튼 아빠 젊었을 때 되게 철없었거든. 사랑 하는 것도 받는 것도 제대로 잘 하지 못했어. 그러니 우리 일락이는 아빠처럼 되지 말았으면 좋겠어. 야, 근데 넌 이런 데 와서 시리얼을 먹고 있냐. 저런 거 좀 갖다 먹어."

평소에 집에서 먹을 수 없는 것들이 널려 있는데 시리얼만 한 가득 퍼먹고 있었다.

"음식이 너무 많으니까 뭘 먹어야할 지 모르겠어."

"거 봐. 좋은 게 너무 많은 것도 좋은 게 아니지? 기다려 봐. 아빠가 커피랑 너 먹을 만한 거 갖고 올게."

커피 바에 가서 줄을 서서 기다리는데 앞에 있는 여자가 뒤를 돌아봤다. 순간 석진은 커피 가지러 온 걸, 아니 뷔페에 온 걸 잠시 후회했다. 지연이었다.

"석진아! 여긴 어떻게!"

지연도 많이 놀란 것 같았다. 바리스타가 커피 나왔다고 하는데 들리지도 않는 모양이었다.

"어, 어. 우리 애랑 휴가 왔어. 너는?"

"난 학회. 내일까지야. 언제 올라가?"

"아, 우린 좀 더…"

바리스타가 커피 가져가라고 독촉을 했다. 그제야 지연은 커피 잔을 받아들고 옆으로 물러섰다. 기다렸다 같이 갈 생각인 모양이었다.

일락은 고개를 빼고 석진의 동선을 지켜보았다. 앗, 저 아줌마! 일락은 금세 기분이 나빠졌다. 병원 아저씨보다 저 아줌마가 더 싫다. 아빠의 여자사람친구는 왜 자꾸 아빠 곁을 맴도는 것인가 말이다. 일락은 저도 모르게 벌떡 일어나 석진에게로 달려갔다.

"아빠! 딴 거 더 안 먹어도 돼. 배부르다. 얼른 가자."

일락이 석진의 팔을 잡아끌었다.

"어머, 순심이 친구!"

일락은 아는 척도 하지 않고 계속해서 석진을 재촉했다.

"어어… 그래. 지연아, 우리 먼저 갈게."

"어, 그래. 나 서울 가기 전에 연락할게. 차 마셔, 우리."

석진 뒤에 줄 선 사람이 고개를 갸웃하며 쳐다보았다. 아직 소년티가 가시지 않은 청년이 많아야 서른쯤 되었을 것 같은 남자에게 아빠라고 하고, 나이 차이가 꽤 나 보이는 남녀가 친구처럼 반말을 하며, 소년 같은 청년은 엄마뻘일 것 같은 여자에게 눈길도 안 주는 대화였다. 누가 들어도 이상하긴 하지.

메모리

객실로 가는 엘리베이터 안에서 석진은 내내 일락의 눈치를 봤다.

"지연이 아줌마가 오늘 학회래. 아까 식당에선 그냥 정말 우연히 만난 거라니까?"

"아줌마가 무슨 학예회야. 것두 서울 아줌마가 부산까지 와서."

학예회 아니고 학회, 라고 바로 잡아주려고 했지만 일락이가 화가 단단히 난 것 같아서 석진은 그냥 웃고 말았다. 이게 그렇게 화낼 일인가 싶긴 한데 제 눈치에도 지연이 아빠 옛날 애인 같긴 한가 보았다. 아무튼 그것조차도 귀여웠다. 석진은 지금 일락이 무얼 하든 귀여웠다. 이십 년 치 귀여움이 한꺼번에 밀려들어서 일락이 성질을 부리고 짜증을 내도 다 귀여웠다. 미쳤나 봐. 자식이 이렇게나 이쁠 일인가. 석진은 누가 자기

보고 아들바보라고 놀려도 반박할 생각이 전혀 없다.

"너 나중에 순심이 의사 되거든 봐라? 걔 학회… 학예회 한다고 전국을 돌아다닐걸? 외국도 갈 텐데…?"

"그게 나하고 무슨 상관이야!"

일락은 심통이 나서 툴툴거리며 방에 들어갔다. 순심이가 의사가 되든 말든 학예회를 전국적으로 하든 말든 지금 중요한 건 그게 아니었다. 일락은 그 아줌마가 너무 신경 쓰였다. 아무래도 순심이한테 물어보고 여기까지 쫓아온 것 아닐까 싶다. 서울 가면 순심이에게 얘길 해서 우리 아빠 그만 쫓아다니라고 해야 할 것 같았다. 볼이 잔뜩 부어 있는 일락을 달래며 석진이 물었다.

"자, 그럼 오늘은 뭐 할까. 우리 이제 돈도 많은데. 백만 원 엇다가 쓸까?"

일락은 한참을 생각했다. 돈이 있으면 빚 갚는 것부터 써서 막상 마음대로 쓸 수 있는 돈이 생겨도 어디다 써야 할지 몰랐다. 일락은 곰곰이 생각하다가 침대 위로 올라갔다.

"업어 줘."

"응?"

"업어달라고."

"다 큰 녀석이." 하면서도 석진은 일락을 업었다. 말라서 가벼울 줄 알았더니 사내녀석이라고 제법 무거웠다. 일락을 업고 방 안 여기저기를 걸었다.

"아빠…"

"왜?"

"내가 하루에 백 번씩 아빠라고 불러줄까. 아빠 나중에 저어기 먼 데, 딴 데 가서도 내 목소리 기억하게. 그래서 행복하게…"

귀엽고 보들보들한 목소리가 등줄기에서 울렸다. 석진은 눈물이 왈칵 나려고 해 일락을 한 번 더 들춰 업었다.

"백 번가지고 되겠냐. 이십 년 치 한꺼번에 부르려면."

"그럼 천 번. 지나간 이십 년 더하기 앞으로 이십 년. 사십 년 치."

"그래, 그럼 지금부터 불러 봐."

"아빠, 아빠, 아빠, 아빠, 아빠…"

처음엔 장난스럽게, 그러다 잠시 멈추더니 이어지는 말.

"아빠… 사랑해."

일락의 고백에 석진은 자리에서 걸음을 멈추었다. 석진의 온 마음이 흔들렸다. 숱한 사랑 고백을 받아보았던 석진이었다. 그것과는 비교할 수 없는, 뭐라 말할 수 없는 이 감정은 살아 있을 때도 느끼지 못하던 것이었다. 석진은 일락을 업은 채 눈물을 삼키며 방 안을 계속 걸어 다녔다. 자꾸 눈물이 나려고 해서 백만 원을 어디다 쓸 건지만 꾸역꾸역 궁리했다.

인터넷 검색을 해서 일단 부산에서 유명하다는 데를 가보기로 했다. 어디가 어딘지 잘 몰라서 그냥 이리저리 다니기만 했는데 낯선 도시를 아들과 함께 유랑하는 기분도 나쁘지 않았다. 석진은 감천마을에 가서 '느린 우체통'에 편지를 넣었다. 1년 후 배달된다는데 일락이 받아보게 될 때를 상상하며. 한편 일락은 조금 음흉한 계략을 꾸미고 있다. 오늘 밤 늦게까지 돌아다녀서 아빠가 그 아줌마를 만날 틈을 안 주는 것이다. 하지만 일락의 계획과는 달리 석진과 지연은 저녁에 다시 만나기로 했다. 지연을 만나러 가는 석진에게 일락은 당부했다.

"바닷가 산책, 그런 거 하지 마요. 그냥 딱 커피만 마시고 와."

아빠가 다른 여자와 밤바다 산책, 이런 낭만적인 거 하는 거 용납 못한다는 게 일락의 확고한 입장이었다. 하지만 바다가 보이는 탁 트인 카페에서 커피 마시는 것도 엄청나게 낭만적이란 걸 일락은 아직 몰랐다.

지연은 오래전부터 와서 기다린 듯했다. 석진을 보자 반가워하며 자리에서 일어났다.

"좀 늦었어. 오늘 일락이하고 여기저기 좀 다녔거든."

"애 이름이 일락이야?"

"응. 라일락. 예쁘지."

지연이 "윤라일락? 남자아이 이름치곤 너무 이쁜데?" 하며 웃었다.

"아니, 그냥 라일락. 애 엄마 성이 라씨야. 내가 죽고 난 다음 태어나서 내 성을 못 받았어."

지연의 얼굴에 웃음기가 가셨다. 일락의 존재를 처음 알았을 때, 마음이 잘게 부서지는 것 같았던 느낌이 다시 찾아왔다.

"아, 미안해. 그런 줄도 모르고."

어색한 분위기가 계속되었다. 한때의 연인. 그동안 어떻게 살았는지 이야기하기에 지난 이십 년은 너무 길었다. 서먹한 시간이 얼마쯤 흐르고 지연이 입을 열었다.

"애를 참 이뻐하네. 뜻밖이야. 너 애들 안 좋아했잖아."

"어. 이뻐. 나도 내가 가끔 이해가 안 가는데 내 애라서 그런가, 나한테만 보이는 예쁨이 있어."

"그래? 신기하네. 아빠 눈에만 보이는 그런 게 있구나."

지연은 그게 당연하다고 생각하면서도 어쩐지 서운했다.

너한테만 보이는 그 예쁨이란 것. 혹시 이십 년 전 나에게도 있었을까. 그 예쁨… 지금은 사라졌겠지.

석진은 수호천사가 한 말이 생각났다. 진짜 사랑한 기억은 지워지지 않는다고 한.

"고마워."

"뭐가?"

"누가 그러는데 너하고 정민 형이 내 생각 많이 했다고, 그래서 내가 다시 살아온 거라고 하더라. 덕분에 내 아들도 보고. 지금 그래서 좋아."

지연의 눈빛이 흔들렸다. 단지 생각 많이 한 걸로 그 긴 세월을 살았을까.

"사람들은 나이 먹어도 마음은 그대로라고 그러잖아. 몸만 늙지 마음은 그대로라서 서글프다고… 그런데 넌 얼굴은 이십 년 전 그대로인데 마음이 나이 들어서 온 것 같아."

"아, 그래? 내가 그래 보여? 다행이네. 스무 살짜리 애 아빤데 당연히…"

세월이 흘러도 석진을 향한 마음은 예전 그대로인 지연이었다. 석진을 보면 여전히 설레고 가슴이 아팠다. 아빠인 것을 자랑스러워하는 석진 앞에서 지연은 나는 네가 보고 싶었다고, 죽을 만큼 보고 싶었다고 말하고 있었다. 속으로만.

"좀 걷자."

대화가 갑자기 뚝 끊겨져 둘 다 찻잔만 바라보고 있기 뭐해서 석진이 먼저 밖에 나가자 했다. 빗방울이 드문드문 떨어지는 바닷가를 말없이 걸었다. 하고 싶은 말이 너무 많으니 오히려 할 말이 없었다. 서로 단 한 번도 사랑한다고 말한 적 없었는데 그 말이 없었다고 사랑하지 않은 게 아니었던 사이였다. 이제 이십 년 세월을 건너와서도 결론 낼 수 없는 관계가 되었음을 지연은 느끼고 있었다. 흔적도 없이 바닷속으로 사라져 버리는 빗방울을 보면서 지연은 생각했다. 석진을 만나고서 느꼈던 사랑의 생겨남과 사라짐, 그 모든 것들이 저 빗방울 같다고. 그렇게 구멍 뚫린 듯 허망한 가슴 속에서 겨우 나온 말은 오래전 하지 못했던 사과였다.

"미안해."

사과는 석진에게서도 동시에 나왔다. 두 사람의 목소리가 텅 빈 바닷가에서 겹쳐졌다.

"니가 왜 미안해."

지연이 미안할 일이 뭐가 있을까. 미안한 쪽은 오히려 석진이었다. 지연의 마음을 잘 알면서도 그 어떤 확신도 주지 않았었다. 음악을 한다는 핑계로 정민과 있는 시간이 더 많아지면서 지연을 외롭게 했고, 그러면서도 지연의 마음이 돌아설까 봐 끊임없이 여지를 남기곤 했던 것이다. 지연에 대한 마음을 다 정리하지도 않았으면서 혜진을 만난 것도 잘못이었다.

"내가 널… 죽게 했어."

지연은 이십 년간 마음속 깊은 곳에 묻어두었던 말을 꺼냈다. 석진에게 어떻게 그날의 일을 이야기해주어야 할까. 가슴이 막혀와 어디서부터 시작해야 좋을지 몰랐다. 하지만 말해야 했다.

"그날 그 사고는… 사실 나 때문이었어. 내가 원인을 제공한 거나 다름없어."

석진은 걸음을 멈추었다. 지연도 멈춰 섰다.

"내가 우리 외할아버지에게 정민 오빠와 너에 대해 얘기하지 않았다면 일어나지 않았을 사고였어. 그 사고차량은… 할아버지와 관계가 있는 게 틀림없었는데 할아버지는 당신은 모르는 일이라 하셨어. 아무런 증거도 없어서 그냥 그렇게 우연히 일어난 사고가 되고 말았지만 분명 그 사고는 고의였어."

석진은 그날의 사고를 떠올리며 지연을 한참 동안 바라보았다. 생각지도 못한 일이었다. 그 밤 석진은 혜진을 만나고 또 정민을 만나기로 되어 있었다. 정민을 만나기 위해 약속장소로 가던 중 벌어진 사고였다.

"할아버지께 뭐라고 얘기했는데."

"오빠가 너하고 음악 하느라 병원 일을 그만두려 한다고. 그리고 오빠가 널… 너무 좋아한다고. 그러니 할아버지가 말려 달라고."

끈적한 바닷바람이 목덜미에 감겨들었다. 차라리 이 바닷바람이 내 숨구멍을 막아버렸으면. 지연은 그런 상상을 한다.

"하…. 이제 알겠네. 그 목소리… 너였구나."

석진은 이제 알 것 같았다. 연옥에서 들었던 그 목소리는 지연이었다. 이것 때문에 내내 울면서 용서를 빌고 있었던 것이다. 그 긴 세월 동안 얼마나 괴로웠을까.

"그 말이 사실이면… 날 죽게 한 건 네 할아버지지, 네가 아니야."

"아니야. 내가… 널 죽게 했어. 미안해. 석진아."

지연이 눈물을 터뜨렸다. 석진은 목 놓아 울고 있는 지연을 가만히 안아주었다. 생각해보면 지연의 잘못이 아니었다. 오히려 지연의 마음을 무책임하게 붙잡고 있었던 제 탓이었다.

"네 잘못이 아니야. 그게 너의 잘못이면… 네가 그런 잘못을

하게 한 내 잘못이겠지. 난 오랫동안 너한테 너무 잘못했었어."

그때 석진의 시야에 검은 밤바다가 들어왔다. 그리고 누군 가 물에 들어간 것도 보였다. 부표가 흔들리고 있는 지점까지 사람의 형체가 다가가고 있었다. 일락이었다.

사랑의 기쁨

"안 돼! 일락아!"

석진은 일락의 이름을 부르며 바다로 뛰어들었다. 검은 바다 위로 일락의 형체가 나타났다 사라지기를 반복했다. 그러다 석진의 시야에서 완전히 사라졌다.

"아아아아…! 안 돼! 안 돼! 일락아!"

석진은 절규하며 바닷속으로 뛰어들었다. 그리고 얼마인지 알 수 없는 시간이 흘렀다. 이상한 일이었다. 사방이 온통 빛이었다. 분명 어두운 밤바다 속으로 뛰어들었는데 이토록 환하고 빛나는 세상이라니. 석진은 눈을 뜰 수가 없었다. 그렇게 눈을 감은 채로 빛 속을 아무런 의지 없이 떠다녔다. 절대 평온이었고 한 번도 느껴 본 적 없는 세상이었다. 어렴풋이 어떤 존재가 느껴졌다. 그에게 물었다.

"제 아이는 어디에 있습니까. 이 물속 어딘가에 있습니까."

"네 아이는 여기 없다. 너는 허상을 본 것이다."

아니야, 분명 일락이가 물속으로 들어가는 것을 보았어. 그것이 허상이라고? 석진은 일락이 물에 빠지지 않았다는 사실이 다행스러우면서도 자기가 이렇게 죽은 건가 싶어 두려웠다.

"저는 또다시 죽은 겁니까."

석진은 여전히 눈을 뜨지 못한 채 물었다. 그가 말했다.

"아니다. 아직은."

"그러면 저는 지금 어디에 있습니까. 이곳은 물속인가요. 아니면 또 다른 어디인가요."

"너는 지금 내 안에 있다."

"당신은 누구십니까."

"너를 만들고 사랑한 이다. 너를 만들 때 내가 주지 못한 것이 있었다."

" … 그것이 무엇인가요."

"사랑의 기쁨. 너를 많은 이의 사랑을 받도록 만들었으면서 정작 제대로 사랑할 줄 아는 능력을 빠트렸었지. 그래서 너에게 기회를 준 것이다. 진심으로 누군가를 사랑할 때 오는 충만한 기쁨을 느껴보라고."

"저에게 그 말씀을 하시려고 제 아이의 허상을 보게 하신 겁니까."

"이기적이었던 네가 그 허상에 이끌려 목숨을 버려도 좋을 만큼 사랑의 기쁨을 알게 되었다. 네 아이를 위해 너는 이제 아무것도 두렵지 않게 되었지. 그것이 죽음 같은 슬픔일지라도. 사랑이 궁극에 달하면 슬픔과 기쁨은 같은 것이 된다. 그 둘은 처음부터 같은 것이거든."

그 말을 남기고 빛은 사라졌고 석진의 몸은 물 위로 떠올랐다. 울음소리에 석진이 눈을 떴을 때 퉁퉁 부은 일락의 얼굴이 눈에 들어왔다. 울어서 눈도 부었고 입술도 부어서 못생긴 솜뭉치 봉제인형 같아 보였다. 그래도 귀여웠다. 나 때문에 우는 내 새끼. 석진은 아직도 눈물이 그렁그렁한 일락을 끌어당겨 안았다.

"이리 와. 아빠 괜찮아."

일락이 석진의 가슴팍에 엎어져 울었다. 석진은 일락의 머리와 등을 쓰다듬어 주었다. 손과 가슴으로 느끼는 일락은 허상이 아니었다. 석진은 제게 남은 날이 많지 않음을 직감했다.

긴급구조대가 석진을 병원으로 옮겼을 때, 석진은 이미 사망 상태였다. 바이탈체크를 해도 아무 것도 잡히지 않았다. 체온, 호흡, 맥박 그 모든 것들에 현대의학의 첨단장비들이 반응하지 않았다. 그러나 지금 석진은 살아 있다. 혈색이나 피부상태가 물에 빠지기 전과 다르지 않았다. 그건 역설적으로 석진이 처음부터 살아 있는 사람이 아니란 얘기였다.

지연은 병원 측에 환자를 직접 돌보겠으니 아무도 출입시키지 말라고 지시했다. 이상한 응급환자에 대한 소문이 밖으로 나가는 것을 막아야 했다. 이 병원이 정민의 병원 체인이기 때문에 가능한 일이었다.

지연은 일락을 끌어안은 채 잠든 석진을 바라보았다. 무언가에 홀린 듯 바닷속으로 뛰어들던 석진이었다. 아무 것도 없는 빈 바다를 아이의 이름을 부르며 들어가던 그를 미처 붙잡지도 못하던 그 순간, 지연은 다시 한 번 깨달았다. 이제는 그를 보내주어야 한다는 것을.

부산에서 나흘째 아침. 룸서비스로 조식을 먹는데 카톡이 들어오기 시작했다. 간간히 꽃주문도 있었지만 주로 태오와 순심이가 보낸 것들이었다.

"언제 오냐. 형님은 잘 계시고?"

태오였다. 대화명이 '일락이 삼촌'으로 바뀌어 있었다.

"멍!", "멍!", "멍!", "빨리 안 와? 집사놈아!"

이건 순심이. 대화명은 '덕구'였고.

희재가 보낸 건 좀 염려스러웠다. 꽃이 아니라 가게를 사려는 사람들이 자꾸 온다고. 다시 시작된 모양이었다. 일락의 가게를 노리는 부동산 하이에나들의 침공이.

"다들 인내심이 너무 없네. 고작 삼 일 지났는데 고새를 못 참고…"

무시하려다가 일락은 답글을 달았다. 친절하고도 까칠하게.

"부자유친 중이시다. 방해하지 말 것."

"덕구! 기다려! 주인님이 메이드 인 부산 개껌 사 갈 테니."

"안 팔아요! 라고 해주셈."

일락은 휴대폰 전원을 꺼버리고는 다시 먹는 것에 열중했다.

"친구들이 뭐래? 빨리 오라고?"

"아니. 푹 쉬었다 오래. 서울은 자기네들이 지킨다고. 아빠, 우리 여기 오래오래 있자."

그랬을 리가. 안 봐도 뻔했다. 분명 얼른 오라고 닦달을 했을 것이다. 이미 태오가 석진에게도 문자를 보낸 터였다.

"형님, 형님이 안 계시니 서울이 텅 빈 것 같습니다. 얼른 오십쇼. 일락이는 안 와도 되지만 형님은 꼭 오셔야 합니다."

석진은 속으로 웃었다. 아이들이 투닥거리는 걸 보는 건 석진에게 작은 안도감이었다. 자기가 떠나도 일락이가 마냥 외롭지만은 않을 거라는 희망이기도 했고.

생선 가시를 발라서 일락의 입에 넣어주었더니 잘 먹어서 석진은 자기 먹는 것도 잊고 이것저것 먹여 주었다. 오믈렛도 한 입, 소시지도 한 입, 토스트에 버터와 잼을 발라서 한 입, 당근 쥬스도 한 모금, 커피도 한 모금. 주는 대로 다 받아먹는 일락이가 예뻐서 석진은 눈물이 날 것 같았다. 이 얼굴을 이제 얼마나 더 볼 수 있을까. 스무 살이라고는 해도 아직 보송하게 어린 티가 남아 있어서 가끔은 진짜 대여섯 살 아기처럼 느껴지기도 했다. 요즘에는 부쩍 응석이 많아지고 애교가 늘어 귀여움이 나날이 더했다. 처음엔 까칠하고 무뚝뚝한 것이 나이보다 웃자란 것 같아 속으로 걱정하기도 했었다. 그런데 곁에서 사랑해주고 예뻐해주는 사람이 있으니 본래의 모습이 돌아온 것이다. 아이의 얼굴에도 마음에도 윤기가 흐르는 게 보였다. 내가 없어도 누구라도 이 아이 가족이 되어주면 좋으련만. 석진은 진심으로 간절해졌다.

"일락아."

"응?"

"아빠는 일락이가 일찍 결혼했으면 좋겠어. 얼른얼른 결혼해서 아이도 많이 낳고 식구들끼리 북적북적 그렇게 살면 좋겠어."

"돈 없어서 못해. 그리고 결혼은 혼자 해? 누가 나랑 결혼하려고 하겠어. 고등학교도 못 나오고 빚만 잔뜩 있는 고아한테… 아, 이제 아빠 있으니 고아는 아니구. 아무튼 난 그냥 덕구랑 살아야지. 덕구가 새끼 많이 낳으면 좋겠다."

하나하나 애처롭기 짝이 없는 결혼 불가 사유였는데 일락이 너무 아무렇지도 않게 말해서 석진은 그게 더 가슴 아팠다.

"아빠가 말이야. 살아도 보고 죽어도 보니까 알겠는데 말이야. 돈은 그닥 중요한 게 아니더라구. 아빠 친구 지연 아줌마나 병원 아저씨, 엄청 부자거든? 근데 둘 다 결혼 못했어. 왜지 알아?"

"첫사랑에 실패?"

"응. 바로 그거야. 첫사랑에 실패했음 두 번째 사랑, 세 번째 사랑에 계속 도전해야 하는 건데 그 사람들이 너무 순정파였던 거야. 지나간 추억에 매달려 한 발짝도 못 나가고 바보처럼 그렇게 살고 있더라구."

"근데 아빠는? 아빠 첫사랑에 성공했어? 엄마는 몇 번째 사랑이야?"

일락의 질문에 석진은 선뜻 대답할 수가 없었다. 첫사랑? 지연인가 싶다가 혜진인 것도 같고 그 둘 다도 아닌 것 같고, 첫사랑은 아예 한 적도 없는 것 같기도 하다. 그 누구도 온전히 사랑한 적이 없었다. 그렇게 보면 그냥 실패인 건가. 마음을 다 주지 않았던 사랑의 기억은 그렇게 참담했다.

석진이 대답을 못하자 일락은 그럴 줄 알았다는 표정을 지었다.

"근데 아빠, 내 생각엔 말야. 그 아줌마랑 아저씨는 나름대로 사랑하며 산 거 같아. 그랬으니 지금까지 살고 있는 거 아니야? 사랑은 말이야. 받는 것도 중요하지만 하는 게 더 중요하대. 사랑할 대상이 있어야 살 수 있대. 사랑받고 있는 건 모를 수 있지만, 사랑하는 건 자기가 알기 때문에 그 힘으로 사는 거래."

"누가 그래?"

"엄마가. 엄마는 사랑하는 아들이 있으니까 그 힘으로 살 수 있었대. 그리고 아빠도… 기다리고… 아, 그렇게 보지 마. 엄마 불쌍하지 않았어. 엄마 말이 사랑받지 못하는 것보다 사랑할 사람이 없는 게 더 불쌍한 거라고 했거든."

이런 얘길 일락은 과일을 먹으면서 아무렇지 않게 말했는데 석진은 그만 눈물이 터지고 말았다. 일락이 얼른 냅킨을 집어 석진의 눈물을 닦아주고는 다가와 안아주었다. 석진의 귓가에 일락이 사과 먹는 소리가 사각사각하고 부딪혀왔다.

안 가겠다, 더 있고 싶다는 일락을 달래 저녁 비행기로 서울에 가기로 하고 낮 동안에는 피트니스에도 잠깐 기웃거렸다가 호텔 수영장에서 시간을 보냈다. 처음에 석진은 수영장 가는 것이 썩 내키지 않았다. 그제 바다에 빠져서 고생했던 것 때문이기도 하고 사람들의 시선도 적잖이 부담되었던 것이다. 일락이가 하도 가고 싶어 하니까 가긴 가는데 제 수영복 차림을 보고 또 얼마나 다들 수군거릴지, 하며 지레 피곤해하던 중이었다. 그런데 어쩐 일인지 오전 내내 수영장에는 석진과 일락 밖에 없었다. 덕분에 석진 부자는 정말이지 신나게 놀았는데 수영장이 둘 만의 놀이터가 된 데에는 약간의 조작이 있었다. 수영장 입구에 〈수리 중〉 팻말을 걸어놓았던 것이다. 누가? 수호천사가.

수호천사는 석진 부자의 부산 여행에 함께하면서 그야말로

'열일'을 했다. 첫날 부산행 KTX 객실 안의 할머니, 댄스배틀의 공룡 댄서, 밤바다 구급대원 겸 응급차 기사, 오늘 석진이 비행기를 탈 수 있도록 조치해준 공항 직원. 그 모든 이가 수호천사였다. 심지어 석진이 인형뽑기에 매번 실패하자 기계에 슬쩍 인형을 걸어준 것도 수호천사였다.

지상의 불빛이 밤하늘의 별처럼 반짝이는 야경 위를 날면서 수호천사도 급격히 피곤해졌다.

"아휴. 삭신이야. 여기저기 안 쑤시는 데가 없네. 야, 윤석진. 너 땜에 수호천사 과로사하게 생겼다. 진짜~"

석진 부자가 즐거운 시간 갖도록 온갖 뒤치다꺼리를 하면서도 인간의 일에 과도하게 개입한 게 아닐까 걱정도 했었다. 시말서 써야 하나. 뭐 좋아, 까짓 거 쓰지 뭐. 석진이 넌 하느님이 내게 맡긴 아이. 네가 아들이랑 그렇게 행복한 시간을 보냈으니, 이게 다 수호천사의 보람 아니겠냐며 수호천사는 빈자리에 다리를 뻗고 누웠다. 물론 사람들 눈에는 안 보이지만.

플로라 다니카

새벽 다섯 시. 일락은 가만히 일어나 소리도 없이 집을 빠져 나갔다. 그 여름밤 이후로 계속 생각해오던 일이 있다. 어쩌면 김환일지도 모를 그를 만나는 일. 석진이 공연 중 사고를 당했 을 때 옮겨졌던 병원에 가볼 참이다. 거기서 그 아저씨를 봤었 지. 그를 만나야 해. 병원 여기저기를 돌아다니다 보면 한번쯤 마주치겠지. 그럼 아저씨를 붙잡고 물어볼 거야. 혹시 아저씨 가 김환 씨예요? 아니 아니 그게 아니라, 혹시 우리 아빠예요? 이제 와서 우리 아빠면 안 될 것 같긴 하지만 그래도 물어는 볼게요. 이렇게 할까. 아니면 혹시 아저씨가 김환이더라도 당 분간은 아닌 척해주세요. 저는 한동안은 윤석진 씨 아들로 살 렵니다. 이럴까? 아, 이것도 아닌데. 이거 도대체 뭘까. 낳은 정 기른 정 그런 것도 아니고 말야. 마음은 석진이 아빠인데 왠 지 모르게 그 아저씨가 아빠일 것 같은 이 이상한 기분을 해결하기 위해서라도 당사자를 만나야 했다. 다음 일은 그 다음에 생각하기로 하고 일락은 길을 계속 걸었다. 병원 이름도 모르고 이른 새벽이라 택시 잡기도 마땅치 않아서 그저 기억을 더듬어 걷기만 했다. 한참 걷다보니 서서히 동이 터오고 있었다. 병원이 보였다. 다시 보니 울창한 숲속에 자리 잡은 커다란 병원이었다.

일락은 응급실 로비에 앉아 오가는 사람들을 유심히 살폈다. 그때도 응급실 근처에서 그를 만났던 것 같다. 여기 있으면 오지 않을까. 하지만 여덟 시, 아홉 시, 열 시가 되어도 그는 보이지 않았다. 오래 걸었고 아침도 먹지 않아서 배가 고팠다. 뭘 좀 먹어야겠다 싶어서 들어간 편의점에서 그를 만났다. 하필 이때 핸드폰 배터리가 나가버려서 결제를 못하고 쩔쩔매고 있는데 그가 다가온 것이다.

고급스러운 가구들, 좋은 냄새, 은은한 음악. 병원에 이런 방이 다 있구나. 말로만 듣던 펜트하우스란 건가. 정민의 집무실로 초대된 일락은 움츠러들었다. 배가 고파서 그런 거라고 일락은 생각한다.

"뭘 좀 먹고 얘기할까. 나도 아직 아침 안 먹었거든."

정민이 냉장고에서 먹을 것을 꺼내 왔다. 일락은 편의점에서 산 캔커피와 빵이 좀 민망해졌다. 인어공주 양순심이 소개팅할 때 이런 기분이었을까?

"저는 제가 산 거 먹을게요."

아, 말하고 보니 제가 산 것도 아니었다. 아저씨가 대신 결제했으니까. 귀밑까지 화끈거려서 일락은 괜히 헛기침을 했다.

"어, 그것도 나랑 같이 먹고 이것도 나랑 같이 먹어. 안 먹으면 아주머니가 청소하면서 다 버리거든. 아깝잖아. 멀쩡한 건데."

정민이 블라인드를 걷으면서 말했다. 햇빛이 쏟아져 들어와 일락은 주춤하며 뒤로 물러났다. 햇살이 일락의 얼굴에서 반짝였다. 찰나의 순간 정민은 스치듯 석진을 본 것 같았다. 아, 닮았네. 정민은 처음 자기를 만나러 오던 때의 석진을 떠올렸다. 그때 햇빛을 받은 눈동자가 갈색으로 반짝였었지.

"아저씨, 저 누군지 알죠."

"알지."

"예전에 우리 가게에 꽃 사러도 왔었고, 좀 되긴 했는데 지난번에… 윤석진 씨 다쳐서 병원 왔을 때도 나 봤었죠. 나 막

울면서 윤석진 씨 찾아달라고 했던 거 기억나시죠… 그리고 저번에도 봤었고요. 나 쓰러진 날…"

"그랬지."

정민이 빙긋 웃으며 말했다.

"… 아저씨 … 아저씬 누구예요?"

"이름이 뭐야? 저번에 들었는데 기억이 안 나네."

캔커피를 커피 잔에 따라주면서 정민이 말했다. 그냥 보기에도 엄청 비싸 보이는 커피 잔이었다. 금테를 두른 잔에 섬세한 꽃무늬가 새겨져 있었다. 천 원짜리 캔커피가 황송해하겠다. 저기에 담겨지느라.

"일락이요. 라… 일락."

"어. 일락이. 나… 내가 누구냐면… 이름은 서정민이고 일락이 아빠 친구."

일락의 심장이 툭! 하고 아랫배 쯤에 떨어졌다. '일락이 아빠'란 말이 나왔다. 일락은 심장을 다시 가슴께로 끌어올리고는 숨을 깊이 들이마시고 물었다.

"제 아빠가 누군데요."

"응? 아빠가 누구냐고? 석진이가 말 안 해? 안 가르쳐줬어? 아, 그나저나 지금 들고 있는 그 커피 잔, 석진이가 좋아하던 거였는데. 석진이가 다 깨먹어서 지금 그거 하나 남았어."

커피 잔? 다 깨먹었다고? 아니, 아니. 지금 그게 중요한 게 아니야. 이거 꼭 물어봐야 해. 지금 아니면 기회가 없어. 일락은 결심한 듯 물었다.

"아저씨, 김환이란 사람 알아요?"

일락이 떨리는 목소리로 묻자 정민이 가볍게 웃을 듯 말 듯한 얼굴로 일락을 바라보았다.

"알지, 잘."

아, 드디어!

"김환은… 정말 멋진 사람이지. 그렇게 매력적인 사람은 다시없을 거야. 아마."

일락은 벽면 한쪽에 놓여 있는 피아노를 응시했다. 이 사람도 음악을 하는 사람이구나. 혹시 진짜 김환일까. 자기 보고 자기가 멋지다고 하지는 않겠지.

"아저씨도 대학생 때 가수였어요?"

"어… 뭐…, 그 비슷?"

일락은 다시 복잡한 심경이 되었다. 이 사람이 김환이면 내 아빠인데 왜 반갑지가 않은 걸까. 너무 동떨어진 세상의 사람이라 그런 것일까. 나와 어울리지 않는 내 아빠라니. 마치 비싼 커피 잔에 담긴 캔커피가 된 기분이었다. 갑자기 석진이 보고 싶어졌다. 그때였다.

"김환은… 석진이가 밴드할 때 이름이었어."

일락은 저도 모르게 벌떡 일어났다. 이때 일락의 무릎이 탁자를 쳤고 그 바람에 커피 잔이 찬란한 파열음을 내며 바닥에 떨어졌다.

"아! 이런! 마지막 남은 한 개를 우리 일락이가 깨네."

정민이 머리를 감싸 쥐며 큰 소리로 웃었다.

일락은 깨진 커피 잔부터 수습해야 할지 아니면 놀란 제 마음부터 추슬러야 할지 몰라서 허둥댔다. 일단 깨진 커피 잔 조각을 손으로 줍기 시작했다.

"아, 아니야. 가만 놔둬. 그러다 손 다쳐. 이따 아주머니 오시면 치울 거야."

갑자기 눈물이 핑그르르 돌았다. 아! 그러면 그렇지. 김환은 윤석진. 윤석진은 김환. 그런데 왜 아니라고 했어. 왜 모른다고 했어. 윤석진 씨, 왜 나한테 거짓말했어.

"아닌데. 윤석진 씨는 김환 모른댔어요. 그거, KH. 김환 약자잖아요. 제가 아저씨 지갑에 써져 있는 거 봤는데요. 아저씨가 김환 아니에요? 진짜 아니에요? 아니죠?"

기분이 이상해서 그거 감추려고 따지듯 물었다. 석진이 김환이어서 좋은데 속상한 마음도 동시에 들었다. 왜 나한테 진작에 말해 주지 않았어. 김환이라고.

정민이 고개를 갸웃하더니 지갑을 꺼냈다. 그러더니 피식 웃었다.

"아, 이거. 기성 하스피럴(Kisung Hospital) 약자? 병원 창립 70주년 기념품. 그럼 일락이는 이거 때문에 내가 김환이라고 생각했던 거야?"

하… 그거였어? 기성 하스피털? 그래서 KH? 허탈하기도 하고 우습기도 해서 일락은 소파에 털썩 주저앉았다.

"그런데 내가 김환이면 뭐가 달라지나?"

"아뇨. 아무 것도요."

그때였다. 노크도 없이 집무실 문이 열리더니 할머니 같기도 하고 아주머니 같기도 한 사람이 들어왔다. 옷차림이 고상했다.

"에구! 이게 뭐야. 도련님, 이제 다 깨잡순 거예요?"

"하하. 그렇게 되었어요. 이 친구가!"

아주머니가 일락을 흘끗 보더니 마뜩찮은 얼굴로 잔소리를 했다.

"이거 비싼 건데. 맞춤 주문한 거라 살 수도 없는 거고. 플로라 다니카라고 저어기 유럽에 왕실에서 쓰는 거예요. 도련님, 옛날에도 이 커피 잔 자주 깨먹던 친구 있지 않았어요?"

"아, 여사님, 기억하시는구나. 이 친구가 그 친구 아들이에요. 어때요, 닮았죠?"

"안 닮았는데? 그때 그 친구 분은 엄청난 미남이었잖아요. 이 학생은 그냥 얌전하고 곱상하니… 그러고 보니 우리 도련님하고 좀 닮은 것 같네."

그래요, 저 안 미남입니다. 우리 아빠하고 안 닮았고요. 그래서 뭐 잘못되었나요? 일락은 미남 아빠를 닮지 않은 수모를 이렇게 또 겪는구나 싶으면서도 김환이 윤석진인 것을 확인한 터라 마음이 너그럽다. 그래서 그냥 그러려니 한다. 그런데 이 아저씨는 또 왜 이래.

"아, 그래요? 일락아! 너 내 아들해라. 우리 여사님이 너하고 나 닮았대. 너랑 석진이가 깨먹은 커피 잔 값 달라고 안 할 테니 그냥 내 아들해주라. 응?"

"싫어요! 아빠랑 제가 깨먹은 커피 잔 값은 제가 벌어서 갚을게요. 그럼 안녕히 계세요."

일락은 자리에서 벌떡 일어나 뒤도 안 돌아보고 나갔다. 아주머니가 일락의 등 뒤에서 소리쳤다.

"애, 그거 셋트로 1억 넘는 거야. 커피 잔 한 개 값만 해도 몇 백이란다. 그냥 아들 하는 게 싸지 않겠니?"

뭐?! 이, 이, 일, 일억?! 으아! 어떡하지? 안 그래도 빚 많은 데… 일락은 다리가 후들거려 간신히 문을 닫고 나왔다.

그 어떤 행운

일락은 석진 몰래 은행에서 온 독촉장을 확인했다. 당장 한 달 안에 8천만 원을 갚지 못하면 집과 가게를 경매에 붙이겠다는 내용이었다. 아찔하고 암담했다. 무슨 수로 8천만 원을… 한숨이 절로 났다. 집과 가게가 날아가면 어떡하지. 그러기 전에 팔까. 팔면 얼마나 받을 수 있을까. 빚은 8천만 원보다 더 많았는데 일단 이 달 안에 갚아야 할 돈이 그 정도였다. 하… 집을 팔아서 빚을 다 갚고 나면 아빠랑 어디서 살지. 무얼 하며 살지. 일락은 심란해져서 집을 나섰다.

"어디 가니. 곧 저녁 먹을 시간인데."

"잠깐 바람 좀 쐬고 올게. 어디 가지 말고 집에 있어야 해."

바람 쐬러 간다고? 그리 오래 같이 살진 않았지만 바람 쐬러 간다고 한 건 처음이었다. 뭔가 마음 상한 게 있나. 아까 방에 들어가서 한참을 나오지 않더니. 석진은 일락이 나간 후 일락의 방에 들어가 보았다. 그렇게 발견한 독촉장. 천천히 읽어보고 또 읽어봤다. 8천만 원. 공연을 한다 해도 당장 그 큰돈을 벌 수 없을 것 같았다. 아, 어떡하지. 석진은 방 안에서 머리를 싸매고 뒤척이다가 밖으로 나갔다. 그러다 복권판매점 앞에서 발을 멈추었다. 혹시 모르잖은가. 이래봬도 죽었다 살아난 사람인데 뜻밖의 행운이 있을지.

젊은 사람이 일해서 돈 벌 생각은 안 하고 요행이나 바란다고 할까 봐 눈치 보며 복권판매점에 들어갔더니 주인이 뚱한 표정으로 싸인펜을 건넸다. 싸…인펜은 왜?

"엄마가 사오랬어요."

주인이 누가 물었어? 하는 표정으로 쳐다봤다.

"엄, 엄마가 복권 사오랬…."

민망하고 쑥스러운 기분에 안 하던 거짓말을 하려니 말이 잘 안 나왔다.

"오늘은 뭔 날인가. 엄마들이 왜 이리 복권을… 이봐, 총각. 그냥 자동으로 해. 괜히 숫자 고른다고 애쓰지 말고…. 뭐여, 로또 처음 해봐? 인줘 봐. 내가 해줄게."

석진은 기어들어가는 목소리로 "…네." 하고는 5천 원과 복권을 바꿔들고 나왔다. 괜히 샀나 싶다. 안 될 게 뻔한데 지푸

라기라도 잡고 싶은 심정이다 보니… 추첨이 오늘 저녁이니 몇 시간 안 남은 건 그나마 좋았다.

추첨 시간이 되어 석진은 텔레비전 앞에 앉았다. 아니나 다를까, 꽝! 잠시 후 일락이 방에 들어오더니 "아빠, 로또 샀어?" 한다.

"어…어. 뭐 가게 지나가다가 그냥 좀 심심해서…"

갑자기 일락이가 까르르 웃기 시작했다. 석진은 목덜미가 화끈했다. 자식 앞에서 무능한 아버지 모습을 보인 것 같은 느낌이었다. 그런데 일락은 "나도! 나도 아빠. 근데 꽝이야!" 하며 또 까르륵 웃어댔다. 석진도 그제야 푸하하! 하고 웃음을 터뜨렸다. 둘이 맞춰보니 맞는 번호가 하나도 없었다. 그래서 더 웃기고 신기했다.

"와, 퍼펙트하네. 어째 한 개도 안 맞냐."

"처음 사 본 로똔데 혹시나 했더니 역시나네."

"아빠도 처음 사봤어. 근데 정말 그동안 로또 안 사봤어?"

"응. 혹시라도 당첨될까 봐 안 샀어."

이건 또 무슨 소리?

"인생에는 누구나 대박 행운의 기회가 한 번쯤은 있대. 근데 로또 당첨되는 걸로 그 행운을 써버리면 아빠를 어떻게 만나.

나한텐 아빠가 집에 오는 게 더 큰 행운이거든."

아! 진짜… 석진은 너무 좋아 아무 말도 할 수 없었다. 자식 키우는 기쁨이란 게 이런 건가. 석진은 일락을 힘껏 끌어안았다.

"아, 그래서 말야. 내가 오늘 로또를 산 건 이제 아빠도 집에 왔으니 혹시 다른 행운을 기대해도 좋지 않을까 해서였는데 역시 아닌가봐. 내일부터 또 가게일 열심히 하고 아르바이트도 알아봐야지. 아빠, 아빠는 그냥 집에 있어. 일하려고 하지 말고."

"왜? 아빠도 일해야지. 그래야 돈을 벌지."

"아니야. 일 안해도 돼. 돈 안 벌어도 돼. 집이랑 가게에만 있어. 돌아다니지 말고."

일락은 불안했다. 당장 8천만 원 빚보다 아빠가 밖에 돌아다니다가 사고라도 당할까 봐 그게 더 겁이 났다. 일락도 느낌으로 알았다. 아빠가 제 곁에 그리 오래 있지는 못할 것이란 걸. 떠날 때 떠나더라도 제 곁에서 떠나야 하는 것이다. 아무데서나 가버리게 하면 안 된다고 일락은 혼자서 다짐 아닌 다짐을 하고 있었다.

"아빠, 내가 있잖아. 오늘 로또가게에 가니까 좀 쑥스러

운 거야. 그래서 아저씨한테 엄마가 로또 사오라고 시켰다고
했지."

아하하하하하! 석진의 웃음보가 터지고 말았다. 아아, 넌
역시 내 아들! 우린 부끄럼 많은 것도 닮은 천생 부자지간. 똑
같이 엄마 핑계를 대고 복권을 사다니. 석진은 일락이 너무 귀
여워 깨물고 싶었다. 아휴, 정말, 귀여워서 이 녀석을 어째.

다음 날, 석진은 일락을 데리고 정민의 병원으로 갔다. 일
락은 할머니를 보러간단 얘기에 작은 꽃다발을 준비했다. 가
슴이 두근거렸다. 내게 할머니가 있었다니.

"온다고 얘기했으면 차를 보냈을 텐데."

정민은 갑자기 나타난 석진이 놀랍고도 반가웠다. 아이까
지 데리고 온 것도 신기했다. 일락을 보자 이제 이 아이가 제
게 마음을 좀 열어주면 좋겠다는 섣부른 기대도 생기려 했다.

"어머니 좀 볼 수 있을까. 애가 할머니한테 인사는 해야 할
것 같아서."

"그래. 네가 언제 올까 기다리고 있었어. 어머닌 그냥 그 상
태 그대로시고."

VIP 병동으로 가는 엘리베이터 안에서 아무 말이 없는 두

사람을 보면서 일락은 괜히 저 혼자 긴장했다. 우리 할머닌 틀림없이 가난한 사람일 텐데 어째서 이렇게 으리으리한 병원에 계신 걸까. 그리고 저 병원 아저씨는 왜 우리 할머니를 돌보고 있는 걸까.

일락은 정민을 몰래몰래 쳐다보았다. 일락과 눈이 마주치자 정민이 싱긋하고 웃었다. 일락은 웃지 않으려고 입을 앙다물고 정면을 응시했다. 그러다가 엘리베이터 문에 KH와 Kisung Hospital이 자잘하게 새겨진 문양을 보게 되었다. 일락으로 하여금 정민이 김환 아닌가 생각하게 했던 그것이었다. 그 생각을 하자 한때 정민이 아빠였으면 했던 것이 떠올라 일락은 괜히 석진에게 미안해졌다. 일락은 석진의 손을 힘주어 꼭 잡았다.

부산에서 묵었던 호텔방보다 훨씬 더 좋아 보이는 병실에 할머니가 누워 있었다. 호흡기를 부착하고 있는 할머니의 얼굴은 작고 투명했다. 젊어서는 미인이었음이 분명해 보이는 이목구비였다. 척 보자마자 아빠가 할머니를 닮아서 잘생긴 거로구나 싶었다.

석진이 침대 맡에 한참을 서 있다가 간신히 입을 열었다.

"엄마, 나 왔어. 얜 내 아들. 이름이 라일락이야. 일락아,

할머니한테 인사해야지.”

일락은 석진의 손을 꼭 잡은 채 기어들어가는 목소리로 “안녕하세요.” 했다.

아무 말도 듣지 못하고 누가 왔는지도 모를 어머니는 그 어떤 반응도 없이 고요했다. 석진은 물끄러미 어머니를 바라보았다. 어머니는 무슨 힘으로 이 시간을 견디고 있는 것일까.

“할머니… 꽃…”

일락이가 꽃다발을 할머니 손에 끼워 넣듯이 가져다 놓았다. 그러자 그 순간 놀라운 일이 벌어졌다. 꽃다발이 툭! 하고 침대 아래로 떨어진 것이다.

“아빠! 할머니 손이 움직였어!”

정민이 황급히 다가가 환자의 상태를 살폈다. 바이탈 싸인에는 아무런 변화가 없었다. 그런데 분명 환자의 반응이 있었다.

“어머니, 혹시 저희 목소리 들리시면 손을 움직여보세요. 눈을 뜨실 수 있으면…”

하는데 환자의 눈이 가느다랗게 떠지는가 싶더니 눈물이 주르륵 흘러내렸다.

“엄마!”

석진이 큰소리로 불렀다. 그 소리에 맞춰 환자가 눈을 떴다. 커다랗고 아름다운 눈동자였다. 석진이 일락을 가까이 오게 했다.

"엄마, 봐봐. 엄마 손자야. 내 아들 일락이. 봐봐. 엄마, 나 닮았어. 예쁘지, 잘생겼지. 일락아, 얼른 할머니 손 잡아드려."

일락은 할머니의 손을 꼭 잡았다. 일락은 자신의 손을 잡은 할머니의 손이 처음에는 힘이 들어가는가 싶더니 점점 느슨해지는 것을 느꼈다. 그리고 얼마 후 힘이 빠져나간 손이 털썩 떨어지는 것도 느꼈다.

"할머니!"

일락이 소리쳤다. 그와 동시에 모니터 화면의 바이탈 체크 신호가 플랫라인으로 떨어졌고 동시에 모든 장비의 전원이 일제히 나갔다. 석진과 일락이 당황하는 사이 정민은 침착하게 환자의 상태를 체크했다.

"저번에 내가 말한 적 있지. 어머니 이 병실에 모시고 이상한 일들을 좀 겪었다고. 이 병실, 초정밀 설계되어서 오차라거나 오류라거나 그런 것들이 있을 수 없는데 가끔 이상한 빛이 새어 들어올 때가 있어. 그 빛이 들어오면 여기 장비들의 전원이 갑자기 꺼져. 시스템상 전원이 나갈 수도 없고 설령 그렇다

하더라도 신속하게 2차 조치를 할 수 있게 되어 있는데 이게 전혀 시스템에 잡히질 않아. 그 빛이란 거. 다른 사람들은 아예 못 느끼고 나만 보는 것 같거든. 뭔가 다른 힘이 작용하고 있는 느낌이야. 그런데 그 빛이 왔다 가면 어머니 상태가 좀 나아져. 실제 99.99% 사망에서 다시 원 상태로 돌아온 적도 있었어."

석진은 그 빛의 정체를 알 것도 같았다. 절대적인 존재는 자기 말고 다른 종류의 힘을 인정하지 않는 것 같았다. 인간이 만들어 낸 전기 따위.

"방금 운명하셨어."

한참 후 정민이 사망진단을 내렸다. 석진은 긴 한숨을 내쉬었다. 이럴 줄 알았다. 자신을 인지하는 순간 어머니가 떠나갈 것임을. 어머니는 이 한순간을 위해 그 긴 시간을 견뎌왔던 것이다. 석진은 생각한다. 엄마는 오래전에 죽었지만 오직 인간의 의지 너머에 있는 원초적 감정으로 남아 절대자에게 호소했을 거라고. 아들을 보게 해달라고. 그때까지만 머물게 해달라고. 그리고 석진은 또 생각한다. 똑같은 기도를 자신도 하게 될 거라는 걸.

기억의 저편

장례식이 있었다. 정민과 지연이 왔고 태오와 순심이도 참석했다. 작고 조촐한 의식이었고 비가 왔다. 석진은 장례식을 주도하는 정민을 지켜보았다. 오랫동안 아무런 대가 없이 제 어머니를 돌봐온 정민이었다. 대가가 없는 정도가 아니라 자기의 인생과 바꾼 것일 수도 있었다.

"고마워, 다들. 난 뭐, 곧 엄마 만나게 될 거라서. 어… 그래서 괜찮아. 지금"

석진은 울지 않았고 담담하게 다가올 이별을 예고했다. 곧 만나게 될 거란 말이 무슨 의미인지 알기 때문에 정민과 지연은 가슴이 먹먹해졌다. 그가 다시 떠나면 지난 이십 년의 시간처럼 그렇게 그리워하며 남은 시간을 살게 될까. 현대 의학의 정점에 있는 두 사람은 누구도 믿지 않을 이 일에 대하여 그어떤 이해도 하려고 하지 않았다. 기적이라고도 초자연이라고도 생각하지 않았다. 그냥 그것은 그들 앞에 벌어진 꿈만 같은 어떤 일이었다.

지연은 건너편 테이블에 모여 있는 아이들을 보았다. 저희들끼리 일락이를 위로하고 있었다.

"일락이… 아빠가 떠나고 나면 많이 힘들어 할 거야. 아이 성격이 쉽게 정 주지 않는 것 같은데 그런 사람이 누굴 좋아하면 마음이 깊어서 상처도 오래 가. 이미 저 애는 분리불안을 겪고 있어."

지연의 말에 석진은 애틋한 시선으로 일락을 바라보았다. 내 아들. 다시 아빠 없이 살아야하는데 견뎌낼 수 있겠니. 돌덩이가 얹힌 듯 가슴이 무거웠다.

"부탁이 있어."

무언가 긴한 이야기를 하려는 듯 석진의 시선이 흔들렸다. 지연과 정민의 시선도 함께 흔들렸다.

"우리 일락이… 좀 부탁해. 자주는 말고 가끔씩만 들여다 봐 줘. 아직 어려. 착한 애니까 힘들게 하지는 않을 거야. 하필 나 같은 놈이 아빠라서 다른 아이들처럼 살지 못했어. 이거, 갚지 못할 부탁인 거 알아. 미안해."

정민이 흔쾌히 그러겠다 했다. 내 아들이면 좋겠다는 농담도 하며. 지연도 고개를 끄덕였다. 지연은 일락이가 자기를 경계하는 걸 알고 있었다. 일락이를 볼 때마다 아빠를 누구에게도 빼앗기고 싶지 않은 마음이 너무나 선명하게 느껴졌었다. 석진의 아이, 석진의 흔적, 석진의 모든 것. 지연은 일락에게서 아버지를 빼앗아 간 것이 자기라고 생각한다. 이제 기꺼이 그 죄의 대가를 치를 것이었다.

태오와 순심은 일락을 달래느라 별별 이야기를 늘어놓고 있었다. 태오는 일락이를 웃게 하려고 자기가 아는 할머니들을 죄다 불러왔다. 친할머니, 외할머니, 고모할머니, 이모할머니, 옆집 할머니, 앞집 할머니…. 얘기 속 할머니들은 다들 따뜻하고 정 많은 그런 할머니들이었다.

"그러니까 말야. 일락이 니가 할머니가 보고 싶으면 우리 집에 놀러 오면 된다구. 우리 할머니 알지? 올해 일흔 넷! 한창 귀여우실 나이지. 남대문 시장 여왕벌 홍여사. 할머니가 묻더라. 너 왜 요샌 놀러 안 오냐고…"

"나 지금 별로 안 슬프거든? 그러니 위로 안 해도 돼."

"안 슬프기는? 안 슬픈 애가 그렇게 울어?"

순심이가 울음 섞인 목소리로 말했다. 일락이가 우는 걸 옆에서 보면서 저도 눈물이 난 터였다.

"너네들은 내 맘 몰라."

이십 년간 존재 자체도 모르다가 단 한 번 본 할머니의 죽음은 그 자체로 슬픔이라기보다 앞으로 다가올 슬픔의 예고편인 것 같았다. 일락은 그래서 울었다. 아빠가 떠날 때의 상황이 자꾸만 상상되어서 눈물이 하염없이 흘러내렸던 것이다. 순심은 또 눈물이 글썽해지는 일락에게 남은 티슈를 모두 건넸다. 눈두덩이 빨갛게 부은 일락을 보니 안아주고 싶다.

건너편 테이블로 시선을 돌려보니 사뭇 무겁고 심각한 분위기였다. 순심은 세 사람을 유심히 살폈다. 지연의 교수실에 있던 그 사진의 비밀이 눈앞에서 펼쳐지고 있었다. 지연이 왜 새로운 사랑을 할 수 없었는지도 짐작이 갔다. 순심이 보기에 그녀는 사람이 일생 동안 가질 수 있는 감정을 단 한 사람에게 다 쏟아버린 것 같았다. 그 사람을 처음 만난 순간의 환희, 호기심과 관심, 설렘, 조바심, 질투, 욕망과 갈등, 미움과 용서, 분노와 좌절, 죽음으로 인한 이별, 긴 기다림, 재회, 그 후에 다시 올 이별까지 그 모든 것들이 석진에 대한 사랑에서 비롯된 것이었고 그 감정들 하나하나가 다 절실하고 커서 다른 사랑을 할 수 없었던 것 아닐까. 지연의 외사촌 오빠라는 사람도 다르지 않은 것 같았다. 어른들의 사랑이란 어떤 것인지 알 수 없지만 저 세 사람은 그야말로 삶과 죽음을 초월한 사랑의 기억 속에 머물고 있는 것 같았다. 순심은 난 저러지 말아야지, 생각한다. 사랑의 기억이 아니라 현실의 사랑 속에 살 거라고 다짐한다.

얼마 전 정민이 석진에게 가방 하나를 건넸다. 낡았지만 고급스런 것이 어쩐지 눈에 익었다. 집에 가서 열어 보니 악보와 카세트테이프가 들어 있었다. 석진과 정민이 함께 만든 곡들이었다. 석진은 악보를 한 장 한 장 넘겨보았다. 왈칵 그리움이 밀려들었다. 함께 곡 작업을 하고 공연을 하던 그 시절이 손에 잡힐 듯 다가왔다. 카세트테이프는 데뷔를 앞두고 연습 삼아 녹음한 데모테이프였다.

"이게 다 뭐야? 아빠 노래?"

석진의 등 뒤에 붙어서 같이 악보를 보던 일락이 물었다. 장례식 이후 석진에 대한 집착이 더 심해져서 일락은 틈만 나면 석진 옆에 붙어 있으려 했다.

"응. 병원 아저씨랑 아빠가 만든 거야. 이 테이프 안에는 아빠가 직접 노래한 것도 있는데. 너 혹시 카세트플레이어 있니?"

"없어. 태오한테 가져오라 할까?"

잠시 후 삼십 분도 안 되어서 태오가 카세트플레이어를 들고 왔다.

"어디 있습니까. 이십 년 전 형님 목소리를 담은 그 문화재는요?"

플레이어에 카세트테이프를 꽂는 석진의 손이 떨려서 테이프가 한 번에 들어가지 못하고 덜거덕거렸다. 잠시 후 테이프가 돌아가고 "형, 이번엔 한 번에 쭉 갈게.", "오케이" 하는 석진과 정민의 대화가 먼저 들렸다. 그리고 노래가 이어졌다.

피아노로 시작하는 전주부터 귀를 사로잡기 시작했다. 석진은 하! 하고는 짧은 탄식을 내뱉고선 눈을 감았고 일락과 태오는 숨도 크게 쉬지 않고 노래를 들었다. 3분 정도 길이의 첫 곡이 끝나고 다음 곡도 연속해서 들었다. 총 9개의 곡이 수록되어 있었다. 테이프 안에는 곡 하나가 끝날 때마다 정민이 다음 곡의 이름과 가사의 내용을 짧게 설명하는 목소리도 함께 담겨 있었다. 전곡이 끝났을 때에는 석진과 정민이 서로 웃으며 박수치고 기뻐하는 소리가 들렸다. 테이프 안에 생동감 넘치는 스무 몇 살의 석진이 살아 있었다.

아빠의 젊은 날. 일락의 눈시울이 붉어지고 있었다. 요즘엔 진짜 눈물이 많아져서 조금만 슬픈 생각을 해도 눈이 빨개졌다. 일락은 언젠가부터 석진과 함께하는 모든 순간이 기쁘고 또 슬펐다. 일락의 마음이 어떨지 석진도 잘 알았다. 석진의 마음도 같았으니까.

"이거 우리만 듣기 아까운데요. mp3 파일로 변환해드릴 게요."

태오가 이대로 두면 카세트테이프도 노후화되어서 음질이 변하니까 mp3로 변환해서 유에스비에 담아주겠다고 했다. 무슨 말인지 석진은 통 알아듣지 못했는데 일락은 그게 좋겠다고 했다. 아빠 노래 소리를 영구저장할 거라며.

"근데 아빠, 이건 뭐야? 저작권 등록?"

가방 안에는 악보 말고도 다른 서류가 있었는데 데모테이프 안에 수록된 곡들의 저작권 승계에 관한 것이었다. 저작권 승계권자가 라일락으로 되어 있었다.

"아, 그 병원 아저씨 뭘 좀 아시네. 일락아, 너 잘하면 부자 될 수 있겠다. 이거 저작권 등록하고 저작권협회 가입하잖아? 그런 다음에 사람들이 이거 많이 들으면 저작권료가 생겨."

태오가 들뜬 목소리로 말했다. 석진은 저작권 서류들을 다시 한 번 찬찬히 살펴보았다. 어머니 장례식이 끝나고 카페에서 정민과 한 이야기들이 있었다. 정민이 이십 년 전 작업한 곡들에 대해 일락에게 저작권을 양도하겠다는 것이었다. 작사/작곡자는 정민이었지만 모든 곡들이 석진과 함께 만든 것이니 석진이 공동저작권자나 마찬가지라고 했다. 그러니 석진의 아들인 일락에게 저작권이 승계되는 것이 마땅하다고.

"아, 이게 뭐 얼마나 돈이 될 거라고. 난 당장 다음 달 말까지 갚아야 할 돈이 8천만 원이야."

"그건 모를 일이야. 나한테 좋은 생각이 있어."

태오가 의미심장한 미소를 지었다.

가을날의 동화

"우리 콘서트 한 번 해요. 근사하게."

태오의 제안이었다. 정민의 곡들과 석진이 대학시절 부르던 노래, 가을에 어울리는 몇 곡으로 구성된 작은 음악회였다. 장소는 일락의 집 마당이고 동네 주민들과 일락의 지인들을 초청하기로 했다. 정민도 좋다고 했고 필요한 악기나 음향 장비를 지원하겠다고 했다. 태오도 공연에 필요한 각종 장비와 도구들을 동원하는 데 힘을 보탰다. 거기에 더해 태오는 유튜브로 콘서트를 생중계하기로 했다.

콘서트 이름은 〈가을, 純心이 오네〉였다. 태오가 콘서트 전체를 기획하고 태이가 무대 디자인과 초대장을, 순심과 희재가 그날 올 손님들을 위한 다과를 준비하기로 했다. 일락이는 집안 곳곳을 꽃으로 장식하는 일을 맡았다. 11월 첫째 수요일에 하기로 하고 모두 이 즐거운 계획에 살짝 들뜬 채 몇 주간을 보냈다.

처음에는 이게 될까 싶은 마음 반, 그냥 재미 삼아 해보자는 마음 반이었는데 태이가 디자인한 초대장이 나오자 공연을 한다는 것이 실감이 나기 시작했다.

"이게 내 데뷔 무대구나?"

석진이 초대장을 펼쳐 보며 웃었다.

"공연기획자로서 제 데뷔 무대이기도 합니다. 형님!"

태오는 석진을 향한 선망과 일락과의 우정을 담아 이 콘서트를 '내 인생 최초이자 최고의 공연'으로 삼겠다며 벼르고 있었다. 그 핑계로 행사의 성패는 현장에 있다며 매일 일락의 집에 드나들었다.

공연 준비는 태오만 하는 게 아니었다. 가장 중요한 건 역시 가수와 연주자기 때문에 석진과 정민도 자주 만났다. 이십 년 만에 정민의 스튜디오에서 다시 합을 맞춰 보게 된 두 사람이었다.

드디어 공연 날이 되었다.

"거 참, 콘서트 하기 좋은 날씨네! 다 내 기도 덕분인지 아시라고들! 내가 매일매일 기도했다는 거 아니냐. 우리 오빠한테도 부탁했지. 음하하하핫!"

순심이가 제일 먼저 대문을 박차고 들어섰다. 차에는 식재료가 한 가득이었다. 오늘 대략 60~70명쯤 손님이 올 것으로 생각하고 아예 일락이네 부엌에서 요리를 하기로 했다.

곧이어 피아노와 각종 음향 장비를 실은 트럭이 왔고 태오가 대여한 조명기구도 바로 도착했다. 무대 설치를 도와줄 태오의 동아리 친구들도 같이 와서 순식간에 마당이 북적거렸다.

일락은 집안 곳곳을 꽃으로 장식했다. 꽃들은 하나하나가 모두 작품이었는데 일락이 석진에게 주는 선물이기도 했다. 어버이날에 꽃 선물을 안 했던 것이 내내 마음에 걸리기도 했고 어쩌면 생일 선물을 할 수 없을 지도 모른다는 생각이 들어서 모든 것을 쏟아 부었다. 아빠가 이곳을 떠나더라도 이 꽃들을 기억하라고. 꽃을 만지는 일락의 손 등 위로 눈물이 툭 떨어졌다. 울면 안 돼. 일락은 울지 않으려고 즐거운 생각들을 하려 애썼다. 그럴수록 더 눈물이 나려고 했다.

무대 설치가 끝나자 조명을 켰다. 작은 구슬 같은 전구들이 나뭇가지 위에서 꽃처럼 피어났다. 늦가을 해는 빨리 져서 어둠이 내려앉은 마당을 포근한 불빛이 감쌌다. 아직 공연이 시작되기 전이었지만 유튜브 중계는 이미 진행되고 있었다. 태오가 유튜브에 오프닝 멘트를 했다.

"여기는 오늘 〈가을, 純心이 오네〉 콘서트가 열리는 현장입니다. 우리 모두 가슴 속에 잊지 못할 사랑 하나쯤 있잖아요? 콘서트가 시작되면 그 마음 꺼내 보는 겁니다. 자, 그럼 콘서트 하기 전에 천재 플로리스트 라일락 씨의 작품부터 감상하시죠."

태오가 센스 있게 일락의 꽃 작품들을 하나하나 보여주었다. 일락은 유튜브 시청자들뿐만 아니라 지나가는 사람들도 안을 들여다볼 수 있게 가게 문과 대문을 활짝 열었다. 그러다 들어와서 콘서트를 봐도 환영이었다.

사람들이 하나둘씩 모여들기 시작했다. 성현을 제외한 순심이네 식구들이 모두 왔고 지연도 일찍 와서 기다렸다. 지연의 시선은 내내 석진과 정민을 따라다녔다. 둘이 악기를 조율하고 이야기하는 모습을 보니 20년 전 일들이 저절로 떠올랐다. 동네 주민들도 삼삼오오 손을 잡고 왔다. 아침에 버스 태워주는 유치원 아이들이 제 부모들과 왔고, 가끔 꽃 사러 오는 학생들, 카페며 옷가게랑 빵집 사장들, 김동준 지점장과 은행 직원들도 왔다. 진짜 지나가다가 그냥 들어온 사람도 있는 것 같았다. 의자가 부족해 마루며 계단에 큰방과 작은방 문턱까지 사람들로 가득 찼다. 작고 낡은 한옥에 이렇게 많은 사람들이 모일 수 있다는 것이 신기했다.

콘서트는 태이가 제작한 대형 현수막이 처마 끝에서 펼쳐지는 것으로 시작되었다.

현수막에는 〈가을, 純心이 오네〉라는 글자가 크게 써 있었고 자잘한 꽃무늬가 수를 놓은 듯 새겨져 한옥의 정취와 잘 어울렸다.

첫 곡은 배리 메닐로우의 〈October goes on〉. 가을 느낌이 물씬 나는 서정적인 곡을 석진이 특유의 미성으로 부르기 시작하자 객석에서 오! 하는 감탄사가 터져 나왔다. 다음 곡은 부활의 〈사랑할수록〉이었는데 일락과 순심은 남다른 감회로 노래를 들었다. 처음 석진을 만나 크리스마스 버스킹을 할 때 석진이 불렀던 노래였다. 가사 한 줄 한 줄이 모두 절절했다. 특히 '이제 너에게 난 아픔이란 걸/ 너를 사랑하면 할수록/ 멀리 떠나가도록/ 스치듯 시간의 흐름 속에'라고 할 때엔 다들 탄식 같은 한숨을 내쉬었다. 건너편 자리에서는 지연이 흐르는 눈물을 닦고 있었다.

알려진 노래 두 곡 후에는 정민의 곡 다섯 개가 이어졌고 다시 가을 노래 한 곡과 정민의 곡 네 곡까지, 모두 열두 곡의 노래가 연주되었다. 석진과 정민의 듀엣도 있었는데 청중들의 반응이 대단했다.

"오, 병원 아저씨 멋진데?"

순심이가 소곤소곤 일락에게 말했다. 일락도 차도남 같은 병원 아저씨가 달리 보였다. 진짜 젊었을 때 아빠랑 저렇게 노래하고 다녔으면 인기가 대단했겠구나 싶었다.

같은 시간 태오의 유튜브 중계도 폭발적이었다. 태오가 공연 리뷰를 해주는 유튜버이기도 해서 고정 구독자들이 있긴 했지만 그보다 훨씬 많은 사람들이 실시간으로 시청하고 있었다. 댓글창의 댓글 올라가는 속도도 상상 이상이었다.

- 우오! 가수 진짜 잘생김요. 노래도 끝내주는데?
- 가수 목소리 장난 아님. 얼굴은 더 장난 아니네
- 이거 뭐예요? 영화 찍는 거예요?
- 저 남자 뭐냐? 배우야? 가수야?
- 피아노맨 누구? 겁나 멋짐.
- 저 피아노 치는 남자, 옛날에 그 누구 닮았다. 요절한 피아니스트….
- 서준원?
- 진짜. 서준원이랑 닮았다. 서준원 별명이 서팽이었는데.
- 이 콘서트 동화 같아요~ 가을날의 동화!
- 어머, 한옥 멋지다~
- 꽃이랑 조명 좀 봐!

– 저기 커다란 강아지도 얌전하게 잘 있네. 안 짖나

– 라일락이 누구야. 태오님 여친?

– 이 노래 제목 뭐라고? 신곡인가? 음원 내주세요.

– 듀엣곡, 귀가 녹는 느낌이야.

– 아마추어들 실력이 이 정도. 이것이 바로 한류의 힘!

– 역시 음주가무의 민족!

– 이야. 이런 콘서트 우리 동네에서도 해주라.

제대로 읽을 틈도 없이 댓글이 빠른 속도로 올라가 태오는 아예 답글 다는 것을 포기했다.

콘서트는 성황리에 끝났다. 연주자나 기획자, 청중 모두가 행복한 공연이었다. 여운이 가시질 않아 다들 자리를 뜨지 않고 다과를 먹으며 삼삼오오 이야기를 나누었다. 가을밤 작은 파티의 주인공은 단연코 석진이었다. 동네 사람들은 하는 일 없이 일락의 집에 얹혀사는 잘생긴 총각 정도로만 여겼던 석진이 이렇게나 노래를 잘하는지 처음 알았다며 다들 그동안 숨겨온 관심과 호감을 드러냈다. 석진은 사람들에게 둘러싸여 웃고 있었다. 밝고 환하게 빛나고 있었다.

"저 앤 저렇게 사는 게 운명인가 봐. 그치, 오빠."

사람들과 조금 떨어져 나무 아래에서 석진을 지켜보던 지연이 정민에게 말했다.

"그런가 보다. 언제나 저렇게 사람들에게 둘러싸여 넘치는 사랑 속에 사는 거…"

짧은 인생, 누구보다 많은 사랑을 받고 뜨겁게 살다 간 석진을 두 사람은 눈이 시리도록 바라보았다. 매 순간이 그를 보는 마지막일지도 몰라서 모든 것이 애틋하기만 했다. 웃는 것도, 고개를 끄덕이는 것도, 손짓하는 것도, 한숨 쉬는 것도 다, 모두 다.

죽지마, 떠나지마, 내 곁에 있어 줘

콘서트가 끝나고 뒷정리까지 마치자 거의 자정 무렵이 되었다.

"아, 이거 큰일인데. 열두 시가 되면 마법이 풀려서 난 개구리 왕자가 된단 말이야. 안 되겠어. 여기서 자고 가야지. 개구리가 된 모습을 부모님께 보여드릴 순 없어."

태오는 아예 자고 갈 작정이었다.

"너 개구리 된 거 우린 봐도 되냐? 아무튼 너 개구리되면 내가 뽀뽀해서 마법 풀어줄 테니 제발 집에 가라, 응?"

"어머, 무슨 그런 말씀을. 저는 남자의 뽀뽀 따윈 받지 않아요."

태오는 일락의 말을 가볍게 무시하고는 방으로 들어갔다.

"야, 너. 아침에 내 칫솔 쓰면 죽을 줄 알아! 진짜 개구리 잡아다가 입에 넣어버릴 거야."

"저것들 또 시작이네. 난 갈란다. 윤스타 님. 저는 이만 가보겠습니다. 아드님과 행복한 밤 되소서."

순심이도 피곤한지 눈이 빨개져 있었다. 하루 종일 바지런하게 왔다 갔다 하면서 요리와 서빙을 도맡아 한 터였다. 사실은 너무 감동받아서 조금 울었더니 그런 것이기도 하고.

"어, 그래. 정말 고마웠어. 우리 콘서트 이름이 순심이었는데 이건 내 콘서트가 아니라 순심이 콘서트였나 보다. 뒷풀이는 따로 날 잡아 하자."

"아하하하! 태어나서 내 이름이 처음으로 좋아질 뻔했어요. 아무튼 아저씨 멋졌어요. 그 병원 아저씨도요."

방 안에서 태오가 양순심! 양순심! 하고 연호했다. 순심이가 시끄럽다고 바로 타박했다. 이름 빌려준 값 내놓으란 얘기도 빠트리지 않았다.

"뒷풀이는 5성급 분식집 아발론입니다."

희재도 인사를 하고는 순심이와 함께 나갔다.

모두가 빠져나가고 텅 빈 마당에 석진과 일락만 남았다. 일락이가 "아빠~" 하고 와락 안겼다. 어느 틈엔가 태오가 후다닥 방에서 나와 "형님~" 하고는 석진에게 안기려 달려들었다.

"야, 안 비켜? 우리 아부지한테서 떨어져. 넌 1미터 접근 금지야!"

"흥! 이제 조카님은 좀 빠지시지? 콘서트 기획자인 나도 칭찬 좀 받자. 형님, 마 피딥니다. 이제 저를 마 피디로 불러주십쇼!"

"그래 수고했어. 태오 덕분이야. 공연기획자로서 태오의 성공적인 데뷔를 축하해!"

석진이 칭찬하자 태오의 입이 귀에 걸릴 듯 벌어졌다. 일락과 태오가 투닥거리는 걸 보면서 석진은 방으로 들어갔다. 콘서트는 생각했던 것보다 훨씬 더 좋았고 행복했다. 무언가 짐을 던 것 같은 기분도 들었고 지연과 정민에게도 한결 가벼운 마음이었다. 그들도 그랬을까. 그런 한편 또 쓸쓸하기도 했다. 이제 정말 얼마 남지 않았다는 것이 점점 더 실감났다. 석진은 쓰러지듯 누웠다. 인간의 피로를 느끼면서. 생각해보니 여기 있는 동안 인간의 육신이 겪는 통증, 피로, 상처와 같은 고난을 거의 겪지 않았다. 전에 숲속 캠핑 갔을 때를 제외하고는. 사랑하는 데 지치지 말라고 준 능력인가 보았다. 그런데 이제는 쇠잔함을 느낀다. 떠날 때가 되어서 그런 것일까.

"지금 내 옆에 있죠. 수호천사 님."

그가 대답을 하진 않겠지만 석진은 수호천사에게 넋두리하듯 말을 이어갔다.

"설마 지금 절 데려가려는 건 아니겠죠. 지금은 안 돼요. 아직 우리 일락이하고 해야 할 일들이 많이 남았어요. 100대 과제 그거 다 하려면 멀었어요. 그거 다 하고 갈게요…"

그때였다. 천사가 갑자기 훅! 하고 나타났다.

"어… 그렇긴 한데, 석진아…"

"앗! 깜짝이! 어우. 놀랐잖아요. 내 얘기 다 들었어요?"

"응. 콘서트 때도 계속 니 옆에 있었어. 오늘 분위기 좋더라."

"근데 표정이 왜 그래요…?"

"나 말고 다른 천사도 그 콘서트에 같이 있었어. 널… 데려갈 천사…"

아! 드디어 올 것이 왔구나. 석진의 얼굴이 창백해졌다.

"얼…마나 남았어요, 나?"

"정확히는 나도 몰라. 일락이가 너 진심으로 따르고 좋아하게 되었으니 이제 모든 조건이 충족되었어. 남은 과제는 면제야. 곧 천국의 문이 열리는 시기가 와. 이제 준비해. 더 있겠단 생각은 마. 다른 사람이 다칠 수도 있어. 그 천사는 나처럼 마음이 약하지 않거든."

얼마나 남았을까. 한 달? 일주일? 내일 당장이면 어떡하지. 천사의 음성이 귓가에서 멀어지는가 싶더니 갑자기 졸음이 쏟아졌다. 이상한 기분. 이 졸음이 죽음은 아니겠지. 석진은 잠들지 않으려고 애쓰다가 저도 모르게 깊은 잠에 빠져 들었다.

일락은 쪼그리고 앉아 잠든 석진을 지켜보았다. 석진은 그림처럼 잠들어 있었다. 뒤척이지도 않고 숨소리도 내지 않은 채 마치 죽은 사람처럼 그렇게. 일락은 갑자기 불안한 생각이 들어 석진의 가슴팍에 귀를 갖다 댔다. 심장 소리를 듣고서야 일락은 다시 물러나 앉았다.

아빠가 있어서 매일매일이 행복하면서도 모든 순간이 두려운 날들이었다. 일락은 수시로 석진의 존재를 확인했다. 이십 년 만에 나타나 언제 떠날지 모르는 이런 이상한 사람이 아빠라니. 하지만 그래도 좋았다. 일락은 다시 가만히 다가가 석진의 몸을 흔들었다.

"아빠, 일어나 봐."

아무런 반응이 없어 좀 더 힘을 주어 흔들어 보았다. 그래도 반응이 없었다. 설마, 아니겠지 하는 마음으로 일락은 석진의 눈꺼풀을 벌려 보았다. 그제야 으응… 하는 신음소리와 함께 석진이 반응했다.

"안자고 뭐해…. 자자, 일루 와."

석진이 팔을 뻗어 일락을 당겨 안았다. 자연스럽게 팔베개

를 하게 되어 일락은 석진의 품속으로 들어갔다. 그러자 눈물
이 터져 나왔다. 처음엔 훌쩍이는 듯 하다가 급기야는 엉엉 소
리 내어 울었다. 일락의 울음소리에 석진이 벌떡 일어났다.

"왜 그래, 어?"

"아빠…"

"어어, 아빠 여기 있어. 울지 마, 울지 마. 아빠 여기 있어."

"아빠, 죽으면 안 돼. 절대로 죽지 마."

서럽게 우는 아이를 두고 석진도 눈물이 났다. 아이를 다
독이면서도 내가 대체 무슨 짓을 한 건가 싶어 가슴이 터질 것
같았다. 이 아이를 태어나게 하고 고생하며 살게 하고 다시 긴
슬픔 속에 남겨두고 가는 것은 아닌지, 아무도 대답해주지 않
을 질문들이 머릿속으로 쏟아지고 있었다.

그렇게 또 하루가 지나고 아침이 되었다.

석진은 일락을 깨워 아침 산책을 갔다. 덕구를 데리고 동네
한 바퀴 돌고 빵집에 들러 빵을 사서 오기로 했다.

"눈이 퉁퉁 부었네. 개구리 왕자는 태오가 아니라 우리 일
락이었어."

"태오 자식. 나 눈 부은 거 보면 또 놀릴 텐데."

안 그래도 눈두덩이가 도톰한 편이었는데 밤새 울고 나니 부어올라서 아예 눈이 튀어나와 보였다. 그것도 귀여워서 석진은 자꾸만 웃었는데 일락은 좀 민망했다. 어젯밤에 그렇게 애처럼 울었던 것도 부끄러웠고 못생겨진 얼굴도 못마땅했다. 그래서 괜히 딴청을 부렸다.

"아빠, 덕구가 왜 덕구인지 알아?"

"왜?"

"순심이 아버지가 개는 영어로 도꾸다 도꾸. 그래서 도꾸가 더꾸가 되고 더꾸가 덕구된 거야."

"아하, 도그가 덕구된 거구나? 그런데 덕구는 언제부터 같이 살았어?"

"몰라. 동네 떠돌이 개였는데 어느 날 보니 우리 집에 와 있더라고. 한 삼사 년쯤 되었나? 엄마도 없고 혼자 쓸쓸했는데 덕구 때문에 무섭지도 않고 좋았어."

"그래…"

석진은 개 한 마리에 마음 붙이고 산 일락이를 생각하니 또 울컥해져서 울지 않으려고 아이의 손을 꼭 잡았다. 그런데 아까부터 덕구가 자꾸 낑낑대며 언덕 위로 올라가려고 했다. 언덕 위는 큰 저택들이 있는 동네였는데 일락이가 목줄을 잡아

끌어도 완강하게 그쪽으로 가려고 했다.

"뭐가 있나본데? 가보자."

석진과 일락은 덕구가 가는 대로 따라갔다. 덕구가 뛰기 시작해서 같이 뛰었는데, 한참을 더 가서 고풍스러운 철제 대문 앞에서 멈추게 되었다. 홍씨와 전씨가 부부인 듯 문패를 나란히 걸어놓은 집이었다. 덕구가 컹!컹! 하고 짖자 안에서도 똑같이 컹!컹! 하는 소리가 났다. 더 작은 강아지 소리도 들렸다. 여러 마리인 것 같았다.

철문을 사이에 두고 개 짖는 소리가 요란해지자 덜컹 문이 열리고 안에서 사람이 나왔다. 인상 좋아 보이는 중년 부부였는데 덕구를 보더니 느닷없이 웃음을 터뜨렸다.

"어머~ 드디어 찾았네. 우리 애기들 아빠!"

"야, 너냐? 우리가 얼마나 찾았는지 알아? 허헛!"

아하! 석진과 일락은 대번에 어떤 상황인지 알 것 같았다.

"야, 덕구 너! 아빠된 거야? 아저씨, 안에 혹시 덕구 새끼예요?"

"들어와서 볼래요?"

뜻밖의 초대였다. 집 안에 들어가 보니 넓은 잔디 마당에 큰 개집이 있고 거기에 어미 개와 새끼들이 올망졸망 모여 있었다. 일락이는 신기한 듯 강아지들을 하나하나 쳐다보았다.

"몸 푼 지 얼마 안 되었어요. 다섯 마리니까 두 마리쯤 드릴까요?"

"아, 예. 아, 진짜 우리 덕구가 말도 없이 이런 일을 벌였네요. 송구합니다."

석진의 말에 부부가 소리 내어 웃었다.

"지금 데려가면 어미가 상심이 클 테니 두어 달쯤 있다가 데려가세요. 그 사이 강아지 보고 싶으면 언제든 놀러 오고요."

앗, 세상에 이런 일이! 아침 산책길에 얻은 뜻밖의 행복이었다.

"아빠, 전에 우리 부산 호텔에서 얘기했던 거 생각나? 아빠가 나보고 결혼 빨리 해서 애기들 많이 낳고 살라고 했을 때 내가 난 결혼 못할 것 같다고, 덕구나 새끼 많이 낳았으면 좋겠다고 한 거."

"기억나지, 그럼."

"와~ 하느님이 그때 내가 한 말 듣고 계셨나 봐. 진짜 기도하면 들어주나? 나 이제부터 기도 열심히 해볼까? 아빠 데려가지 말라고?"

갑자기 희망이 샘솟는지 일락이 덕구 목줄을 쥐고 지그재

그로 춤추듯 언덕길을 내려갔다. 석진은 기분이 좋아진 일락을 보자 저도 덩달아 기분이 좋아졌다. 둘이서 아침부터 깔깔거리며 뛰어다니는 통에 아마 동네 사람들이 무슨 일인가 했을 지도?

두툼하게 식빵을 잘라 토스트를 하고 밀크티를 끓여 아침 식사를 준비했다. 일락이가 아침 장사를 하는 사이 태오가 부스스 일어나 도왔다.

"콘서트 하는 데 돈 많이 들었지…"

"어… 뭐, 생각보다 많이 들진 않았어요. 악기랑 장비는 병원 아저씨랑 제가 갖고 있던 거하고 우리 동아리 걸로 해결했고, 그 다음에 태이가 한 거는 그냥 태이가 하고 싶어서 한 거고, 아, 맞다, 형님이 모델 해주기로 한 거 답례라고 하던데요. 글고 음식 같은 것도 순심이가 하고 싶어서 한 거고, 뭐 별로 돈 든 거 없는 것 같은데요?"

그렇다 해도 이래저래 들어간 돈이 꽤 될 텐데 어찌 다 갚나 싶다.

"사는 게 다 빚이다. 다른 사람 도움 없이 살지를 못하네."

"그죠. 서로 도와주고 도움받고 그러고 사는 거죠, 뭐. 저

어릴 때부터 일락이 도움 엄청 많이 받았어요. 일락이 땜에 저 안 어긋나고 살고 있는 것 같아요. 나 아버지한테 좀 맞으면서 자랐거든요. 그때마다 일락이네로 도망 왔는데 일락이가 재워 주고 먹여주고… 고딩 때 담배 끊은 것도 다 일락이 덕분이고요. 암튼 일락이 되게 좋은 애예요. 우리 일락 씨 잘 살아야 하는데….”

태오의 입을 통해 듣는 일락이 이야기가 석진의 가슴을 아릿하게 했다. 또 눈물이 나려던 찰나 마침 일락이가 들어왔다.

“여어~ 개구리 프린스. 오늘 덕구 베이비들 보고 왔다며?”

“개구리는 너지. 얼른 밥 먹고 학교 가.”

“오늘 여기서 죽치고 있을 건데. 공연이 끝나면 말이다. 처음부터 끝까지 되짚어 보면서 되새김질해야 하는 거란다. 그래야 다음 공연을 더 잘할 수 있거든.”

태오는 잘 구워 놓은 토스트 대신에 찬밥을 밀크티에 말아 먹었다. 전에는 콜라에 말아 먹더니 하여간 식성도 유별난 아이였다.

“태오는 혹시 괴식주의자? 밀크티에 밥 말아먹는 앤 처음 본다.”

“예. 전 일단 뭐든 물 종류에 말아먹는 거 좋아합니다. 성질이 급해서 일일이 씹기 귀찮거든요. 어릴 때 엄마한테 맨날 혼났어요. 집안 음식 다 말아먹는다고."

"너 하는 거 보면 공연 안 말아먹는 게 신기할 지경이야. 맨날 뭐 잃어버리고 흘리고 까먹고 하면서 행사 준비하는 거 보면 진짜 기가 막히지. 학교 때부터…"

석진은 아이들과 시시한 농담을 주고받으며 먹는 아침식사가 행복했다. 이런 행복이 조금만 더 오래 갔으면. 진짜 할 수만 있다면 하느님과 거래라도 하고 싶다. 하느님, 한 일 년만 더요, 아니 반년만, 아니 백일만…요.

천국의 프롤로그

오늘은 〈좋은 아빠 되기 100대 과제〉 중 하나인 책 읽어주기를 하기로 했다.

"일락아. 대학은 안 가도 책은 꼭 읽어야 해. 이제부터 아무리 바빠도 한 달에 한 권 씩은 읽는 거야. 알았지?"

"웹툰은 좀 보는데…"

"뭐 것두 괜찮아. 아무튼 뭐든 읽어. 만화든 소설이든 잡지든. 근데 기왕이면 종이책으로 읽어. 책은 책장 넘기는 맛으로도 읽는 거거든."

"그래서 오늘 뭐 읽어줄 건데?"

그리하여 석진이 들려준 이야기.

"신데렐라가 일곱 난쟁이의 도움으로 집안일을 다 마치고 무도회에 갔다가 구두를 잃어버렸는데 장화 신은 고양이가 그 구두를 주워서 인어공주에게 갖다 줬어. 인어공주는 그 구두를 신고 왕자를 만나러 갔는데 세상에 왕자가 11명이야. 백조왕자 알지? 새 왕비한테 쫓겨나 백조가 되어버린… 그중에 장남인 왕자는 망국의 한을 품은 채 피리 부는 소년이 되어 적국의 아이들을 유인하다가 동네주민들의 신고로 탑에 갇혔지 뭐야. 그러다가 층간소음 일으킨다고 아래층에 사는 라푼젤하고 싸우다가 정이 들었는데 라푼젤이 긴 머리카락으로 번지점프를 하게 해줘서 무사히 탈출에 성공, 숲속에 숨어들게 돼. 근데 거기서 독사과를 먹은 채 잠이 든 공주를 발견한 거야. 왕자가 공주에게 키스하자 공주가 깨어났는데 갑자기 알라딘이 나타나서 유아마이데스티니… 한 거야. 기껏 깨우고 보니 백설공주가 아니라 자스민 공주였던 거지. 자, 이렇게 삼각관계가 시작되고…"

"아이 참, 그런 이야기가 어딨어. 디즈니 메들리야?"

"내가 너한테 책 많이 읽어주려고 동화책 열 권을 한꺼번에 읽었더니 이게 뒤섞여서 그래. 야, 근데 너 책 안 읽냐? 책꽂이 보니까 플로리스트 책하고 동화책 말곤 없던데. 너 그러다 어? 무식해져서 어? 순심이하고 대화도 안 통하고 어? 그러면 어떡할라구 그래? 어?"

일락은 살짝 부끄러워져서 푸힛! 하고 웃었다.

"아, 그게 말이죠, 아부지… 제가 책 읽을 시간이 엄써요. 자자, 그러지 말고 한 권씩 찬찬히 읽어줘. 그래서 백조왕자들은 어떻게 되었다고?"

일락이가 장난스럽게 얼굴을 들이밀며 책을 읽어달라고 졸랐다. 석진이 방바닥에 드러누워 동화책을 읽기 시작하자 일락도 같이 옆에 누웠다. 그러다 일락은 은근슬쩍 석진의 품속으로 파고 들어가 팔을 베고 누웠다. 어릴 적, 말을 못하는 엄마가 책을 읽어줄 수가 없었던지라 일락은 석진이 캐릭터마다 목소리를 바꿔가며 들려주는 동화에 푹 빠져들었다. 다아는 애기인데도 처음 듣는 것처럼 재미있고 신기했다. 한참을 듣고 있는데 순심에게서 연락이 왔다.

"병원 아저씨 중태"

문자를 보고 석진이 번개처럼 튀어 나갔다. 석진의 뇌리에 수호천사가 했던 말이 떠올랐다. 네가 여기에 머물고 싶어 하면 다른 사람이 대신 끌려갈 수도 있다는 무서운 그 말. 석진은 곧장 정민의 병원으로 달려갔다. 안 돼. 나대신 서정민이라니. 안 돼, 절대 안 돼.

병원에 도착했을 때 가장 먼저 확인한 건 정민의 생사였다.

"괜찮아. 엘리베이터 사고였는데 다행히 큰일은 없었고

오빠도 조금 놀란 것뿐이야."

지연이 상황을 설명해주었다. 석진은 그제야 안도의 한숨을 내쉬었다. 만약 이대로 정민에게서 큰일이 벌어졌다면 석진은 모든 것이 제 탓일 것만 같았다.

"야, 넌 왜 중태라고 해서 울 아빠 놀래키냐? 나도 엄청 놀랐다구."

"교수님이 황급히 나가길래 그런 줄 알고… 아무튼 다행이지 뭐야. VIP 병동 엘리베이터가 갑자기 쿵! 하고 떨어졌대. 그 안에 병원 아저씨가 있었다는 거야. 다행히 그 엘리베이터가 최첨단이라 충격을 흡수해서 아무 일 없었던 거래."

순심의 이야기를 흘려들으며 석진은 정민을 보러 갔다. 어둡고 묵직한 병실에 누워 있는 정민의 얼굴은 어쩐지 편안해 보였다. 둘만 있는 병실에서 석진은 한참을 생각했다. 이 사고가 그냥 우연이었을까? 의술에서 기술까지 한 치의 오차도 허용하지 않는다는 병원이었다. 매일 점검을 하고 바로 직전까지도 정상 작동하던 엘리베이터가 갑자기 소리도 없이 떨어졌다는 건 우연치곤 너무 개연성이 없었고 허술했다. 오늘의 사고는 마치 아무 관련 없는 동화책 열 개를 엮은 것 같았다. 그렇다면 그 모든 논리를 뛰어넘는 어떤 절대적인 힘의 주재인 것일까. 한때 죽으려고 약을 모은 적이 있고 석진의 사고 때에 같이 죽으려고 자동차 브레이크를 풀려고 했었던 그런 전력이 죽음의 천사가 석진 대신 정민을 택한 것일지도 몰랐다.

"그럴 듯한 추리야…"

어느 새 수호천사가 다가와 있었다.

"별 일 아니겠죠. 서정민이 나 대신인 거 아니죠?"

"그럴 수도 있겠지만 이번 건은 아니야. 저 애의 수명은 꽤 길어. 지금 아니야. 그리고 저 애도 저 애의 수호천사가 지키고 있어."

"아닌데 왜 이런 일이 벌어진 거예요."

"그냥 우연일 수도 있고… 무언의 경고 같은 것일 수도 있지. 너한테. 딴 맘 먹지 말라고."

"누가요?"

"죽음의 천사가. 네가 여기에 계속 미련을 가질수록 더 강력한 경고가 있을 지도 몰라. 다음엔 네 아들이…"

아들이라는 말을 듣는 순간 석진은 온몸에 벼락을 맞은 것 같았다. 겨우 정신을 차리고 가까스로 수호천사에게 말했다.

"안 돼! 일락이는. 그 앤 안 돼요. 절대 안 돼. 내가 약속 지킬 거니까 그 앤 제발 가만 놔둬요. 그 앨 건들면 그땐 천사고 뭐고 없어. 죽음의 천사? 내가 무서워할 것 같아요? 꼭 전해요.
내 아들 건들면 가만 안 있는다고."

가엾은 것. 네가 무슨 힘이 있다고. 먼지에서 와서 재로 돌
아갈 인간이.

수호천사는 황급히 병실 문을 나서는 석진의 뒷모습을 바
라보며 한숨을 쉬었다. 저 아이를 어쩌면 좋을까.

일락을 데리고 집으로 가는 내내 석진은 한순간도 일락의
손을 놓지 않았다. 일락은 굳은 표정의 석진을 보며 움츠러들
었다. 한 번도 본 적 없는 화난 얼굴이었다. 낮엔 함께 동화책
을 읽으며 즐거웠었고 병원 아저씨도 무사한데 무슨 안 좋은
일이 있었던 걸까.

"아빠…"

횡단보도 앞에서 신호를 기다리면서 일락은 석진을 가만
히 불러보았다. 석진은 듣지 못한 듯 앞만 보고 있었다. 그때
였다. 폭주족 오토바이 몇 대가 석진과 일락 앞을 미친 속도
로 지나갔다. 석진은 오토바이가 일락을 치고 갈까 봐 본능적
으로 일락을 끌어당겨 안은 채 인도 쪽으로 몸을 날렸다. 영겁
같은 몇 초가 지나갔다. 가까스로 눈을 뜨고 몸을 추슬렀다.

다행히 아무 일도 일어나지 않았다. 그런데 그게 아니었다. 석진이 사라져 버렸다.

일락은 눈을 질끈 감았다가 떴다. 진짜 아무도 없었다. 조금 전 분명 자신을 보호하기 위해 온몸으로 안아주던 아빠의 가슴팍 느낌이 생생한데 흔적도 없이 사라진 것이다.

"아빠! 아빠아~"

일락은 큰 소리로 석진을 부르며 거리 이곳저곳을 뛰어 다녔다. 그런 일락을 석진은 지켜보고만 있어야 했다. 몸이 무언가에 붙들린 듯 앞으로 나가지 않았다. 일락이 석진 앞을 지나가도 손을 뻗어 잡을 수도 없었다. 일락 눈에 석진이 보이지 않는 것이다. 수호천사가 한 말이 확 와 닿았다. 지상에 남고 싶은 마음이 강해질수록 경고도 더 강해질 거라고 한.

일락은 숨이 턱 끝까지 차서 집으로 달렸다. 그리고 가게 안에 석진이 있는 것을 발견하고선 거의 탈진상태가 되어 소리 질렀다.

"하아~ 아빠아~ 어디 갔었어. 그렇게 갑자기 사라지면 어떡해."

"미안, 미안. 아빠가 갑자기 화장실이 급해서…"

"앞으론 그러지 쫌 마아! 제발!"

일락은 한껏 화가 나서 아직 초저녁인데도 가게 문을 닫고 들어가 버렸다. 이런 일이 처음이 아니다. 지난 번 뒤뜰에서 나뭇가지를 정리할 때도 잠깐 사이에 석진이 사라진 적이 있었다. 분명 바로 옆에서 일하고 있었는데 잠깐 사이에 사라진 것이었다. 놀라서 눈을 감았다 다시 뜨니 또 거짓말처럼 눈앞에 나타났었다. 그때 석진은 자신의 몸이 사라졌다 나타난 것을 모르는 듯했고 일락은 제 눈이 잘못된 것이려니 했었다. 생각해보니 야구장에서 희재를 만났을 때도 그랬던 것 같다. 오늘과 같은 상황이었다. 자꾸 아빠가 사라지고 있었다. 이러다 영영 사라지는 것 아닐까. 어느 날 갑자기 나를 떠나는 것 아닐까. 그렇게 가고 나면 그땐 어디에도 없겠지. 울컥 눈물이 솟구쳐 일락은 입술을 깨물었다.

석진은 방에 들어와 거울 앞에 섰다. 거울 안에는 아무도 없었다. 내가 또 사라졌구나. 지금 일락이가 방에 들어온다면 석진이 안에 있다는 것을 알지 못할 것이었다. 몸이 사라지는 일이 점점 잦아졌다. 시간도 길어졌다.

"아빠. 있잖아. 궁금한 게 있어."

서로 말없이 밥만 먹다가 간신히 잦아드는 목소리로 일락이 말을 걸었다. 그게 반가워서 석진은 뭐든 물어보라고 했다. 그러고도 일락은 한참을 뜸들이다가 말했다.

　"그때 나한테 왜 거짓말 했어? 아빠 딴 이름. 김환 모른다고 한 거, 아니라고 한 거. 사실대로 말해줬음 아빠가 아빠인 거 일찍 알았을 텐데. 엄마가 알려준 아빠 이름이 그거였거든. 김환…"

　그랬다. 그때 왜 모른다고 했을까. 옛 애인이 지어준 이름이어서일까. 이십여 년 전 지연은 석진에게 넌 눈앞에 있어도 환상처럼 사라질 것 같다며 '환(幻)'이라는 이름을 지어주었다. 어쩌면 이제는 일락을 두고 사라지고 싶지 않아서 그 이름을 말하고 싶지 않았던 것일지도 몰랐다. 처음에 일락이 그 이름을 말했을 때 가슴이 서늘해졌었다.

　"아빠는… 그 이름이 좀 힘들었었나 봐. 그 이름으로 불리면 좋았던 일도 힘들었던 일도 한꺼번에 몰려 와. 아빠 김환 말고 이번 생에서는 그냥… 일락이 아빠 윤석진으로만 살고 싶었거든."

　일락은 가만히 고개를 끄덕였다. 처음부터 알았더라면 좋았으련만. 일락은 김환을 진작 알아보지 못한 스스로를 탓한다. 김환인지 몰랐을 때도 더 잘해줄 수 있었는데 그러지 못한 자신을 원망한다. 하지만 이미 시간은 흘러갔고 이제는 이별을 준비해야 했다.

"죽을 때… 무서워? 많이 아파?"

아, 어떻게 얘기해줘야 하지… 석진은 그때 그 사고의 순간이 떠올라 잠시 눈을 감았다.

"어… 무섭기도 하고 아프기도 했어. 이렇게 생각해 봐. 만약 어떤 이유로 뼈와 살이 분리된다면 엄청 아프겠지? 영혼과 육신이 분리되는 거는 더 아프지 않을까. 저마다 자기가 지은 죄만큼 아프대. 그런데 그 아픈 순간이 지나고 나면 괜찮아져. 하나도 안 아프고 편안해져."

"그럼… 착하게 살아야겠네. 안 아프려면."

"착한 사람도 아프긴 해. 한 세상에서 다른 세상으로 건너가는 건데 고통이 없을 수 없지. 지연 아줌마가 그러는데 애기들이 태어날 때 엄마도 아프지만 애기들도 엄청 아프대. 다른 세상에서 이쪽 세상으로 오느라… 우리 일락이도 세상에 태어나느라 많이 아팠지?"

태어나보니 아빠가 없어서 더 아팠지? 우리 아들… 석진은 자꾸만 미안해져 일락의 머리를 쓰다듬었다.

일락은 무언가 생각하는 것 같더니 한참 있다가 또 물었다.

"그리고 있잖아. 아빠… 천국이란 데는… 어떤 곳이야? 아니, 내가 궁금한 건 말이야. 엄마도 젊었을 때 거기 갔고 아빠는 더 젊어서 거기 갔는데, 나는, 나는 아무래도 여기서 백 살까지 살 것 같거든. 그래서 백 살에 내가 딱 죽어서 거기 갔는데 엄마 아빠는 너무 젊고 나는 할아버지고. 그럼 이상하잖아. 엄마랑 아빠가 나 못 알아보면 어떻게 해?"

일락은 눈도 못 맞추고 밥알만 헤아리면서 중얼거리듯 말했다. 그걸 듣고 있는 석진의 가슴이 미어져 왔다. 그런 걱정을 하는 아이가 귀여워서 슬프기도 하고 아프기도 했다. 밥알이 목에 걸려 물만 연신 들이키는데 눈물이 자꾸만 목뒤로 넘어갔다.

"어어… 일락아. 그건 하나도 걱정할 필요가 없어. 아빠랑 엄마는 니가 어떤 모습으로 와도 다 알아 봐. 그리고 이건 진짜 특급비밀인데, 아빠의 수호천사가 얘기해준 거거든. 너 어디 가서 절대 이 얘기하면 안 된다. 비밀누설로 수호천사가 잡혀갈 수도 있어."

"뭔데?"

"천국에 가잖아? 그럼 자기가 원하는 나이로 바꿔 살 수 있어. 20대로 살고 싶으면 20대로, 아기로 살고 싶으면 아기로, 할아버지로 살고 싶으면 할아버지로. 한참 아저씨로 살다가 지겨우면 고등학생으로 살 수도 있어."

"에이, 그런 게 어딨어?"

"천국엔 있어. 생각해 봐. 영원히 사는데 맨날 똑같은 얼굴이면 얼마나 지겹겠어. 의외로 할아버지나 할머니로 사는 사람도 많다더라. 그 나이의 장점이 있대. 안 믿어져? 그럼 이거만 기억해줘. 네가 어떤 나이로 와도 아빠 일락이를 찾아낼 수 있다는 거, 그리고 네가 천국에 오면 우린 일락이가 아기였던 때부터 다시 시작할 거라는 것 말이야. 아빠가 먼저 가서 엄마 만나면 네 이야기 많이 할게. 매일매일 일락이 얘기하며 살 거야. 그리고 나중에 시간이 많이 흘러서 너까지 오면 엄마, 아빠, 일락이. 이렇게 셋이서 우리 가족 완전체로 살자."

"정말?"

"정말!"

정말로 정말이면 좋겠다. 석진도 천국이 어떤지 아직 모른다. 다만 그랬으면 좋겠다는 바람이었다. 그러면 시작하자마자 끝나버린 혜진과의 사랑도 다시 시작할 수 있지 않을까. 일락이의 전 생애를 함께할 수 있지 않을까. 정말 그랬으면 좋겠다.

Après un rêve

요즘 일락이는 지하철이 아니라 새로 산 차로 새벽시장엘 간다. 이제 운전도 제법 잘한다. 아끼느라 시장 갈 때 말고는 차를 갖고 나가지 않는다. 오늘은 조수석에 석진을 태우고 꽃 사러 다녀왔다. 기분이 좋다. 햇살이 퍼지는 이른 아침에 작은 차에서 예쁜 꽃들을 가게로 실어 나르는 거, 더군다나 잘생긴 아빠가 커다란 꽃바구니를 들고 왔다 갔다 하는 걸 보고 있자니 이건 영화다, 영화! 누가 와서 우릴 좀 부러워해주었으면! 하지만 이 시간에 누가 오겠어, 했는데!

"오우! 멋집니다! 그림이네요, 그림!"

태오? 아니야. 태오 목소리는 아닌데. 주변을 돌아보니 어느 틈엔가 못 보던 사람이 가게 앞에 서 있었다. 이 시간에 꽃 사러 온 사람인가? 일락은 고개를 갸웃하며 목소리의 주인공을 쳐다봤다. 예쁘장한 얼굴이 웃을 듯 말 듯한 표정으로 이쪽을 보고 있었다.

"누구세요?"

"나? 난 네 아빠를 데리러 왔지."

정체불명의 존재가 말을 채 끝내기도 전에 일락은 들고 있던 바구니를 내던지고 가게로 뛰어 들어갔다.

"아빠, 절대 나가면 안 돼. 이상한 사람이 밖에 있어."

일락은 문을 잠그고 석진이 차 안에 있는 꽃을 가지러 나가려는 걸 필사적으로 막았다.

"누가 있다고 그래. 아무도 없는데."

그렇게 말하는 석진의 몸이 서서히 사라지고 있었다. 일락은 석진의 손을 잡아끌었다. 절대 이대로 사라지게 할 수는 없다. 사라진다면 이 손을 잡고서 같이 따라갈 것이었다. 안 돼. 우리 아빠 절대 못 데려가. 안 된다구! 일락은 문 밖을 향해 소리쳤다. 가게의 유리문은 마치 이승과 저승의 경계인 듯 싶었다. 그런데 이상했다. 소리가 나오지 않았다. 목구멍에 걸린 것도 같고 가슴팍에 맺힌 것도 같았다. 절규는 소리가 되어 나오지 못하고 일락의 숨통을 죄어왔다. 읍… 으, 으읍! 으으으… 일락은 마지막 힘을 내어 소리를 질렀다.

"안 돼!!!"

제 비명 소리에 놀라 일락은 자리에서 벌떡 일어났다. 온몸이 땀으로 흥건했다. 일락은 석진을 확인했다. 옆에 있었다. 하아… 꿈, 꿈이었구나. 일락은 고요히 잠든 석진을 바라보며 한참을 앉아 있었다.

그 밤의 꿈속에서 석진은 하느님과 싸웠다. 싸웠다기 보다 일방적으로 따져 묻고 울고 졸라댔다.

"억울해요. 억울하다구요. 제가 무슨 죄를 그리 크게 지었다고 이런 벌을 주시는 거죠? 왜 나한테만 이렇게 가혹한 건데요? 고작 스물여덟에 죽은 것도 억울한데, 내 아들 세상에서 혼자 살게 한 것도 속상해서 미치겠는데 고작 일 년도 안 되는 시간 함께 살라고 주고 이렇게 나 또 데려간다고 그러면 내가 막 아이구 고맙습니다, 얼른 천국으로 보내주세요, 그럴 줄 아셨어요? 저 천국이고 뭐고 안 가고 싶어요. 그냥 여기 있고 싶어요. 여기가 내 천국이에요. 일락이가 내 천국이라고요. 유령처럼 떠돌아도 좋으니까 나 여기 살면 안 돼요? 나보고 사랑받는 거 말고 사랑하는 기쁨을 알라고 하셨잖아요. 나 이제 그거 알겠는데, 그러니 좀 더 여기서 살면 안 되나요. 이건 정말 아니죠. 당신은 그냥 저를 관찰하신 거죠. 그럴 듯하게 만들어 세상에 내놓고 사람들이 어떻게 반응하나, 그러면 저놈은 또 어떻게 행동하나 그런 거 보면서 인간이란 것들이 저렇구나 하신 거죠? 그게 아니라면 왜 저를, 그렇게 죽게 하고 또 그렇게 살려서 이렇게 벌을 주시는 겁니까. 저 하나로는 부족해서 제 아이까지 슬픔 속에 밀어 넣으시려는 거냐구요. 차라리 다시 살게 하지 말지 그러셨어요. 제가 여기 오지 않았다면 저 앤 아빠와 헤어지는 슬픔 같은 건 모르고 살았을 거라구요. 아니, 아니예요. 그래요. 절 이곳으로 보내주셔서 감사해요. 저하고 일락이는 지금 무지 행복해요. 그래서 저는 그냥 제 아들하고 좀 더 살고 싶다고요. 일락이가 절 얼마나 좋아하는데요. 나 같은 것도 아빠라고 의지하고 자랑스러워 한다구요. 그런데 이게 뭐예요. 이제 저 가버리면, 또 죽어버리면, 저 애는 어떡하냐구요. 맨날 울 텐데, 나 보고 싶어서 아무 것도 못할 텐데 어쩌라구요. 그러니 제발요. 많이도 안 바랄게요. 그냥 일락이가 결혼하고 제 식구 생길 때까지 만이라도 여기 있게 해주세요. 하느님, 제발…"

꿈속의 애끊는 고난과는 달리 잠든 석진의 모습은 평화롭기만 했다. 일락은 석진 옆에 몸을 동그랗게 말고 누웠다.

"하느님. 저… 소원이 있어요. 제가 성당은 안 다니지만 그래도 제 소원 들어주실 거라 믿어요. 해마다 크리스마스 때엔… 아빠를 보게 해주세요. 작년에 그렇게 아빠를 보내주신 것처럼 우리 가게에 잠시 나타났다 사라져도 좋으니까 한 번만이라도 볼 수 있게 해주세요. 일 년에 단 한 번씩만이라도요. 꿈에 나타나게 해주셔도 좋고요. 착각, 환상 같은 거라도 괜찮아요. 덕구가 새끼 많이 낳았으면 좋겠다고 제가 무심코 한 얘기도 들어주셨잖아요. 그러니까 제가 이렇게 간절히 부탁드리는 거는 더 잘 들어주실 거라 믿어요."

같은 말을 반복하다가 또 한참을 아무 생각 없이 앉아 있다가 일락도 잠이 들었다. 석진이 꾸는 꿈을 일락이 꾸는 것 같기도 하고 깨지 않는 꿈속인 것도 같고 꿈속에서 또 꿈을 꾸고 있는 것도 같은 시간들이 지났다. 얼마나 시간이 흘렀는지, 며칠이 지났는지도 모르겠는데 새벽이 밝아오는 느낌이 들었다. 그렇지만 일락은 눈을 뜨지 않았다. 일락은 본능적으로 알았다. 눈을 뜨면 무엇을 보게 될지. 감은 눈에서 눈물만 흘러내렸다. 처음엔 소리 없이 울다가 다음엔 끅끅 숨을 삼키며 울었다. 그러다 걷잡을 수 없이 울음이 터져 나왔다.

아빠, 아빠-!

라일락과 살구꽃, 세상 모든 꽃이 계절 없이 다 피어난 마당에서 아빠는 떠나갔다. 처음에 마당은 일락의 가게였다가 어느새 천국의 정원으로 바뀌어 있었다. 밝고 경쾌한 소리를 내는 빛과 옅은 보라색 향기를 머금은 바람이 일렁이는 정원에서 석진은 처음부터 그곳에 있었던 사람처럼 편안해 보였다. 일락이 아빠, 하고 부르자 돌아보며 웃었다. 일락이 달려가 손을 잡았지만 마치 허공을 쥐는 듯 아무것도 느껴지지 않았다.

꿈을 꾸면서도 "이건 꿈이야, 어서 깨야 해." 했지만 깨고 나면 맞닥뜨릴 현실이 어떤 것인지 꿈속에서 이미 알았다. 팔베개를 해주며 안아주었던 아빠는 더 이상 일락의 곁에 없을 것이었다. 그래서 깨지 않으려고 눈을 뜨지 않았다. 눈 뜨고 나면 끝내 확인하게 될 빈자리가 무서웠다.

일락은 석진이 덮었던 이불 속으로 기어들어가 울었다. 태오도 요 며칠간 오지 않았고 덕구마저 새끼들에게 보내 아무도 없는 집이었다. 지금 제 곁에 아무도 없다는 외로움보다 이제 아빠를 더 이상 볼 수 없다는 절망이 더 크게 일락을 덮쳐왔다. 벌써 그립고 보고 싶어서 일락은 가슴을 쥐어뜯었다. 일락의 울음소리가 텅 빈 집안에 울렸다.

밥도 먹지 않고 방에서 나오지도 않는 일락을 위해 순심이와 태오가 번갈아가며 머물렀다. 일락의 가게에는 "喪中"이라고 쓰여 있는 종이가 오래도록 붙어 있었다. 동네 사람들은 소년 하나 사는 집에 누가 죽었다고 저런 것이 붙어 있나 걱정했다. 유치원 아이들은 일락이가 버스를 태워주지 않아도 일락의 가게 앞에서 버스를 기다리면서 가게 안을 들여다보곤 했다. 누군가는 꽃을 사러 왔다가 부의금 봉투를 가게 문틈으로 밀어 넣고 가기도 했다. 다들 이 집에 일락이 말고 다른 사람도 있었다는 사실은 벌써 잊은 듯 했다. 어쩌면 천사가 기억을 지웠을 지도.

하지만 진심으로 사랑한 기억은 지울 수 없다는 말은 사실이었다. 석진이 지상에 머물다 간 1년이 조금 못되는 시간을 공유한 사람들은 석진을 기억했다. 그 기억으로 일락의 슬픔에 함께했다.

석진이 떠난 것은 가을이 깊고 깊어 이제 곧 겨울이 오려던 때였다. 거리에는 크리스마스가 느린 걸음으로 오고 있었지만 일락은 보름째 집 밖에 나오지 않고 시든 꽃처럼 야위어 가고 있었다. 순심이도 태오도 일락이를 일으켜 세우지 못했다. 정민과 지연이 자주 찾아와 일락의 건강 상태를 보고 갔다.

"일락아, 아빠한테 가보자."

이십 년 전 이미 석진의 죽음을 겪은 정민은 석진의 두 번째 죽음을 담담히 받아들였다. 별도의 장례식도 필요치 않았다. 석진을 그리워하는 일은 그저 일상이어서 전보다 더 슬프거나 덜 슬프지도 않았다. 이미 정민의 가슴 속에서 살고 죽기를 반복한 석진이었다.

묘지에 가기 전에 정민은 일락에게 수트와 정장구두를 사주었다. 정장차림을 어색해하는 일락이를 위해 넥타이를 정리해주고 구두끈도 매주며 말했다.

"아빠가 너 이런 모습도 보고 싶었을 거야."

구두 위로 눈물이 툭 떨어진 것을 정민이 맨손으로 닦아주었다. 일락을 데리고 정민은 석진의 묘비석 앞에 섰다.

나는 꿈꾸었지. 신기루 같은 행복을
이제 이토록 슬픈 꿈에서 깨어나 너를 부른다
오, 밤이여 돌려다오. 그의 환상을
돌아오라, 돌아오라, 아름다운 이여
내 신비한 꿈속으로

이십년 전 정민은 석진의 묘비에 뷔시느의 시 Après un rêve(꿈꾸고 난 후에)에서 따온 구절을 새겼었다. 그걸 읽던 일락이 또 울음을 터뜨렸다. 정민이 울고 있는 일락을 다독여주었다. 아비 잃은 새끼는 애처롭기 짝이 없었다. 어린 날 정민이 그랬던 것처럼. 무덤 하나와 아이 하나. 앞으로 정민이 보살피며 살 것들이었다.

묘지에 다녀 온 후 일락은 다시 가게 문을 열었다. 사람들이 와서 그동안 무슨 일이 있었냐고 물으면, 긴 꿈을 꾸었다고 대답했다. 그렇게 말하고도 정녕 꿈이었을까 싶어 일락은 집안 곳곳에 남겨진 석진의 흔적을 찾아다녔다. 다 있었다. 석진이 고쳐준 뒤뜰의 화단도 있었고, 다시 색을 칠해준 지붕의 서까래도 온전했다. 이메일을 열어보면 석진이 쓴 휴대전화 요금청구서가 이번 달에도 날아왔다. 가게에는 석진이 만들어 놓은 긴 의자도 그대로 있었다. 석진이 올 때 입었던 헐렁한 셔츠도 옷장에 곱게 보관되어 있었다. 무엇보다 둘이 함께 찍은 사진도 있었다. 이런 것들을 찾아다니며 확인하는 것이 요즘 일락의 중요한 일과 중 하나였다.

"야, 근데 너 키가 좀 큰 것 같다?"

일락이와 점심 먹으려고 수업도 빠지고 온 순심이가 갑자기 키 얘기를 했다. 밥을 먹다 말고 벌떡 일어나 보니 일락의 바지가 복숭아뼈 위로 쑥 올라가 있었다. 일락은 벽에 대고 키를 재보았다. 지난봄에 석진이 장난하듯 일락의 키를 벽에 표시해놓았는데 거기에 맞춰보니 3센티 정도가 자라 있었다. 일락이 비로소 웃었다.

"아, 이건 아빠가 나를 키웠다는 증거야."

일락은 갑자기 기분이 좋아졌다. 이제 분명해졌다. 아빠와 함께했던 지난날은 결코 꿈이나 환상이 아니라 실제 살아 낸 시간인 것이다.

힘을 내야지, 힘을 내자! 아빠가 보고 있어, 지금도 곁에 있어.

일락은 주문을 외듯 그렇게 속으로 중얼거리고는 밥도 남김없이 다 먹고 설거지도 씩씩하게 해댔다. 어질러진 방도 치우고 마루도 닦고 그렇게 힘을 내서, 자꾸만 힘을 내서 일을 했다.

하지만 다시 밤이 오면 슬픔에 젖어들었다. 석진의 베개를 끌어안고 울다 잠이 들었다. 그리고 다시 날이 밝으면 힘을 내자, 힘을 내자 했다. 매일이 그런 날들의 반복이었다.

태오는 그런 일락 곁에서 함께 시간을 보냈다. 수업이 끝나면 다른 데 가지 않고 일락에게로 와서 일락을 귀찮게 했다. 공연히 낮잠 자러 오기도 하고 라면 끓여 달라, 양말 빌려 달라며 귀찮게 하고 어떤 날은 집에도 안 가고 늦게까지 질척거리고 치댔다. 일락은 겉으론 귀찮아하면서도 속으로는 고마워했다. 태오가 왜 그러는지 알기 때문이었다. 일락은 태오가 제 걱정을 많이 하는 것 같아 안심시켜주려고 소소한 일을 같이 하기로 했다.

"오늘은 덕구랑 새끼 데리러 갈 거야. 같이 가자."

저녁을 먹고 일락과 태오는 언덕 위 홍씨 전씨 부부 집에 갔다. 동네 골목을 지나는데 어느 집 대문 앞 작은 화분에 팻말이 꽂혀 있는 걸 보았다.

― 우리 애기 꽃 키우기 숙제예요. 만지지 마세요.

애기. 우리 애기. 석진이 일락에게 하던 그 말투가 떠올라 일락은 몇 번이나 화분 쪽으로 뒤돌아보았다. 가슴이 저릿했다. 추억을 유발하는 것들이 세상 곳곳에 숨어 있다가 일락에게 달려들고 있었다.

"전에 그 잘생긴 청년은 같이 안 왔어요?"

남편이 석진의 근황을 물었다. 태오가 얼른 끼어들어 화제를 바꾸려 했다.

"어, 우리 덕구. 이제 아빠 돼서 더 늠름해지셨어? 응? 그렇지? 우쭈쭈쭈쭈~"

하지만 아빠란 말과 덕구와 새끼들이 만들어 내는 풍경 때문에 이미 일락의 눈가는 또 눈물이 맺히려 하고 있었다. 태오가 아뿔싸 싶어 얼른 일락이와 덕구 새끼를 데리고 나왔다.

"감사합니다. 잘 키울게요. 아, 저희 형님은 외국에 나가셔서요."

진짜 천국이 비행기 타고 가면 닿을 수 있는 그냥 외국이었으면 좋겠다. 태오는 일락의 눈치를 보다가 적당히 화젯거리가 될 만한 말을 꺼냈다.

"내일은 태이 패션쇼에 가자. 왜 그 있잖아. 형님이, 아니 니네 아빠가 태이 모델해주기로 했던 거. 그거 희재 누나가 대타 뛰기로 했거든."

"뭐어? 희재 누나가?"

좀 전까지만 해도 눈물을 쏟을 것 같던 얼굴이더니 일락이 까르륵 웃음을 터뜨렸다. 태오는 이때다 싶어 희재 얘기를 계속 했다. 일락이가 저렇게 웃는 게 대체 얼마만이냐. 하지만 일락도 힘을 내 웃은 것이었다.

"어! 희재 누나가 리허설을 했는데 의외로 잘하더래. 누나가 뒤늦게 재능을 발견한 거지. 와. 진짜, 이 길로 직업모델로 전업하는 거 아니냐? 전직 국가대표 배구 선수에서 폭행 전과자였다가 떡볶이집 사장에 패션모델! 그것도 남성복 모델이라니. 인생 한번 파란만장하다! 장희재! 장하다! 장희재!"

오래 사귄 남자친구가 눈앞에서 바람피우는 현장을 목격한 희재가 뺨을 한 대 날렸는데 그게 폭행죄가 돼서 국가대표 탈락, 그 후 인생 내리막인 것 같던 희재였다. 희재가 은근히 석진을 좋아한 걸 일락도 알고 있었다. 석진을 기억하는 것으로 보아 희재의 마음은 진심이었을 것이다. 고마워, 누나… 우리 아빠 좋아해줘서. 일락은 누군가를 좋아하는 진심에 대해 생각해본다. 내려오는 언덕길에 가로등 불빛이 예뻤다. 조그만 전구가 반짝이는 카페와 집들로 크리스마스가 성큼 다가온 느낌이었다. 아빠가 내게 온 날, 크리스마스!

선물

오늘은 크리스마스이브. 일락은 오지 않을 누군가를 아침부터 기다렸다. 기다리려고 해서 기다린 게 아니라 몸과 마음이 저절로 그랬다. 전에 하느님한테 기도했던 건 잊기로 했다. 그런 걸 들어주실 리 없을 것 같다. 하느님이 진짜 있기나 한 걸까 싶은 생각도 든다. 진짜 있다면 나같이 불쌍한 녀석은 왜 만드셨을까 싶다. 아무튼 하느님이 계시고 안 계시고 간에, 내 얘기 들으셨건 안 들으셨건 간에 아빠를 기다려본다. 그것 말고는 이 크리스마스에 하고 싶은 일이 없다. 겨울이 시작되고 크리스마스가 오기 전 이 계절을 일락은 '기다림'이라고 이름 붙였다. 그러니까 이제 일락에게 계절은 다섯 개였다.

일락은 석진이 만들어준 긴 의자에 앉아서 하루 종일 가게 문 밖을 내다보며 일했다. 작년처럼 꽃도 터무니없이 많이 사다 놓았다. 가게 곳곳에 꽃을 쌓아놓고 하릴없이 꽃다발이며 꽃바구니에 부케 같은 것들을 만들었다. 그런데 작년 크리스마스 때완 달리 꽃을 사러 오는 사람이 많았다. 유튜브로 봤다며 일부러 가게를 찾아오는 사람도 제법 있었고 예약주문도 늘었다. 순심이가 다니는 성당에서는 내일 세례식에 쓸 것이라며 코사지를 60개나 주문했고 꽃다발도 주문이 많이 들어왔다.

그런 판매용 말고도 일락은 꽃다발 하나를 더 정성스럽게 만들었다. 순심이한테 줄 것이었다. 내일 순심이도 세례를 받는다고 했다. 드디어 안나가 된다며 세례식에 꼭 오라고 몇 번이나 신신당부를 한 터였다.

성당 가서 뭐해. 꽃이나 주고 와야지. 간 김에 기도나 해볼까. 아빠 다시 보게 해달라고. 내 기도 들어주시겠어? 괜한 짓이지. 이런저런 생각으로 꽃다발을 묶고 있는데 정민이 왔다.

"메리 크리스마스?" 하고는 웃는다. 일락은 무심하게 "예. 그러네요." 했다. 뚱한 대답에 정민이 또 웃었다. 같은 이별을 겪은 아이에게 정민은 애틋함을 느낀다. 하지만 일락은 아직 정민이 편하지 않았다. 아빠가 좋은 사람이라고 했고 어려운 일이 있으면 아저씨하고 상의하라고도 했으니 앞으로 가깝게 지내야 할 사람인 건 분명한 데도 마음이 쉬이 가지 않았다.

그가 부자라서 그런 건지도 몰랐다. 그가 주는 좋고 화려한 것들을 아무 생각 없이 받아들이다가 은연중에 그를 아빠처럼 여기게 될까 봐 지레 신경이 쓰였다. 사실 그가 아빠였으면 하고 바랐던 과거사도 있었고. 그건 아빠한테 미안한 일이었으니까. 이제 일락의 마음속에 아빠는 석진 단 하나였다.

"어떻게 지내니?"

"낮엔 일하고… 밤엔… 울어요."

"아빠하고 똑같네. 석진이도 아버지 돌아가셨을 때 그랬어. 밤엔 노래하고 새벽엔 울고…"

"낮엔 뭐했어요?"

"낮엔 자거나 사고치거나. 학교 가도 수업은 안 들어가고 고양이 하고 놀고. 뭐 그랬었지."

푸훗! 하고 일락이 웃었다. 아이가 웃어서 정민은 얘기를 좀 더 하고 싶었다.

"일락아, 슬픔을 견디는 방법을 알려줄까. 아저씨는 아주 어렸을 때 부모님을 모두 여의었거든. 그리고 서른한 살에는 세상에서 제일 사랑하는 친구를 잃었고, 그리고 마흔 살에는 유일한 가족이었던 할아버지가 돌아가셨어. 그때마다 너무 슬펐는데 그 슬픔에서 빠져나오려고 하지 않았어. 그냥 되는 대로, 마음 가는대로 슬퍼했지. 지칠 때까지…"

"그래서 이제 안 슬퍼요?"

일락은 정민의 슬픔을 알 것 같았다. 슬픔에도 종류가 있어서 누군가를 다시는 볼 수 없는 영원한 이별이 주는 슬픔이 있다. 같은 사람을 두고 일락과 정민은 그런 슬픔을 공유하고 있었다. 슬픔의 동지였다.

"아니 슬퍼. 여전히. 그냥 그렇게 사는 거야. 굳이 슬퍼하지 않으려고 노력하지 말고, 그냥 받아들이는 거지. 기쁨이 그러하듯이."

일락이 고개를 끄덕였다.

"근데 아저씨가 크리스마스 선물 가져왔는데 안 궁금해?"

"전 아저씨한테 드릴 게 없는데요. 선물은 주고받는 거잖아요. 지난번에 사주신 옷이랑 구두 값도 못 갚았는데… 그리고 커피 잔 값도…"

여전히 낯가림하는 일락이었다. 정민은 아직 갈 길이 멀구나 싶다. 그래도 좋았다. 석진이 제게 남기고 간 것이 있다는 것이.

"음. 있잖아. 선물은 주고받는 것이기도 하지만 온전히 잘 받아주는 것만으로도 선물이 되기도 해. 아저씨는 일락이가 행복하게 잘 살 수 있도록 돕겠다고 아빠랑 약속했거든. 그러니 아저씨가 주는 것들을 잘 받아주는 것만으로도 아저씨는 기쁠 거야. 아빠하고 약속을 잘 지키는 것 같아서…"

그러면서 정민이 내민 것은 CD였다. 지난번 콘서트 때의 곡들이 담겨 있었다.

"아빠와 같이 만들었어. 아빠가 일락이한테 남긴 거야."

시판되는 CD라고 수익금은 모두 일락의 것이라고 했다. 일락은 CD를 받아들었다. For my son이라고 작게 새겨져 있었다.

크리스마스 미사를 앞두고 일락은 주문받은 코사지와 꽃다발을 납품할 겸 일찌감치 성당에 갔다. 사람들이 오기 전에 우두커니 뒷줄에 앉아서 분주히 오가는 사람들을 구경했다. 성현도 신학교 방학을 맞아 성당에 와서 미사 준비를 돕고 있었다. 성현이 일락을 발견하고는 다가왔다.

"석진씨 얘기… 아니, 아빠 얘긴 들었어. 못 가봐서 미안하다."

"괜찮아요. 아빠가 형 얘기 가끔 했어요. 고마워요. 우리 아빠한테 잘 해줘서."

"내가 더 고마워. 일락이 아빠 덕분에 나는 하느님이 계시다는 걸 더 확신하게 되었으니까. 천국이 있다는 것도."

일락이 가만히 웃었다.

"기도할게."

일락의 머리를 쓰다듬어주고는 성현은 아이들에게로 갔다. 일락은 하얗게 차려입은 아이들에게 시선을 준 채 또다시 하릴없이 앉아 있었다. 저 하얀 아이들을 복사라고 한다는데 뭘 복사해? 아, 천사를 복사해서 저 애들을 만들고 성당을 천국처럼 보이게 하려는 건가? 그럼 이 성당 어디에 우리 아빠도 있나? 아빤 천국에 갔을 거니까. 그런 생각을 하고선 성당 안을 둘러보았다. 그러다가 성현과 눈이 마주쳤다. 성현은 복사 아이들에게 무언가를 설명해주고 있었는데 더 없이 행복해보였다. 성현의 모습을 보면서 일락은 생각했다. 사랑 속에 있는 사람은 행복하다는 것을. 그래, 나도 행복했었지. 아빠랑 같이 있을 때…

세례식은 미사 중간에 진행된다고 했다. 일락은 순심이가 어디 있나 목을 빼고 찾아보았다. 앞에서 세 번째 줄 가운데쯤이고 순심이 뒷자리는 지연 아줌마가 앉아 있었다. 순심이 대모라고 했다. 순심이가 일락을 발견하고는 손을 흔들어 아는

척을 했다. 미사포라고 하는 하얗고 투명한 베일을 쓴 순심이
가 어색하긴 했지만 일락은 옅은 미소를 지어보였다.

"야, 순심이 저거 쓰니까 예쁘지 않냐?"

어느새 태오가 옆에 와 있었다.

"어… 그러네. 가리니까 훨씬 낫네. 양순심. 오늘은 공주
같다."

별 감흥도 없이 일락은 태오의 말에 반응해주었다. 마음이
한없이 스산했다. 아기 예수가 세상에 온 날, 세례식의 기쁨이
충만한 성당에 일락 혼자만 쓸쓸했다. 일락은 이 장엄하고 아
름다운 미사가 얼른 끝나기만을 기다렸다. 집에 가고 싶었다.
가서 울고 싶었다. 사제의 강론이 진행되는 동안 일락은 고개
를 푹 숙인 채 딴 생각에 잠겨 있었다. 지루했다. 그래도 띄엄
띄엄 귀에 들어오는 말들이 있었다. 미사란 사랑 때문에 죽은
예수를 기억하는 제사다, '기억'은 사랑하는 사람이 살아가는
공간이다, 우리는 모두 누군가의 기억 속에 산다, 사랑의 기억
속에 머무를 수 있도록 노력하자, 대략 그런 이야기였다. 아빠
는 내 기억 속에 산다, 내가 사랑한 기억 속에 산다… 일락은
사제의 말에 석진의 얼굴을 겹쳐 들으면서도 무심히 흘려보
냈다. 머릿속은 온통 지난 크리스마스의 기억으로 가득할 뿐

이었다. 그러다 문득 이상한 느낌에 고개를 들었다. 일락이 앉은 자리에서 대각선으로 두 줄 앞자리에 앉은 사람의 어깨 위로 핀 조명 같기도 하고 햇살 같기도 한 투명한 빛이 떨어지고 있었다. 흡사 빛기둥 같았다. 다른 자리에는 그런 조명이 없었는데 유독 그 자리만 그랬다. 그 빛을 따라 올려다본 천장에는 그런 빛을 비출 수 있는 조명기구 같은 것이 아예 없었다. 물론 자연채광이 들 수 있는 구조도 아니었다. 게다가 밤이었다. 뭐지, 뭘까. 뭘 잘못 보고 있는 것일까 싶어 일락은 눈을 크게 부릅뜨기도 하고 제 볼을 꼬집어보기도 했다. 그런데 분명 빛이 떨어지고 있었다. 그것도 오직 그 사람에게만. 일락은 태오에게 손짓으로 저길 보라고 했다. 태오는 뭘? 하는 표정으로 사방을 두리번거렸는데 그 빛기둥이 보이지 않는 것 같았다. 미사에 방해될 것 같아서 소리도 내지 못하고 일락은 그 빛기둥 속의 사람만 계속 쳐다보았다. 어쩐지 익숙한 느낌이 드는 뒷모습이었다. 겨울에 어울리지 않는 가볍고 헐렁한 옷차림! 아, 어쩌면! 일락은 저도 모르게 벌떡 일어나 아빠! 하고 불렀다. 두 번 더 불렀는데도 그는 뒤돌아보지 않았다. 일락은 자리에서 빠져 나와 그에게로 다가가려 애썼다. 마침 영성체 시간이 되어 사람들이 모두 일어나 앞으로 나가기 시작했다. 일락은 엉겁결에 영성체 줄에 선 채 그의 뒷모습에 시선을 고정하고는 앞으로 조금씩 움직였다. 그러다가 제 차례가 되어 사제가 "그리스도의 몸"이라고 말하는 순간 일락은 그만 얼어붙고 말았다. 뭘 해야 하는지 몰라서 멀뚱히 서 있으니까 사제가 가톨릭에서 세례를 받았냐고 물었다. 일락은 그게 무슨 말인지도 몰라 그냥 멍하니 서 있었다. 그랬더니 사제는 일락의 머리에 가볍게 손만 얹어주고는 아무 것도 주지 않은 채 일락을 보냈다. 일락은 다시 황급히 그 사람을 찾았다. 없었다. 분명 조금 전까지만 해도 일락보다 몇 사람 앞에 서 있는 것을 보았는데 지금은 처음 앉아 있던 자리에도 없었다.

일락은 성당 밖으로 나갔다. 아무도 없었다. 자정이 가까운 성당 골목은 그저 깊은 어둠 속에 잠겨 고요할 뿐이었다. 일락은 골목 여기저기를 뛰어다니다가 다시 성당으로 돌아왔다. 일락은 아무도 없는 성당 마당에 주저앉아 울었다. 성당 안에서는 크리스마스 성가가 울려 퍼지고 있었고 밤하늘에서는 선물 같은 눈이 내리고 있었다.

안녕, 라일락!

새해 새벽. 일락은 다른 날과 마찬가지로 일찍 일어났다. 시장을 가지 않는 날이라 달리 할 일도 없었다. 우두커니 앉아서 추리닝 바짓단 아래로 쑥 드러난 발목을 물끄러미 보다가 다시 드러누웠다.

"…새핸데 조금만 더 있어주지. 같이 해돋이 보러 가고, 세배도 하고, 그런 거 하면 좋았잖아."

혼잣말을 중얼거리다가 일락은 다시 잠이 들었다. 그리고 깨어났을 땐 낯선 곳이었다.

"아저씨?"

"진짜 업어 가도 모르게 자는구나. 석진이하고 똑같아. 하하하."

정민의 집이었다. 눈 뜨자마자 떡국을 먹어야 했다. 아저씨가 직접 끓였나. 되게 맛없었다. 이렇게 싱거워서야…

"석진이가, 어… 아빠가 너 때마다 좀 챙겨주라고 했어. 오늘 같은 날 말이야. 얼른 먹고 아빠 보러 가자."

그렇게 보낸 하루였다. 잠도 덜 깬 채 떡국을 먹고 아빠 산소에 가고 공연히 카페에서 차와 케이크를 먹고 시내 여기저기를 돌아다니다 집에 오니 저녁 무렵이었다. 혹시 이런 것도 가족인 건가. 병원 아저씨는 여전히 다른 세계 사람이었는데 그래도 오늘 같은 날 함께 있으니 좀 가까워진 느낌이긴 했다. 아저씨도 혼자 산댔지, 엄마아빠 아무도 없댔지, 심심하겠네. 맞아, 우린 동지지. 슬픔을 함께하는. 일락은 속으로 조금 웃었다.

"어서 가세요. 저는 좀 있다 순심이네 가야 해요. 저녁 먹으러 오라고 했거든요."

"어, 그래. 모처럼 즐거운 하루였다. 잘 지내고 무슨 일 있으면… 아니 아무 일 없어도 자주 연락해."

"예. 그리고 이거…."

일락은 가게에서 호접란 화분 하나를 가져와 내밀었다.

"나 주는 거야?"

"예. 안녕히 가세요. 오늘 고마웠습니다."

그거 꽃말이 '행복이 날아오네'예요, 라는 말이 차마 안 나왔다. 쑥스럽고 낯간지러웠다. 마침 순심에게서 전화가 왔다.

　식구들로 북적이는 순심의 집에서 일락은 전에 없던 외로움을 느꼈다. 지난해 새해 첫날에도 순심의 집에 왔었는데 그땐 느끼지 못했던 감정이었다. 바다 한가운데에 떠있는 종이배가 된 것 같았다.

　"일락이도 언능 장가를 가야 쓰것어. 이런 날 적적해서 어쪄? 인자 스무 살 넘었응게 장가들어도 되것재?"

　"아이고… 성현 아부지. 일락이 아직 애기요, 애기. 그라고 색시가 있어야 장개를 가지. 아가, 일락아. 느 색시만 있으믄 언능 델꼬 와잉. 우리가 느 장개도 보내줄 것이여. 우리 일락이는 참말로 색시를 잘 얻어야 혀…"

　순심이가 옆에서 입을 삐죽거리며 서 있다가 참견을 했다.

　"엄마, 일락이 쟤 여자 못 만나. 엄청 쑥맥이거든, 샌님이야 샌님."

　그러면서 일락을 데리고 제 방으로 갔다.

　"야야, 잊어버려. 울 엄마랑 아빠, 오빠 신학교 보내놓고 서운해서 괜히 너한테 그러는 거야. 야, 스물한 살이 결혼은 무슨 결혼이야. 안 그냐? 아가?"

"뭐 잊고 말고나 할 거나 있냐. 난 결혼은 대략 이십 년 후에나 할까 말까야."

아무렇지 않은 듯 대꾸하며 일락은 순심의 책꽂이 쪽으로 시선을 돌렸다. 예전엔 못 봤던 의대 전공서적들이 보란 듯 꽂혀 있었다. 머잖아 지연 아줌마처럼 멋지게 차려입고 학회 다니는 의사 선생님이 되겠구나 싶으니 순심이가 달리 보였다. 멀어 보였다.

잠시 후 태오와 태이가 왔고 그렇게 두어 시간 넷이 같이 놀다가 일락은 먼저 일어났다. 아빠란 존재. 아예 없었을 땐 몰랐다가 있다가 없으니 그 빈자리가 너무 컸다. 이럴 줄 모르고 기다렸나 싶어 눈물이 찔끔 나려 했다. 오면 영영 같이 살 줄 알았지, 그렇게 빨리 갈 줄 알았나. 일락은 애써 아무렇지 않은 듯 헛기침을 한 번 하고는 덤덤히 걸었다. 새해 첫 날 밤 하늘의 달이 참 밝기도 했다.

겨울이 어느새 지나갔다. 1월과 2월이 달아나듯 가버렸다. 가게가 잘 되었다. 꽃이 많이 팔렸고 일락에게 전에 없던 취미 거리도 생겨났다. 한 웹사이트에 〈나의 아름다운 꽃가게〉란 제목으로 소소한 글을 쓰기 시작했는데 구독자 수가 하루가 다르게 늘어났다. 꽃 이야기며 이런저런 사는 이야기를 올렸다. 아빠와 있었던 에피소드를 올리면 특별히 반응이 더 좋았다. 독자들이 판타지 소설이라 생각하는 것 같았다. 여러모로 바빠서 다행이었다. 순심이도 의대 본과에 올라가서 더 바빠졌는지 발길이 뜸했다. 태오만 간간히 가게에 들렀다 가곤 했다. 다 잘 지내겠지. 나도 잘 지내고 있어. 아빠가 그렇게 떠났을 땐 못살 것 같더니 사니까 또 살아지네. 일락은 그렇게 마음속으로 아빠와 이야기 하는 게 버릇이 되었다. 그러다 사월이 왔다. 라일락이 피기 시작하는 계절이었다.

라일락 꽃말은 첫사랑이야.

엄마가 알려준 것이었다. 다른 아이들은 나라별 수도 이름 맞추는 놀이를 할 때 일락과 엄마는 꽃말 맞추기 놀이를 했었다. 우리 일락이는 첫사랑을 꼭 이루면 좋겠네, 하던 엄마. 그래서 엄마는 첫사랑을 이룬 걸까, 못 이룬 걸까. 아빠는 엄마를 제대로 기억도 못하던데. 어찌 되었거나 내가 태어났으니 이룬 걸로 해야지, 하다가 일락은 울컥 하는 심정이 되었다. 아무래도 순심이하고는 그냥 동네 친구가 최대치인 것 같았다. 그래, 뭐, 괜찮아. 안 괜찮아도 괜찮아. 내 첫사랑은 아직 시작도 안 했어. 순심이 아니라고. 아니라고, 진짜. 보라색

으로 물들어가는 라일락 꽃망울만 뚫어져라 보는데 눈이 시
렸다. 눈물이 날 것 같았다. 일락은 눈을 감았다. 석진과 지내
던 때가 떠올랐다. 눈을 감으면 나타나는 내 눈꺼풀 뒤에 살고
있는 아빠… 보고 싶었다. 시간이 지나면 좀 덜 보고 싶어질까
했는데, 아니었다. 슬픔도 그리움도 늘 처음처럼 새로웠다. 지
난 크리스마스 때 성당에서 본 그 뒷모습은 틀림없이 아빠였
다. 그렇게라도 보고 나니 하느님이 기도를 들어주겠단 표시
같아서 좋았다. 올해 크리스마스 때엔 또 다른 모습을 보게 되
지 않을까. 그렇게 크리스마스가 한 해, 두 해 가면 언젠가는
아빠를 만나게 되겠지. 잠시 상념에 젖어 있는데 대문 따는 소
리가 나고 순심이가 왔다.

"야, 라일락. 밥 먹자."

두어 달 만에 나타나서는 대뜸 밥부터 먹자는 양순심. 맞
아, 우리 이런 사이였지. 그냥 무던한 거. 덤덤하고 편안한 거.
긴장감은 하나도 없고 설레지도… 않는 거. 우린 그런 사이지.
그러니 양순심이 내 첫사랑일 리가 없다. 일락은 단단히 마음
먹어본다.

"이제 그만 가져 와. 이런 거."

일락은 웃음기 없는 심드렁한 얼굴로 순심이가 가져온 식

료품 봉지를 받아들었다.

"내가 먹을라고 갖고 온 거야."

"…뭐 해줄까."

"그거. 느네 아빠가 잘 해주던 거. 초간단 브런치."

알았어, 하고는 일락은 부엌으로 가 이것저것 만들기 시작했다. 아마 맛없을 거야. 아빠가 만든 것만큼 되지 않을 거야. 요리를 하는데 재미가 없었다. 대충 만들어온 걸 순심이는 맛있게도 먹었다. 먹을 걸 앞에 놓고 절대 타박하는 법이 없는 아이였다.

"야, 좀 팍팍 먹어. 시럽 듬뿍 부어서. 내가 우리 마트에서 제일 좋은 메이플시럽 갖고 왔단 말야. 맛있게 먹어, 응? 그래야 살로 가지."

웬 안 하던 잔소리람. 일락은 대꾸도 안 하고 토스트를 커다랗게 썰어 한입에 다 넣었다.

"야, 라일락. 안나라고 불러 봐."

"싫어. 순심이가 훨씬 좋아."

"쳇!"

순심이가 더 좋다니 기분이 나쁘진 않지만 그래도 애써 세례받은 보람이 없네, 싶다. 하지만 아직 미완의 보람이 남아 있다. 예비자 교리 때 들은 기가 막힌 정보였는데 세례식 첫영성체 때 한 기도는 백퍼센트 이루어진다는 것이었다.

"우리 교리수업해준 신부님이 열 살 때 세례 받았는데 첫영성체 때 하느님과 영원히 같이 살게 해주세요, 라고 기도했더니 신부가 되었대. 기도빨 완전 짱이지 않냐?"

"그건 하느님이 자기랑 같이 살게 해 달래서 들어준 걸 거야. 그래서 넌 무슨 기도했는데?"

"너하고 같이 살게 해달라고. 나 라일락이랑 결혼할 거라고…"

순심은 망설임 없이 득의양양한 얼굴로 첫영성체의 소원을 말했다. 일락은 뭘 잘못 들었나 싶어 멀뚱히 순심을 쳐다보았다.

"진짜야. 나 그렇게 기도했어. 왜 그런 눈으로 봐?"

"뭐어? 그 아까운 기회를 고작 그런 헛소리하는데 썼다고? 물러. 다시 무르고 다른 기도해."

"야아~ 라일락. 고작이라니? 헛소리라니! 너 말 다했어? 내가 얼마나 심사숙고해서 고른 기돈데. 난 너하고 결혼할 거라고! 일곱 살 때부터 결심이었단 말이야."

그렇게 말하는 순심의 얼굴이 점점 빨개지고 있었다. 그런 순심을 쳐다보는 일락의 얼굴도 마찬가지였다. 뭐야, 나 왜 부끄럽지… 이상한 말 한 건 순심인데 내가 왜 부끄럽지… 아, 무슨 말 해야 하지… 당황스럽고 부끄러운 마음을 숨기려고 일락은 토스트만 먹었다. 퍽퍽하기만 하고 무슨 맛인지도 모르겠다.

"토스트… 좀 맛없지? 우리 아빠가 해준 건 맛있었는데…"

고작 그런 말을 할뿐이었다. 순심이가 한참 아무 말 없이 앉아 있는가 싶더니 홱 일어나 그냥 나가버렸다. 단단히 화난 것 같았다. 아, 큰일 났다. 아빠, 어떡하지…

다음날 아침 순심이가 왔다. 어제 아무 일도 없었던 것처럼. 맞아, 이래야 양순심이지. 매사 뒤끝 없는 순심은 평소와 다름없어 보였다.

"나 밥 줘."

일락 역시 별 일 없었던 것처럼 순심이의 아침밥을 챙겨주었다. 일락은 다행이다 싶으면서도 한편으론 쪼끔 억울했다. 나는 한숨도 못 잤는데 그런 말을 하고도 어쩜 저렇게 태평할까. 그냥 농담으로 했던 건가 싶다. 아니, 농담할 게 따로 있지. 그런 말을 밥 먹으면서 그렇게 쉽게 하면 어느 누가 그래,

같이 살자, 결혼하자 그러겠어? 생각하니 막 화가 나려 했다. 하지만 쿨한 척 얘기해 본다.

"어제 그 말은… 농담인 거 알아. 야, 농담할 게 따로 있지. 하나도 안 웃겼어. 니가 그런 농담한 거 알면 너네 부모님 얼마나 속상하시겠냐? 의사 딸, 가난뱅이 고아한테 주고 싶겠냐. 그 농담은 못 들은 걸로 할게."

아아잇! 라일락! 이 못난 놈아! 이런 말 하려던 것 아닌데, 왜 마음에도 없는 말이 튀어 나와. 진짜 뇌와 입과 마음이 제각기 따로 노는 것 같다. 전혀 생각지도 않은 말이 제멋대로 나왔다. 아니나 다를까. 순심이가 젓가락을 탁! 하고 식탁에 놓았다. 화가 났는지 귀까지 빨개져 있었다.

"맞아. 농담인 거 어떻게 알았어? 그래서 하느님한테 물러 달라고 할거야. 좀 생각해보고 다른 소원 빌어보려고."

그러더니 휙 하고 가버렸다. 아, 안 돼. 가지마! 일락은 따라가 잡지도 못하면서 속으로만 가지 말라고 소리쳤다. 발이 땅에 붙었는지 한 발짝도 앞으로 나가지 못했다. 이거 이별인가? 나 이제 순심이랑 헤어지나? 이제 저렇게 가서 순심이가 우리집에 영영 안 오면 어뜩하지… 아아, 그럴 것만 같아. 라일락, 이 바보 같은 놈아! 왜 그런 말을 해. 얼른 가서 잡아, 순심이 붙잡으라고. 속으로는 막 다그치면서도 일락은 아무 것도 하지 못했다. 오랫동안 순심이가 나간 대문만 멍하니 쳐다보고서 있을 뿐이었다. 한참 후에 일락은 순심이가 남기고 간 밥을 마저 먹고 설거지를 시작했다. 몇 개 되지도 않는 그릇을 이십 분 넘게 박박 닦으면서 이것이 끝인가 계속 되뇌었다. 뭔가 창피하고 억울하고 화도 나고 그랬다. 복잡한 감정에 설거지하는 내내 마음속에는 온갖 말들이 부딪혀 파편을 만들어 내며 일락을 찔러댔다. 그래서 진짜 온몸이 아픈 것 같았다.

순심이는 일주일 넘게 오지 않았다. 차려놓은 순심이 밥은 일락이가 먹었는데 번번이 체하고 말았다. 요즘은 되는 일이 하나도 없다. 봄인데 마음은 여전히 춥고 아빠 생각, 순심이 생각에 서글퍼지는 날이 많았다. 한 번도 그런 생각 한 적 없었는데 요즘은 이런 생각까지 한다. 나는 그냥 이별 패키지로 태어났나 보다… 엄마와 십칠 년 살고 이별, 아빠와 일 년도 못 되어 이별, 이십 년 간 한 번도 헤어진 적 없던 순심이와도 이제 이별. 앞으로 또 얼마나 많은 헤어짐이 남았을까. 쭈그리고 앉아 덕구 새끼들 밥을 주는데 쓸쓸한 생각이 들었다. 너넨 어디 가지 말고 여기 살아. 내가 맛있는 거 많이 줄게, 하며 청승을 떨고 있는데 밖에서 소리가 났다.

"라일락. 나와 봐."

엇! 순심이다! 그런데 왜 안 들어오고 밖에서 부르지? 일락은 두근거리는 가슴을 진정시키고 대문을 열었다. 순심이가 식료품 봉지를 들고 서 있었다.

"이거…"

서먹했다. 애가 눈도 안 마주치려고 해서 일락도 선뜻 그 봉지를 받아들지 못했다. 그래도 뭔가를 말해야 할 것 같다.

"이제 진짜 이런 거 갖고 오지 마. 내가 너네 마트 가서 사 먹을게. 나, 너네 부모님이 그동안 돌봐주신 거 평생 잊지 않고 갚을 거야."

순심이는 가만히 듣고만 있더니 봉지를 내려놓고 갔다.

"이건 우리 마트에서 내 돈 주고 산 건데 그냥 니가 알아서 해라. 먹든 버리든. 나 이제 진짜 안 온다."

내가 뭘 또 잘못 말했구나. 일락은 가슴이 철렁 내려앉는 것 같았다. 뭘 잘못 말했는지는 모르겠는데 순심이가 가려해서 일락은 등 뒤에다 대고 소리쳤다.

"야, 양순심. 내가 너하고 어떻게 결혼을 해. 우리 이제 고작 스물한 살인데. 아니, 더 어른 되어서도 너랑은 결혼 못 해.

나, 너랑 너네 집 사람들이 가져다주는 거 먹고 이만큼 살았어. 이미 너네 식구잖아. 식구끼리 어떻게 결혼을 해. 나는 그냥 너랑 쌍둥이 같은 거 아냐? 너네 부모님, 언니, 오빠 다 그쯤으로 생각하고 있을 텐데 우리가 어떻게 결혼하냐. 너는 의사선생님 해. 나는 그냥 꽃가게하면서 너 무슨 때마다 꽃 해줄게. 졸업할 때, 의사될 때, 결혼할 때…"

결혼할 때, 결혼할 때, 결혼할 때… 순심의 결혼식을 생각하자 눈물이 왈칵 쏟아지려했다. 아니야. 싫어. 순심이가 다른 사람하고 결혼하는 거 싫어… 일락은 밖으로 소리도 못 내고 울음을 속으로 삼켰다.

순심이는 가만 듣고 있는 것 같더니 돌아서서 욕을 했다.

"나쁜 새끼. 세 번을 쪽팔리게 하네."

그러고는 가버렸다.

다음 날.

순심이는 오지 않았다. 그 다음 날에도 오지 않았다. 그리고 그 다음 날에도.

종종 양마트 쪽을 바라봤지만 순심이는 보이질 않았다. 마트 건물 3층이 순심이네 살림집이었는데 일부러 마트엔 내려오지도 않는 것 같았다. 길 하나만 건너면 바로 닿는 곳인데도 아주 멀게만 느껴졌다. 일락은 버릇처럼 아빠에게 말해본다.

"아빠, 아무래도 순심이가 내 첫사랑 맞나 봐…"

그렇게 순심이와 이별 아닌 이별을 겪은 봄이 지나갔다. 그 봄에 일락은 자주 순심이네 쪽을 보았다. 그저 바라보기만 했다. 연락하지도 않았고 찾아가지도 않았다. 그냥 혼자서 이별을 감당할 뿐이었다. 아빠와 순심이. 연이은 두 번의 커다란 헤어짐이 일락의 마음을 꽁꽁 얼어붙게 했다. 봄도 추웠고 여름도 그랬다. 그리고 그 여름이 끝나가던 토요일 해그름 무렵 편지 한 통이 도착했다. 바닷가 풍경을 담은 그림엽서였는데 발신인을 보고 너무 놀라 하마터면 꽃 양동이에 떨어뜨릴 뻔했다. 발신인이 '아빠'였다. 윤석진도 아니고 그저 '아빠'라고만 씌어 있었다. 그런데 엽서 내용이 너무 간단했다.

ㅇㅣㄹㄹㅏㄱ

이거 한 줄만 있었다. '일락'을 풀어 쓴 것이었다. 이게 뭐야… 하다가 일락은 후다닥 방으로 뛰어가 석진의 스마트폰을 꺼냈다. 비밀번호인 것이다! 글자 모양대로 숫자를 쓰면 '012257'이었다. 다섯 번째 'ㅏ'를 닮은 숫자가 없긴 했지만 일락은 그것이 '5'일 것이라고 확신했다. 1225 크리스마스!

스마트폰은 얼마 안 되는 석진의 유품이었다. 아빠의 손때
가 묻은 거라 소중하게 간직하고 있었는데 비밀번호를 알지
못해 내내 마음을 끓이던 중이었다. 일락의 명의로 개설되었
기 때문에 잠금을 해제하려고 하면 못할 것도 없었지만 왠지
내키지 않았고 그러다가 저장한 것이 날아가기라도 할까 봐
겁이 났다. 그래서 혹시 이거 아닐까 싶은 번호가 생각날 때마
다 입력해 봤지만 번번이 실패였었다.

드디어 스마트폰의 잠금이 풀렸다. 일락과 석진이 함께 찍
은 배경화면 사진이 시야를 가득 채웠다. 맨 처음 눈에 들어
온 '육아일기'라는 메모장을 열었더니 지상에 와서 일락과 함
께한 날들의 기록이 빼곡히 담겨 있었다. 스마트폰을 사기 전
의 일들도 기억을 더듬어 상세하게 적혀 있었다. '일회용 오페
라'라는 폴더에는 석진의 노래가 저장되어 있었다. 그때그때
일락에게 하고 싶은 말이라든가 석진이 겪은 크고 작은 일들
의 느낌 같은 것들을 노래로 만든 것이었다. 모두 석진의 즉흥
곡이었다. 일락은 이런 노래들을 부르며 스마트폰에 저장하
고 있었을 석진을 생각하자 가슴이 터질 것 같았다. 일락은 눈
물을 꾹 참고 '안녕라일락' 폴더를 열었다. 언제 찍었는지 기
억도 안 나는 사진과 영상들이 저장되어 있었다. 제일 처음 저

장된 영상을 클릭하자 "안녕, 라일락? 난 윤석진이고 네 아빠야!" 하는 조금 장난스럽게 찍은 영상이 담겨 있었다. 일락은 그것들을 하나하나 모두 열어 보았다. 버킷리스트 번호가 붙어 있는 영상 중에는 석진이 잠든 일락 곁에서 작은 목소리로 자장가를 불러주는 것도 있었고, 일락을 위해 만든 요리들도 요리 이름과 함께 사진으로 남아 있었다.

"아, 윤석진 씨. 라일락 아부지… 이렇게 다정한 사람이었어…?"

보는 내내 일락의 눈에선 눈물이 흐르는데 입가엔 미소와 함께 "아빠" 소리가 자꾸만 새어나왔다. 마지막 영상을 클릭했다.

"야, 라일락! 너, 순심이 좋아하지? 다른 사람 눈은 다 속여도 아빠 눈은 못 속인다. 아빠가 보기에 순심이도 너 좋아하는 것 같던데. 근데 자신이 없어? 우리 아들?"

"아, 뭐야. 아빠. 실연한 아들한테 이렇게 놀리기 있어?"

일락은 영상 속 아빠와 대화를 나누듯 또 중얼거렸다. 그런데 아빠는 거기에 또 답을 해준다.

"아, 우리 아들 진짜 이렇게 연애를 못하다니. 연애박사 아빠가 조언해줄 테니 잘 들어."

삼백삼십 일 가량의 기록을 담은 스마트폰은 이런 말로 끝이 났다.

"어서 가 고백해. 바로 지금! 얼른! 찡긋~!"

일락은 석진의 윙크에 웃었다. 아, 시시해. 아들 연애 상담을 고작 그 정도로 끝내기야? 뭔가 대단한 게 있을 줄 알았더니만. 일락은 킥킥대며 웃었다. 그러다 울었다. 저녁부터 새벽까지 일락은 석진의 스마트폰에 저장된 것을 보고 또 보았다. 울다 웃다 하면서. 그렇게 한참을 엎드려 있다가 일락은 벌떡 일어나 찬물로 샤워를 했다. 그러고는 정민이 사준 수트를 꺼내 입고는 거울 앞에 섰다. 일요일이니 순심이는 아마 지금쯤 성당에 있을 거였다. 일락은 순심을 만났을 때 어떻게 말을 건네야 할 지 몇 번이고 연습했다.

"아, 그렇지! 중요한 게 빠졌네. 이게 없음 안 되지."

일락은 리시안셔스를 한 움큼 집어 들고 능숙한 솜씨로 꽃다발을 만들었다. 아침 햇살이 일락의 검정색 수트 어깨 위로 눈부시게 떨어지고 있었다. 일락은 순심을 위해 만든 꽃다발을 들고 가게 문을 나섰다.

　〈안녕, 라일락!〉은 조금 특별한 아버지와 아들이 만들어 내는 기적 같은 일상 이야기입니다. 고단한 삶을 살아가는 아이의 슬픔을 어루만지는 이웃들의 이야기이기도 하지요.

　착한 사람들은 그 착함으로 세상을 따뜻하고 보드랍게 만들어 갑니다. 우리 사는 세상을 굳건히 감싸고 있는 온기에 대한 믿음과 희망을 담고 싶었습니다. 초고에는 더 많은 이야기가 실려 있었는데 최종 원고에서 빠졌습니다. 에피소드 사이사이에 숨어 있는 이야기들을 나중에라도 들려드릴 기회가 있으면 좋겠습니다.

　제게 있어 글쓰기는 즐겁고 기쁜 일이지만 한편으로는 재능과 지식의 부족함을 깨닫는 고된 작업이기도 합니다. 요즘 긴 글을 읽지 않는다는데 그럼에도 기꺼이 이 책을 읽는 분들을 실망시키게 될까 봐 벌써부터 긴장되고 부끄럽습니다. 큰 재미나 깊은 감동까지는 아니더라도 어느 한 줄이나마 마음에 남아 작은 위로가 되었으면 합니다.

　이 책을 어릴 적 제 얘기를 재미있게 들어주시던 아버지에게 바칩니다. 이제 아버지는 세상의 모든 책들이 다 있는 천국의 서재에서 제 책도 읽으시겠지요. 아버지가 좋아하셔야 할 텐데요.

제 얄팍한 글재주나 지식만으로는 책 한 권을 완성하기 어렵습니다. 많은 분들에게 도움을 얻었습니다. 특별히 감사드리고 싶은 분들을 여기에 적습니다. 가톨릭 관련 질문에 친절하게 답해주신 임프란치스코 신부님과 엄라파엘 신부님, 의학 분야 전문지식을 나눠 준 은영, 애정과 관심과 잔소리로 제게 힘을 주는 가족들, 책이 나오기까지 수고를 아끼지 않은 도서출판 하다의 대표님과 직원들, 그리고 독자님들. 진심으로 고맙습니다.

모두 행복하시길 바랍니다.

2020년 1월

이규진 드림

도움을 받은 책들

『당신이 내게 말하려 했던 것들』(최대환 지음, 2019)

– 『안녕, 라일락!』의 'You must believe in spring'은 『당신이 내게 말하려 했던 것들』의 '우리는 봄을 믿어야 해요'(pp.146~149)에서 영감을 얻었습니다.

『자전거 여행 1』(김훈 지음, 2019)

– 『안녕, 라일락!』의 '나무의 꿈' 중 숲속의 나무 이야기는 『자전거 여행 1』의 '식물학자가 들려주는 나무 이야기'(p.108)를 참고했습니다.

『올 어바웃 플라워숍』(엄지영·강세종 지음, 2015)

– 『안녕, 라일락!』은 계절마다 피어나는 꽃들에 주의를 기울였는데 『올 어바웃 플라워숍』에 나오는 '플로리스트가 알아둬야 할 계절 꽃들'(pp.168~179)에서 많은 도움을 얻었습니다.

천주교 서울대교구 주보 1933호(2013.12.22.)